中国戏曲学院『十三五』教材系列

李世英 著

诗词曲赏析与写作

文化艺术出版社
Culture and Art Publishing House

图书在版编目（CIP）数据

诗词曲赏析与写作 / 李世英著 .—北京：文化艺术出版社, 2020.10
ISBN 978-7-5039-6741-2

Ⅰ. ①诗… Ⅱ. ①李… Ⅲ. ①诗词—诗歌欣赏—研究—中国②诗词—诗歌创作—研究—中国　Ⅳ. ①I207.2

中国版本图书馆CIP数据核字(2020)第181308号

诗词曲赏析与写作

著　　者　李世英
责任编辑　张　恬
书籍设计　赵　蠡
出版发行　文化藝術出版社
地　　址　北京市东城区东四八条52号　（100700）
网　　址　www.caaph.com
电子信箱　s@caaph.com
电　　话　（010）84057666（总编室）　84057667（办公室）
　　　　　（010）84057696—84057699（发行部）
传　　真　（010）84057660（总编室）　84057670（办公室）
　　　　　（010）84057690（发行部）
经　　销　新华书店
印　　刷　国英印务有限公司
版　　次　2020年11月第1版
印　　次　2020年11月第1次印刷
开　　本　710毫米×1000毫米　1/16
印　　张　18.75
字　　数　280千字
书　　号　ISBN 978-7-5039-6741-2
定　　价　58.00元

版权所有，侵权必究。如有印装错误，随时调换。

中国戏曲学院"十三五"教材系列
编委会

主 任　冉常建

委 员 （按姓氏笔划排名）
于建刚　马　路　王志苹　王绍军　乔慧斌　李　威　李　钢
张文振　张　尧　梁建明　舒　桐　谢振强　谭铁志　颜全毅

秘 书　樊保玲

目录

导言 ······ 3

第一讲 古典诗歌的现代意义 ······ 5

第二讲 赠友送别 ······ 13

    一、导读 ······ 15

    二、名作赏析 ······ 18

        送杜少府之任蜀川 王勃 ······ 18

        送杜十四之江南 孟浩然 ······ 20

        哭晁卿衡 李白 ······ 22

        黄鹤楼送孟浩然之广陵 李白 ······ 24

        天末怀李白 杜甫 ······ 25

        别董大二首（其一） 高适 ······ 28

        登柳州城楼寄漳汀封连四州刺史 柳宗元 ······ 29

第三讲 思乡怀亲 ······ 33

    一、导读 ······ 35

    二、名作赏析 ······ 39

次北固山下 王湾 …… 39

回乡偶书二首 贺知章 …… 41

九月九日忆山东兄弟 王维 …… 43

渡荆门送别 李白 …… 45

旅次朔方 刘皂 …… 47

落日怅望 马戴 …… 48

游子吟 孟郊 …… 50

喜见外弟又言别 李益 …… 52

第四讲　爱情相思……55

一、导读 …… 57

二、名作赏析 …… 60

长干曲四首(其一、其二) 崔颢 …… 60

闺怨 王昌龄 …… 61

长恨歌 白居易 …… 63

遣悲怀三首 元稹 …… 69

闺意献张水部 朱庆馀 …… 72

无题·昨夜星辰 李商隐 …… 73

第五讲　山水风景……77

一、导读 …… 79

二、名作赏析 …… 85

山居秋暝 王维 …… 85

过故人庄 孟浩然 …… 87

蜀道难 李白 …… 89

江雪 柳宗元 …… 94

第六讲　报国忧时……97

一、导读 …… 99

二、名作赏析 …… 104

从军行　杨炯 …… 104

出塞　王昌龄 …… 105

使至塞上　王维 …… 108

新婚别　杜甫 …… 110

燕歌行　高适 …… 112

白雪歌送武判官归京　岑参 …… 115

和张仆射塞下曲六首（其三）卢纶 …… 118

夜上受降城闻笛　李益 …… 120

南园十三首（其五）李贺 …… 121

第七讲　生命感怀……123

一、导读 …… 125

二、名作赏析 …… 129

在狱咏蝉　骆宾王 …… 129

登幽州台歌　陈子昂 …… 131

春江花月夜　张若虚 …… 132

代悲白头翁　刘希夷 …… 137

左迁至蓝关示侄孙湘　韩愈 …… 139

锦瑟　李商隐 …… 140

第八讲　咏史怀古……143

一、导读 …… 145

二、名作赏析 …… 148

　　蜀相 杜甫 …… 148

　　西塞山怀古 刘禹锡 …… 149

　　咏史 戎昱 …… 151

　　过华清宫绝句三首（其一）杜牧 …… 152

　　过五丈原 温庭筠 …… 153

　　金陵怀古 许浑 …… 155

第九讲 诗的格律……157

　　一、诗体概述 …… 159

　　二、近体诗的格律 …… 161

第十讲 词的兴起……171

　　一、导读 …… 173

　　二、名作赏析 …… 175

　　忆秦娥 李白 …… 175

　　长相思 白居易 …… 175

　　鹊踏枝 冯延巳 …… 176

　　虞美人 李煜 …… 177

　　破阵子 李煜 …… 177

第十一讲 婉约词……179

　　一、导读 …… 181

　　二、名作赏析 …… 183

　　蝶恋花 柳永 …… 183

八声甘州 柳永 …… 184

临江仙 晏几道 …… 185

鹊桥仙 秦观 …… 185

一剪梅 李清照 …… 187

武陵春 李清照 …… 189

声声慢 李清照 …… 190

第十二讲 豪放词……191

一、导读 …… 193

二、名作赏析 …… 194

江城子·密州出猎 苏轼 …… 194

定风波 苏轼 …… 195

念奴娇·赤壁怀古 苏轼 …… 197

水龙吟·登建康赏心亭 辛弃疾 …… 198

南乡子·登京口北固亭有怀 辛弃疾 …… 200

摸鱼儿 辛弃疾 …… 201

诉衷情 陆游 …… 202

第十三讲 词的格律……205

一、词调 …… 207

二、词的押韵 …… 207

三、句式和平仄 …… 208

四、对仗 …… 208

五、词谱举例 …… 208

第十四讲　散曲概述······215

　　一、曲的形成 ······ 217

　　二、名作赏析 ······ 218

　　　越调·天净沙·秋思 马致远 ······ 218

　　　双调·水仙子·重观瀑布 乔吉 ······ 218

　　　正宫·醉太平·无题 无名氏 ······ 219

　　　南吕·四块玉·风情 兰楚芳 ······ 220

　　　中吕·山坡羊·潼关怀古 张养浩 ······ 221

第十五讲　剧曲举隅······223

　　一、杂剧选析 ······ 226

　　　汉宫秋（第三折选段）马致远 ······ 226

　　　单刀会（第四折选段）关汉卿 ······ 227

　　　西厢记·长亭送别 王实甫 ······ 228

　　二、传奇选析 ······ 232

　　　长生殿·传概 洪昇 ······ 233

第十六讲　曲的格律······237

　　一、宫调 ······ 239

　　二、曲牌 ······ 239

　　三、曲韵 ······ 240

　　四、平仄 ······ 241

　　五、衬字 ······ 241

　　六、曲谱举例 ······ 241

第十七讲　诗词曲赏析方法……247

一、把握诗歌特点 …… 249

二、知人论世和以意逆志 …… 252

三、领略意境 …… 257

四、体察诗人的人格美 …… 260

五、避免误读 …… 262

第十八讲　诗词曲写作简说……267

一、抒情言志 …… 269

二、捕捉形象 …… 270

三、提炼语言 …… 271

四、把握情景关系 …… 277

五、激发创造能力 …… 282

导言

  中国古典诗歌是古代人民社会生活和精神生活的真实记录，形象地反映了各个历史时期人民生活的多个侧面，是我们了解和认识古代社会的窗口。更重要的是，古典诗歌之所以在现代还有存在的意义，是因为古典诗歌虽是产生于过去时代的文学作品，但其中的优秀作品直到现在还活跃在我们的精神生活中，并且还会在未来的社会和人们的精神世界中发挥作用。

  中国古典诗歌形式多样，数量繁多，就一般所称的诗、词、曲而言，《全唐诗》收入近五万首诗歌作品，《全宋词》收入近两万首词作，《全元散曲》收入小令和套曲四千三百余首。在这些数量众多的作品中，能够流传到现在的都是诗歌宝库中的精华。目前中小学教材中收入的古代诗文的数量有数百首之多，古典诗歌得到越来越多的重视，也受到更多人的喜爱。通过对中国古代优秀诗篇的阅读和鉴赏，探索古典诗歌的艺术魅力，可以加深我们对中国古典诗歌的理解，提高文化素养，特别是传统文化的素养，进一步达到提高审美能力、启迪智慧、陶冶情操的目的。

  对古典诗歌的学习和爱好，是丰富精神文化生活的重要途径，是伴随人一生的。要培养和保持对古典诗歌的兴趣，不断增加文化修养，首先是温故知新，要经常对优秀作品温习记诵，在巩固已有知识的基础上加深理解，并拓展学习新的内容。这就会像滚雪球一样，不断扩大知识的深度和广度。其次要含英咀华，对自己喜爱的能够打动人的作品，要细细品味，讽诵涵泳，使之内化为自己的知识和能力，"腹有诗书气自华"，久而久之，便可收到变化气质之效。最后是举一反三，从经典名作赏析中得到情景意象、表现方法、审美情致等，要善于推及阅读理解新的作品之中，掌握诗歌赏析的方法，从而得到审美的愉悦和思想的启迪，进而可以用诗歌来表达自己的情感，在学习写作诗歌的过程中进一步加深对古典诗歌的认识和理解。

第一讲 古典诗歌的现代意义

古典诗歌是中华民族传统文化宝库中的瑰宝。说到古代诗歌，我们都不陌生。可以说，每个人都学习过古代诗歌，每个人都或多或少能够背诵一些古代诗歌的名篇。一个小孩刚学会说话，有客人来时，家长让孩子背一首诗。如："床前明月光，疑是地上霜。举头望明月，低头思故乡。"（李白《静夜思》）"白日依山尽，黄河入海流。欲穷千里目，更上一层楼。"（王之涣《登鹳雀楼》）为什么幼儿园的小朋友都喜欢背诵呢？这是由于中国古代诗歌，特别是唐诗的声律是和谐的，富于音乐性的。读起来，抑扬顿挫，和谐流畅，朗朗上口。这也是古诗具有魅力的一个原因。每个人阅读欣赏诗歌，都会有自己的体会，而这种体会不是别人能够代替的。

诗歌是人类社会最早产生的文学体裁之一。从表现形式上看，中国最初的诗歌是与音乐和舞蹈结合在一起的，我国的古籍中有许多这方面的记载，说明上古时代诗、乐、舞三位一体的原始形态，它们都是出自人们在社会生活和生产劳动中激起的感情活动。随着社会和艺术的发展，诗歌从乐、舞中逐步分化独立出来，它本身具有的强烈的节奏感和韵律感在语言文字中鲜明地体现出来，使得它成为一种以富有节奏韵律感的语言抒发强烈感情的文体。

诗歌在不同民族和不同时代的发展过程中产生了多种不同的体式，通常我们可以从内容和形式两个角度来划分诗歌的类别。从题材内容上，诗歌可以分为抒情诗和叙事诗。抒情诗以揭示诗人的内心世界、表现诗人的主观感受为主，抒情是诗歌最基本的功能，所以抒情诗充分地体现了诗歌的特性，也鲜明地表现了诗人的个性。叙事诗通过比较完整的故事和人物形象表达诗人对社会生活的认识，但在叙事中仍然浸透了作者的情感色彩，并不是纯粹的客观叙述，而是叙事与抒情的结合。从表达形式上，诗歌可以分为格律诗和自由诗。格律诗在字、句、行、顿、韵等方面有一定的规定，若有变化，需按一定的规则，如我国古代的五言、七言的律诗、绝句，以及词、曲等和欧洲的十四行诗都属此类。与之相对的自由诗以自然的音节自由成章，没有固定的格式。中国的诗歌和外国的诗歌有着不同的发展过程、语言形式和文化传统，因而在分类上也有不同的表述。如中国古典格律诗通常又称为"近体诗"，相对于唐以前的古体诗而言，"近体诗"指唐代人在南朝沈约提出的"四声八病"的基础上形成的新体诗，包括绝句、律诗、排律三大类，具体又可分为五绝、七绝、五律、七律、五言长律、七言长律六种，在创作上都要严格遵循一定的格律要求，即定字、定句、定韵、对仗、合声律。而在中国"五四"以后发展起来的白话诗，也有自由体、民歌体和现代格律体等之分。

　　诗歌从先秦开始，就是儒家教学的重要教材。孔子用"五经"教学生，即《诗经》《尚书》《礼记》《周易》《春秋》。为什么要学诗呢？《论语》记载："(子)尝独立，鲤趋而过庭。曰：'学诗乎？'对曰：'未也。''不学诗，无以言。'鲤退而学诗。他日，又独立。鲤趋而过庭。曰：'学礼乎？'对曰：'未也。''不学礼，无以立。'鲤退而学礼。"

　　"不学诗，无以言"，不学诗，就不会说话。古代诗歌的用途比现在要广，比如，诸侯国之间的外交辞令，经常要引用《诗三百》中的句子，如果从政而不懂诗，那就无法很好地交流。古代把诗强调到这样重要的地位，作为经典来学习，这种教育传统一直延续了几千年，诗歌的修养是受过教育的人必备的。

　　古典诗歌在我们的精神生活中产生着实实在在的影响。中国古典诗歌对现代人精神文化生活的影响是潜移默化的，是深远的。它使得现代人的精神文化生活具有一种超越时空的深厚底蕴。

　　中国历来被称为诗歌的王国，以唐诗为代表的中国古典诗歌是中国文化艺术宝库中的精华，给我们留下了许多历千年而传唱不衰的经典作品。古典诗歌最主要的功能是抒情,"诗缘情而绮靡""世总为情,情生诗歌"(汤显祖《耳伯麻姑游诗序》)。古典诗歌在现代社会的价值和魅力,我认为最主要的就是古典诗歌中的优秀作品深刻地表现了人类最普遍的情感,所以它能够穿透时间的帷幕而拨动现代人的心弦。

"人有悲欢离合,月有阴晴圆缺。""悲"和"欢"是人类的两大基本情感类型,"离"和"合"是人们生活中的两种基本情境,古典诗歌中抒写"悲欢离合"的作品数量众多,每一类型都有代表性的经典作品,直到今天仍然放射光辉和魅力。

"人生愁恨何能免",悲愁是人的基本情感类型之一,表现悲愁是古代诗歌的重要题材之一,"悲哉,秋之为气也。"(宋玉《九辩》)最感人的艺术作品大多与悲有关。古希腊戏剧的基本类型之一就是悲剧,中国古代评价音乐也以悲为美,苏轼《前赤壁赋》:"客有吹洞箫者,倚歌而和之,其声呜呜然,如怨如慕,如泣如诉,余音袅袅,不绝如缕。舞幽壑之潜蛟,泣孤舟之嫠妇。"最后两句就是写客人的洞箫声产生的效果。这种如怨如慕,如泣如诉的音乐曲调,能使得潜藏在深水中的蛟龙为之起舞,能使得孤舟中的寡妇落泪,因为它听起来太悲伤了,悲怨的音调最能触动人的心弦。

《淮南子·缪称训》:"春女思,秋士悲,而知物化矣。"意思是说春天来临,女子感阳春明媚而萌动青春的思念;秋日到来,士子见阴气萧飒而产生人生的悲慨,这是由于感知万物随着自然的变化流逝而不可抗拒。伤春悲秋都是一种生命意识的流露,是人类在观照自然万物中对自身存在的一种审视,是感于春花秋月、宇宙万物的盛衰变化而引起的对自身生命价值的认识和思考,表达人的生命意识的作品。愁,并不总是消极的。

人的感情是复杂多样的,同样是悲愁,由于时空、人物、情境的不同,抒写悲愁的角度和手法也各不相同。以抒写忧愁来说,古诗常用了各种生动的比喻和形象来表现,如"愁"有长度,"白发三千丈,缘愁似个长";"愁"有深度,"试量东海水,看取浅深愁";"愁"有高度,"忧端齐终南,澒洞不可掇";也有广度,"落红万点愁如海";还有轻重,"自在飞花轻似梦,无边丝雨细如愁"，"只恐双溪舴艋舟，载不动许多愁"。

悲愁的情感蕴含了深刻的思想。愁的强度有大有小，愁的内涵有深有浅。比如描写春愁、闲愁，是一种真实感情的流露和排遣，如李清照《一剪梅》中的"花自飘零水自流，一种相思，两处闲愁。此情无计可消除，才下眉头，却上心头"，触景生情，情由景生，把抽象的情感形象化，淤积的情感得到疏泄，心灵得到慰藉。

具有爱国主义情怀和远大理想的诗人抒写的忧愁，总是与时代、国家、人民密切相关的，因而他们抒写的忧愁往往具有一种历史的凝重感和现实的使命感，以愁明心，以愁见志，于深哀剧痛中寄寓爱国主义的博大胸怀。屈原的诗歌就充分地表现了身处困境而"虽九死其犹未悔"的为理想而献身的斗争精神。曹操《短歌行》的基调也是忧愁，"对酒当歌，人生几何？譬如朝露，去日苦多"。诗中出现"忧思难忘""何以解忧""忧从中来"的句子，强化了压在诗人心头的巨大的忧愁。但读曹操的诗并不让人感到悲观颓废，从中却能够体会积极有为、奋发昂扬的精神，关键就在于诗人以人格的光辉照亮了全诗。"山不厌高，海不厌深。周公吐哺，天下归心。"山不会因高而满足，水也不会满足于已有的深而拒绝涓涓细流。他的理想是像周公一样，一沐三握发，一饭三吐哺，礼贤下士，唯恐失去天下之才。曹操不是为一己的得失而痛苦，而是为不能招纳贤才、统一天下而忧伤。这种忧愁有着巨大的感人力量。

以王之涣《登鹳雀楼》"白日依山尽，黄河入海流。欲穷千里目，更上一层楼"为例，谈谈对诗歌的深入理解。经典的诗歌有着丰富的含义，"言有尽而意无穷"，这些"无穷"的含义需要多方面、多层次地开掘和理解。

对于牙牙学语的幼儿来说，朗朗上口，容易记诵，正是学习语言的极好形式。后来随着年岁的增长和识字能力的提高，知道这首诗的意思是太阳落山时，黄河流入大海。要想看得远，就要站得更高。这些都和生活的常识有关，容易理解。随着知识的积累和经验的增长，也许对这首诗会有更深的理解，尤其是其中蕴含的道理，由于融入了较多的人生体验，会为诗中的深刻而具有普遍意义的哲理所折服。

这首诗立意高远，气势不凡，开篇即从大处落笔，摄取了阔大的景象，既高度形象又高度概括地把进入视野的万里河山收入笔下。"白日"句是写天空，高远景。由山西显然不可能望到渤海湾，实际上是黄河的气势把诗人的视线引向远方，诗人的心仿佛随着黄河水直入大海。这是虚写，并不是诗人看到的实景，而是想象的驰骋。唯如此，才更凸显黄河的气势。李白《将进酒》："黄河之水天上来，奔流到海不复回。"刘禹锡《浪淘沙》："九曲黄河万里沙，浪淘风簸自天涯。"它们都用了同样的手法。这样写拓展了画面的深度和广度。诗人对夕阳的描写充分显示动态美，"依山"指白日与大山衔接在一起，有一个逐渐隐没的过程，"尽"则完全沉下山脊，只见余霞，不能见日。诗人想象黄河入海，可实际的视野中水流终于被重重山峦遮掩，看不到尽头，所以不由得引发一个愿望，要是看得更远该有多好啊！于是由前面的写景自然地过渡到表现感受和认识，抒发了诗人昂扬进取的登临之志，也道出了一个蕴含在生活现象中的普遍而深刻的哲理，写出了高和远的辩证关系。由于诗人是用形象表现哲理，所以鲜活而不枯寂，充满理趣。

如果从审美意境来理解，这首诗有更深刻的意义。首先，这是一首登高诗，写作者登高所见的景象和感受。这里写了四种事物：太阳、高山、黄河、大海。全都是具有崇高感的事物。前者构成宏伟的空间意象，后者构成永恒流逝的时间意象。18世纪德国著名的美学家康德把崇高分为两种：一种是数量的崇高，特点在于对象体积的无限大；另一种是力量的崇高，特点在于对象既引起恐惧又引起崇敬的那种巨大的力量和气魄。他在《判断力批判》第二十八节中说："在我们的审美判断中，自然之所以被判定为崇高的，并非因为它可怕，而是由于唤醒我们的力量（这不是属于自然的），来把我们平常关心的东西（财产、健康和生命）看得渺小，因而把自然的威力（在财产、健康和生命这些方面，我们不免受这种威力支配）看作不能对我们和我们的人格施加粗暴的支配力，以致迫使我们在最高原则攸关，须决定取舍的关头，向它屈服。在这种情况下自然之所以被看作崇高，只是因为它把想象力提高到能用形象表现这样一些情况：在这些情况之下，心灵认识到自己的使命的崇高性，甚至高过自然。"他还在第二十三节中说:"崇高感却是一种间接引起的快感,因为它先有一种生命力受到暂时阻碍的感觉,马上就接着有一种更强烈的生命力的洋溢迸发,所以崇高感作为一种情绪,在想象力的运用上不像是游戏,而是严肃认真的。"

王之涣生当开元、天宝盛世,正是大唐帝国如日中天的时期,经济繁荣,国力强盛,整个社会欣欣向荣,蓬勃向上,充满积极进取和创造的开拓精神。此时人们充满了自信心,"天生我材必有用"的意境和气象,正是盛唐时代精神的反映。当时的中国,是世界上强大的国家,英国史学家威尔斯所写的《世界文化史纲》,讲到我国唐朝时说:"从第七世纪到第九世纪,中国是世界最安定的文化之国。"这是一首写落日的诗,落日往往容易写得萧飒悲凉。可他笔下的落日没有一点衰飒之感,而是意象饱满,豪情万丈。诗歌是社会时代心理的真实记录,杰出诗人的创作能够敏感地反映一个时代的文化氛围和精神面貌,从这首诗中可以得到印证。

第二讲 赠友送别

一、导读

　　中国传统文化对友情是非常重视的。《论语》一开篇就有多条论述交友之道的格言。"有朋自远方来，不亦乐乎？"曾子曰："吾日三省吾身：为人谋而不忠乎？与朋友交而不信乎？传不习乎？"子夏曰："与朋友交，言而有信。"《周易·系辞》曰："二人同心，其利断金。"重视友情，忠于朋友，是中国传统道德衡量人品的基本标准之一。高山流水觅知音一直是中国文人对理想的朋友关系的向往。《吕氏春秋·孝行览·本味》记载了钟子期和俞伯牙的故事。钟子期是俞伯牙的朋友，伯牙善鼓琴，子期懂得欣赏。伯牙鼓琴时意至高山，子期说："善哉乎鼓琴，巍巍乎若太山。"伯牙鼓琴时意至流水，子期又说："善哉乎鼓琴，汤汤乎若流水。"钟子期是真正懂得音乐的人，能听懂俞伯牙通过音乐表达出来的心思。伯牙琴曲意之所到，子期便能心领神会，高山流水，无不极尽。后来钟子期死了，俞伯牙"终身不复鼓琴"，因为他再没有遇到像钟子期这样的知音，世间再也没有人能够听懂他的心志了。他们的友情故事告诉人们，真正的朋友是心灵相通的，而不是靠物质利益的交换。知音难遇，知己难求。人总是渴望别人理解自己，每个人都有自己的价值观念、独立人格、生活准则、情感需求，要完全被他人理解并不是很容易的。因此，从古到今，人们认为"千金易得，知己难求""人生得一知己足矣，斯世当以同怀视之"。对真正能够理解自己的朋友，人不但愿意与之同甘共苦，甚至愿意以生命去报答。欧阳修在《朋党论》中肯定君子有朋的合理性:"君子与君子以同道为朋,小人与小人以同利为朋。"以正义为追求,志同道合,才是真正的朋友。

在古代的君臣、父子、夫妇、兄弟、朋友"五伦"中,朋友缘于自由的结合,没有法律的力量维系它或是限定它,它的基础是友爱和信义。懂得处友,就懂得处人;懂得处人,就懂得做人。朋友虽位列五伦之末,但在一个人的成长过程中,择友是很重要的:"居则兄弟,出则朋友,人之大伦也。人有孤生而无兄弟者矣,未有特立而无朋友者。故师之外,益德辅仁,莫重于朋友。"[1]

强调择友对一个人成长的重要性,侧重从反面论证,就其重视朋友的作用而言,是有一定道理的。

在中国古典诗歌中,表达友情的作品数量非常多,南朝梁萧统的《文选》中收录了大量赠答、酬唱、公宴、行旅、送别的诗歌,其中大部分都是表现朋友同事之间感情的。唐诗中表达友情的诗篇就更多了。这里有多方面的原因,其中主要的一点,与中国古代知识分子的生活道路有直接的关系。在漫长的古代社会,男女有别,女子处于从属的地位,受教育程度很低,并且只能在家中操持家务。而男子则担负着齐家治国平天下的重任,无论是求学拜师,还是为官仕宦,都必须走向广阔复杂的社会,免不了背井离乡,远离父母亲戚。唐代实行科举取士,士人在取得功名之前,都有一段壮游的时光,他们结交朋友,扩大影响,增加阅历,诗酒唱和,李白、杜甫、岑参、高适,都是如此。在唐代诗歌中,友谊的歌唱成为盛唐之音的主流音调之一。古代知识分子的生活道路和生活方式,决定了在他们的生活中友情占有重要的地位。面对陌生的世界,能够结交到朋友,并得到朋友的帮助和支持,自然会驱散孤独感,增强人生的信心,获得心灵的慰藉。诗歌是情感的表露,情感来源于诗人对生活的感受和理解。赠答酬唱,送别宴饮,友谊成为诗人歌唱的重要题材。

送别是最能撼动人心的时刻。屈原《九歌·少司命》:"悲莫悲兮生别离。"南梁江淹《别赋》:"黯然销魂者,唯别而已矣!"李白的《金陵酒肆

---

[1] 王友亮:《正友》,载贺长龄辑《清朝经世文编》卷六八,(台湾)文海出版社1978年版,第2456页。

留别》,就是与一群青年朋友饮酒相别的诗:"风吹柳花满店香,吴姬压酒劝客尝。金陵子弟来相送,欲行不行各尽觞。请君试问东流水,别意与之谁短长?"春光的骀荡、柳絮的精神,以及酒客沉醉东风的情调都得到了洒脱超逸的表现。当垆的"吴姬"热情待客,频频劝酒。等到这批"金陵子弟"一拥而至时,酒店中就更热闹了。别离之际,难免惆怅,但吴姬劝酒,何等有情,"子弟"前来,更觉情长。可是这样的热闹场面,却是离别的前奏,"来相送",点出了弥漫在主客双方心中怅惘的别意。"欲行"者感激相送者的盛情,饮觞满酌;"不行"的举杯祝愿,频频劝"行人",所谓"劝君更尽一杯酒,西出阳关无故人"。你来我往,深情相劝,于是引出了"请君试问东流水,别意与之谁短长"的结句,以含蓄的笔法,悠悠无尽地结束了这一首抒情的短歌。白居易《南浦别》:"南浦凄凄别,西风袅袅秋。一看肠一断,好去莫回头。"李商隐《离亭赋得折杨柳》:"暂凭尊酒送无憀,莫损愁眉与细腰。人世死前惟有别,春风争拟惜长条?""别易会难",分别,是人与人在空间上的阻隔。空间的距离割断了朋友之间的亲密交往,失去了相互之间的交流和慰藉,客观上无法做到同甘共苦。然而,情感的规律就在于得到时不觉其珍贵,失去时方知其价值。分别虽不是失去友谊,却失去了相互关注相互慰藉的条件,从此天各一方,前景莫测,也许就是生离死别。所谓别意,是一种复杂的情怀、留恋,对友情的珍惜、相会的欢愉、离别的怅惘、未来的期待等,全都交织在一起。内心情感上的密切联系与空间的阻隔构成了矛盾,越是阻隔,就越增加了情感的强度;越是情感强烈,就越是难以承受分离的痛苦。朋友之间的感情,就好像双方之间一条富有弹性的纽带,感情越深,其强度越大。但是当生活保持常规,近距离运行时,这种拉力的强度不容易显示出来。而分别就是一种突然的拉力,它一下子使得这种强度凸显出来,使人的心灵受到强烈的震撼,此时也就成了抒情的最好时机。

  唐代是一个诗歌高度繁荣的时代,歌唱友情是唐代诗歌的重要主题之一。唐代的友情诗有鲜明的特点。一是表现的普遍性。几乎每个诗人都有许多表达友情的作品。二是题材的广泛性。诗人们在各种情况下都有反映友情的诗歌,宴饮、赠答、游览、田园、军旅，只要是人与人来往的时刻，诗人们总要在作品中表现友情。三是情感的强烈性。唐代前期友情诗的基调是明朗的、高亢的，友情中有社会政治的因素，着眼点比较阔大，向往建功立业，充满了对友人的鼓励，有一种青春豪放的气息。王维："惟有相思似春色，江南江北送君归。"高适："莫愁前路无知己，天下谁人不识君。"唐代中晚期的友情诗，情调就有所变化，慨叹低回的成分多了。刘禹锡在政治斗争中历经磨难："长恨人心不如水，等闲平地起波澜。"（《竹枝词》），引发出人心世态的感慨。柳宗元《重别梦得》："二十年来万事同，今朝歧路忽西东。皇恩若许归田去，晚岁当为邻舍翁。"此诗是柳宗元与刘禹锡同遭贬斥，一同离京赴任，临歧叙别，感慨万千，赠诗惜别。全诗情意深长，表面的平静中蕴含着深沉的激愤和无穷的感慨。

诗歌中歌颂友谊的篇章，流传下来的大量警句，已经成为民族文化的话语精华，在现代人的精神生活中起着鼓舞人心、潜移默化的作用。

二、名作赏析

送杜少府之任蜀川[1]

王　勃

城阙辅三秦，风烟望五津。[2]
与君离别意，同是宦游人。[3]
海内存知己，天涯若比邻。[4]
无为在歧路，儿女共沾巾。[5]

注释

[1] 王勃（约650—约676），字子安，绛州龙门（今山西河津）人，隋朝著名学者王通的孙子，才华早熟，从小便"构思无滞，词情英迈"，有驾驭语言的能力，传说6岁就能写文章，号为神童。不到20岁，应举对策，取在高等。沛王李贤请他为王府修撰，因作《檄英王鸡》触怒唐高宗，被逐出府。后任虢州参军，因事获罪。他的父亲王福畤也受到牵连，被贬到南方远地任县令。他在探望父亲返回时，渡海落水，卒。这首诗是他抒写友情的名篇。杜少府：名不详。少府为唐人对县尉的通称。蜀川：犹言蜀地，有的版本为"蜀州"。

[2] 城阙：指长安的城垣和宫阙。辅：夹辅，拱卫。三秦：泛指当时长安附近的关中之地。五津：指岷江的五大渡口白华津、万里津、江首津、涉头津、江南津。这两句点明送别之地和杜少府赴任的目的地。

[3] 宦游：出外做官。"与君离别意"承首联写惜别之感，用"同是宦游人"一句加以宽解。我和你同样远离故土，宦游他乡；这次离别，只不过是客中之别，又何必感伤！表示自己和杜少府同样是宦游人，最能理解远出求仕的心情。

[4] "海内""天涯"：互文见义，展现空间上极远的距离。只要"存知己"，就可以"若比邻"，诚挚的友情、心灵的相通能够消除空间的距离感。

[5] 无为：不要。歧路，分别的路口。尾联劝慰杜少府离别时不要过分悲伤。"在歧路"，点出题面上的"送"字。古人送行，常至大路分岔处分手，所以往往把临别称为"临歧"。

简析

　　这是一首送别诗。送别是中国古代诗歌中常见的主题，南朝的著名文学家江淹在《别赋》里写了各种各样的离别，都不免使人"黯然销魂"。许多古代的送别诗表现了分别时缠绵凄怨的离愁。王勃的《送杜少府之任蜀川》一改写离别的悲苦情调，化愁烦为宽慰和劝勉，乐观开朗，意境开阔，独标高格，表现了一种豪迈高昂的格调。这和唐朝前期经济文化走向繁荣，封建社会发展处于上升时代的特征是一致的。

前两联写景叙事，点明送别的地点和送别时的心情，诗人用环境的描写衬托惜别的感情，长安的城垣、宫阙被辽阔的三秦之地所拱卫，气势雄伟；自长安向西遥望蜀川，视线为迷蒙的风烟所遮挡，为送别展现了一个广阔的背景。我和你的心情都是一样的，都是宦游在外之人，感情诚恳，一种体贴关注的语气自然流出。第三联"海内存知己，天涯若比邻"，推开一步，奇峰突起，说山高水远并不能阻隔知己朋友在精神上和感情上的相通。从构思方面看，很可能受了曹植《赠白马王彪》"丈夫志四海，万里犹比邻；恩爱苟不亏，在远分日亲"的启发。诗歌表达的感情都是相通的，从前人的诗意中汲取营养，是文学史上常见的现象。曹植的诗表达的是对兄弟的感情，是"恩爱"；王勃表达的是朋友情感，强调的是"知己"，内涵并不完全一样。此联诗意高远豪迈，概括了古往今来人们普遍的感受，成为历代传诵的名句。作者在临别时劝慰杜少府说：只要彼此了解，心心相连，那么即使一在天涯，一在海角，远隔千山万水，而情感交流，不就是如比邻一样近吗？可不要在临别之时泪水沾襟，像一般小儿女那样。这里的意思很清楚，大丈夫志在四海，自然不能够与多愁善感的小儿女一样了。

初唐时期律诗尚处于定型的阶段，格律方面并不十分讲究，王勃的这首诗就不是中间两联对仗，而是首联和第三联对仗，工整精切，第二联则以散调承接，不用对偶，这样看似乎不十分合律，却避免了呆滞，造成一种跌宕参差的韵律感。

送杜十四之江南[1]

孟浩然

荆吴相接水为乡，君去春江正渺茫。[2]
日暮征帆何处泊？天涯一望断人肠。[3]

注释

[1] 孟浩然（689—740），襄阳（今湖北襄阳）人，早年在家乡隐居读书，一度住在附近的鹿门山，并曾游历长江上下。开元十七年（729）入长安应进士第，未能如愿。此后他便漫游吴越，隐居写诗，饱览山水。开元二十五年（737）张九龄镇荆州，辟为从事。后返襄阳，以布衣终。这首诗写他送别朋友时的心情。

[2] 荆：指荆襄一带。吴，指东吴。这里泛指长江中下游地区。开篇"荆吴相接水为乡"，从诗意来看，送别之地在"荆"，杜十四所往之地为"吴"。"荆吴"是相接的，是靠水连接起来的。"君去春江正渺茫"，与上句形成强烈的对照。一个"正"字，使平常的景物获得了不平常的意义。

[3] 征帆：以帆代船，指远行的航船。此句由景入情。朋友才出发，便想到"日暮征帆何处泊"，联系上句，这一问来得十分自然。春江渺茫与征帆一片，形成强烈对比。断人肠：形容离别时极度忧伤。诗的前三句都是写景，情融景中，末句则卒章显志：朋友别了，送行者放眼天涯，极视无见，不禁心潮汹涌，惜别之情上升到顶点，"断人肠"点明别情之强烈，但伤感并不尽露。

简析

　　孟浩然的诗歌风格是闲适散淡的，抒写往往情融于景，含不尽之意于言外。他的山水田园诗写得平淡朴素，情隐景中，含蓄蕴藉。其实，孟浩然也有激情迸发、直抒胸臆的时候，这首送别友人的诗就凸显了诗人的这一面，诗人径直用"断人肠"来表达离别时的内心感受，给人以强烈的震撼。诗歌开头以写景引出送别。在以水为乡的广大的长江中下游地区，在水上漂泊本来是一件很平常的事，离别也不足为奇，诗人既然写了两个地方，就暗含着离别的意思。这一句看似客观的描述，却包含着诗人的一片仁厚之心，其意味就是劝慰友人放宽心胸，不必以离别为念。在渺茫春江之上漂泊着一叶扁舟，在浩渺背景的衬托下，阔大者愈见阔大，而渺小者愈见渺小，怅惘之意蕴含于景物描写之中。一叶征帆远去，何处才是停泊的港湾呢？诗中由揣想作一提顿，"何处泊"的设问，一下子把送别的情绪推向了高潮。落日余晖中，揣度行踪，心随友人东去,在这深情的发问中,对朋友殷切的关心和依依惜别之情溢于言表。已经到傍晚了,"鸟倦飞而知还,景翳翳以将入",可是家乡在何方呢?诗歌结束在"断人肠"的情语上,句句有景,句句有情,逐层推进,情感高潮的到来如水到渠成,自然流畅。

哭晁卿衡[1]

李 白

日本晁卿辞帝都,征帆一片绕蓬壶。[2]
明月不归沉碧海,白云愁色满苍梧。[3]

注释

[1] 晁衡(698—770),又作朝衡,日本人,原名阿倍仲麻吕,亦作安倍仲麻吕,到唐朝后赐姓晁,名衡,字巨卿。阿倍仲麻吕少年聪慧好学,唐开元五年(717)随同日本第九次遣唐使团来唐留学。学成后留在唐朝廷做官。他因才学非凡,先在太子李瑛书库左春坊里任司经局校书,后历任右拾遗、左补阙、卫尉卿、秘书监等职。后随第十一次遣唐使滕原清河回国。归舟从苏州出发,至琉球,不幸遇到飓风,当时传说被溺死。李白此诗就写于这个时候。阿倍仲麻吕归舟漂到安南,大难不死,辗转回到长安,继续仕唐,授左散骑常侍。后历镇南都护、镇南节度使。大历初罢归长安。

[2] 帝都:即唐京都长安。首句叙事,点明晁衡的身份和离别长安的事实。晁衡富有传奇性的人生经历在简短的叙述中得到了鲜明的表现,并引起读者的丰富联想。日本的晁衡为何到了长安,又为何辞别帝都?都强烈地吸引着读者。诗人回忆起不久前欢送晁衡返国时的盛况:唐玄宗亲自题诗相送,好友们也纷纷赠诗,表达美好的祝愿和殷切的希望。晁衡也写了《衔命还国作》诗答赠,抒发惜别之情:

"衔命将辞国，非才忝侍臣。天中恋明主，海外忆慈亲。伏奏违金阙，骈骖去玉津。蓬莱乡路远，若木故园林。西望怀恩日，东归感义辰。平生一宝剑，留赠结交人。""征帆"句：船行驶在辽阔无际的大海上，随着风浪上下颠簸，时隐时现，远远望去，恰如一片树叶漂浮在水面。蓬壶：即传说中的蓬莱仙岛，这里泛指晁衡归途中的海上岛屿。

[3]"明月"句：晁衡乘坐的船遇到大风浪沉没。诗人没有直白地说出晁衡的身亡，而是说明月回不了家乡，沉到了大海之中。古代关于人死的避讳语很多。如皇帝死了叫驾崩，普通人死去叫逝去、辞世、仙逝。诗人在这里用明月沉海来表达朋友的死讯，想象奇特浪漫，意象阔大而出语沉痛，令人痛惜万分。苍梧：指郁洲山，据《一统志》，郁洲山在淮安府海州朐山东北海中。晁衡的不幸遭遇，不仅使诗人悲痛万分，连天宇也好似愁容满面。铺天盖地都是愁绪，天地同悲，日月无光，沉痛地哀悼晁衡的仙去。诗人这里以拟人化的手法，通过写白云的愁来表达自己的愁，使诗句更加迂曲含蓄。

简析

  这首诗用优美的比喻和丰富的联想表达友人逝去、自己极度悲痛的心情，含蓄内敛而情深义重，具有撼人心魄的艺术力量。诗的标题"哭"字，表现了诗人失去好友的悲痛和两人超越国别的真挚感情，使诗歌笼罩着一层哀婉的气氛。晁衡自19岁时来到中国，一直没有回去。这次获准归国，已经五十多岁了。晁衡在唐期间，与诗人李白、王维、储光羲、赵骅、包佶等结下了深厚的友情。从王维《送秘书晁监还日本国》中，可以看到他们深挚的友谊和依依惜别的深情："积水不可极，安知沧海东。九州何处远，万里若乘空。向国唯看日，归帆但信风。鳌身映天黑，鱼眼射波红。乡树扶桑外，主人孤岛中。别离方异域，音信若为通。"赵骅赠诗则有"来称郯子学，归是越人吟"之句，对他学习中国文化的虚心态度给予高度评价。李白这首哀悼诗，于特定的时刻抒发对友人的怀念和惋惜，情感强烈，真挚深厚。李白与晁衡的友谊，不仅是盛唐文坛的佳话，也是中日两国人民友好交往历史的美好一页。李白性格豪放，气质浪漫，抒情写景恣意挥洒，不拘一格，追求"清水出芙蓉，天然去雕饰"的诗歌风格。这首短诗，是一首悼念朋友的诗歌，诗人虽以"哭"名题，却取景阔大，寓意深远，寄哀思于景物，借景物以抒哀思，暗示友人虽逝，却融入蓬莱、白云、明月、碧海、苍梧山之中，从而获得了永恒。

黄鹤楼送孟浩然之广陵[1]

李 白

故人西辞黄鹤楼，烟花三月下扬州。[2]
孤帆远影碧空尽，唯见长江天际流。[3]

注释

[1] 此诗约作于开元十六年（728）。诗题中的"之"，是"往"的意思。孟浩然要去广陵，也就是现在的扬州。孟浩然是李白敬仰的一位大诗人，他说："吾爱孟夫子，风流天下闻。红颜弃轩冕，白首卧松云。"他们有着思想上的一致之处和深厚的友情，友人离别时，深情就在场面中表现出来了。

[2] "故人"两句：首句点明送别的地点，次句说明送别的季节和朋友前去的地方。黄鹤楼是送别的地点，面临长江，巍峨挺拔。

[3] "孤帆"两句：借景抒情。前两句在叙事，后两句好像在写景，其实是借写景在巧妙地抒情。朋友乘船离开后，诗人依旧久久地伫立在江边，凝视着渐渐远逝的帆影。

简析

这首诗是李白表现友情的著名诗篇。李白的诗往往离不了酒，送别就更离不了酒，似乎唯酒才能够把李白诗仙的精神传达出来。其实在大诗人的笔下，情感的表达是没有程式的，有酒可以写得潇洒，不写酒同样可以把心中的深情表达出来。在这首诗中，李白没有写借酒助兴的场面，只是客观地把送别的场面描绘出来，没有直接抒情，但诗人深沉而博大的情怀，却似浩浩荡荡的江水一样，溢满了画面，使读者与诗人一起感受离别时的万千思绪，并产生强烈的共鸣。

前两句用"烟花三月"来形容长江下游春天的风景，可以说是极为形象。扬州是著名的繁华都会，烟水迷蒙，繁花似锦，隐含着诗人羡慕和向往的意味。老朋友就要走了，可是自己不能同往，一种感叹和惋惜之情弥漫在景色和离别的场面之中。后两句是一幅特写的画面，时空感特别强，十分含蓄，也十分动人。随着时间的推移，起先看到的是孤帆，渐渐地，孤帆变成了远影，越来越远，最后帆影也消逝在水天交接之处，这时，只看到长江向天边流去，浩浩荡荡，奔流不息。这奔流不息的江水把诗人的目光引向远方，也把对朋友的深情形象化了。诗歌内在的情感结构与外在的客观景象契合无间，分不清到底是江水在流，还是感情在澎湃。这就是抒情诗的理想境界。李白的这首诗之所以传诵千古，正在于含蓄蕴藉而意象阔大。诗人伫立远望，主要有对朋友远行的依依惜别的深情，可能也有不能同游的惋惜，以及对扬州胜景的无限神往。题目中的"送"字在目送友人远去的画面中表现得出神入化。要说异曲同工，岑参的《白雪歌送武判官归京》中的"轮台东门送君去，去时雪满天山路。山回路转不见君，雪上空留马行处"可以与此相比。

天末怀李白[1]

杜 甫

凉风起天末，君子意如何？[2]
鸿雁几时到，江湖秋水多。[3]
文章憎命达，魑魅喜人过。[4]

应共冤魂语，投诗赠汨罗。[5]

注释

[1] 天末：天边，形容极远的地方，这里指秦州（今甘肃天水）。这首诗是杜甫客居秦州时所作。当时李白坐永王璘事长流夜郎，途中遇赦还至湖南，杜甫因怀念他赋诗。

[2] 君子：指李白。首句以秋风起兴，给全诗笼罩一片悲愁。

[3] 鸿雁：指音讯。"鸿雁"两句，表达盼望得到友人的消息。

[4] 魑魅：妖魔。这里指嫉贤妒能的小人。"文章"两句，揭示出高才遭嫉的现实。表达对友人深沉的怀念，进而发为对其身世的同情。

[5] 冤魂：指屈原的冤魂。"应共"两句，用屈原忠而遭谤却德传千古的事迹来安慰朋友。

简析

　　这是一首因秋风感兴而怀念友人的抒情诗。感情十分强烈，但不是奔腾浩荡、一泻千里地表达出来，感情的潮水千回百转，萦绕心际。吟诵全诗，如展读友人书信，充满殷切的思念、细微的关注和发自心灵深处的感情，反复咏叹，低回婉转，沉郁深微，具有撼人心魄的力量。诗人身在天涯，凉风袭来，阵阵寒意，怅望云天，无限悲凉，凭空而起。诗人的仁厚之心表现在身处天末，不言自己心境，却反问远人："君子意如何？"看似不经意的寒暄，却表现了关切的心情。杜甫自己在战乱中漂泊无依，虽说是浪迹天涯，毕竟还是自由之身，而李白流放夜郎，尤其偏远，而且被流放羁押，处境不知有何等艰难。诗人揣想以李白之狂放潇洒、不受拘羁的性格，遭此大难，其心境可想而知。难以言表的复杂心绪，在一句"意如何"的无限揣想之中，表现得淋漓尽致。挚友流放遇赦，不知何时才能收到友人的书信；李白虽已遇赦回到湖南，但潇湘洞庭，风波险阻，江湖不可测，"秋水"漫漫而言其"多"，一种苍茫惆怅之感，弥漫四方，于广阔的想象之中寄寓了对友人的深切关怀。"文章憎命达",诗人由李白在政治上的遭遇推而广之,指出自古以来,文才出众者总是命途多舛,语极悲愤;"魑魅喜人过",隐寓李白长流夜郎,是遭人诬陷。这两句高度抽象概括,议论中带情韵,用比中含哲理,道出了自古以来才智之士的共同命运,是对无数历史事实的高度总结,意味深长,有极为感人的艺术力量。此时李白流寓江湘,杜甫很自然地想到被谗放逐、自沉汨罗的爱国诗人屈原。李白的遭遇和这位千载冤魂,在身世遭遇上有某些相同点,诗人飞驰想象,遥想李白会向屈原的冤魂倾诉内心的愤懑,惺惺相惜,他们是有共同语言的。

李白与屈原的确有许多共同之处。他们都有对理想的强烈追求,渴求正义的胜利,"路漫漫其修远兮,吾将上下而求索""虽体解吾犹未变兮,岂余心之可惩""天生我材必有用""俱怀逸兴壮思飞,欲上青天揽明月""长风破浪会有时,直挂云帆济沧海"都有追求失败后的痛苦,也都有对黑暗现实的鞭挞揭露。屈原是"荃不察余之中情兮,反信谗而齌怒",李白是"欲渡黄河冰塞川,将登太行雪满山"。他们都善于用象征手法表现自己强烈情感,"朝饮木兰之坠露兮,夕餐秋菊之落英","惟草木之零落兮,恐美人之迟暮";"大鹏一日同风起,扶摇直上九万里",用超现实的形式抒发自我,抒写了一个夸张了的自我和夸张了的感情。他们都具有强烈的爱国主义精神,有巨大的历史责任感,屈原是"长太息以掩涕兮,哀民生之多艰",李白则是"使寰区大定,海县清一"。这种爱国主义精神,这种对祖国、人民的深切关注,是他们成为伟大诗人的基本条件之一。杜甫以屈原与李白相提,表现了对朋友的敬佩,以及深切的理解和同情。

别董大二首（其一）[1]

高 适

千里黄云白日曛，北风吹雁雪纷纷。[2]
莫愁前路无知己，天下谁人不识君？[3]

注释

[1] 这首诗是高适早期的诗歌。写此诗时，高适尚在不得意的漫游时期，但也正是他充满建功立业志向、积极进取的时期。董大：诗人的朋友，名字及生平不详。"大"是指在兄弟中排行第一，故称"大"。唐人对同辈人有以排行称呼的习惯，这在唐人诗中常常可以见到。此诗《敦煌唐诗选残卷》题作《别董令望》，可能董大即董令望。也有许多学者认为董大即唐玄宗时著名的琴师董庭兰。

[2] 曛：即曛黄，指夕阳西沉时的昏黄景色。"千里"两句，以绝大笔力展示了塞上冬日悲壮雄浑的阔大景象。

[3] "莫愁"两句：以劝慰之辞表示了对朋友的赞扬和鼓励。

简析

《别董大》写出一种豪迈的气魄、宽阔的胸怀。前两句景色令人凄伤，结尾两句转慰，"云有将雪之色，雁起离群之思，于此分别，殆难为情，故以莫愁慰之。言君才易知，所如必有合者"（唐汝询《唐诗解》卷二十七）。盛唐诗人胸襟博大，渴望建功立业，充满理想和热情，大多有一段壮游经历。他们读万卷书，行万里路，交八方友，广泛结交，互相勉励。在唐人赠别诗篇中，那些凄清缠绵、低回留连的作品，固然感人至深，但像《别董大》这种充满阳刚之气、慷慨悲歌的作品，则以它的真诚情谊、坚强信念，为送别涂上了一种豪放健美的色彩，更能给人一种满怀信心和力量的感觉。高适的这首诗就是盛唐赠别诗的代表之作，在其笔下，即使是被古人认为最难以忍受的离别，也是深情中有劝勉，感伤中有慰藉，有一种蓬勃向上的精神风貌。

这首诗之所以卓绝，是因为高适"多胸臆语，兼有气骨"（殷璠《河岳英灵集》）、"以气质自高"（《唐诗纪事》）。直写目前景物，纯用白描。以其内心之真，写别离心绪，故能深挚；以胸襟之阔，叙眼前景色，故能悲壮。这是一个沙尘暴肆虐的天气，极目所见的都被染成了黄色。时令已是初冬，北风劲吹，大雁南飞，大雪纷纷。诗人不说飞雁，或雁飞，而说吹雁，似乎雁是被动的，从而更显示出大自然的严酷，增强了诗句悲壮的色调。诗人用无边的黄云，凛冽的北风和漫天的大雪，勾画出一幅壮阔的北国风光，衬托豪放磊落的襟怀。

　　在风雪满天、日暮天寒的环境里分别，前程莫测，冷落悲壮，往往会令人凄凉感伤。可是诗人并没有劝朋友留下，而是以信任的口吻鼓励友人踏上征程，用了一个否定之否定的句子，笔锋一转，说你不要发愁前面没有朋友，要知道，你已经名满天下，天下谁不认识你呢？也就是说，天下到处都有你的朋友。"莫愁"二字，从易愁之景中反生发出莫愁的豪情。唯其景色易愁，更见莫愁之弥足珍贵。诗情也由前两句的悲壮一变而为令人神往的壮美。这两句于慰藉中充满信心和希望，能给人以极大的鼓舞。正因为是知音，说话才质朴而豪爽，从中显示出深挚的友情。后两句充满希望和光明的期勉之词，写出了一种豪迈的气魄。高适的《别韦参军》"丈夫不作儿女别，临歧涕泪沾衣巾"，也是这样，变悲凉为豪放，表现了诗人不平凡的胸襟抱负，透露了唐代社会蓬勃向上的气象，充满强烈的艺术感染力。

登柳州城楼寄漳汀封连四州刺史[1]

柳宗元

城上高楼接大荒，海天愁思正茫茫。[2]
惊风乱飐芙蓉水，密雨斜侵薜荔墙。[3]

岭树重遮千里目,江流曲似九回肠。[4]

共来百越文身地,犹自音书滞一乡。[5]

注释

[1] 柳宗元(773—819),字子厚,河东(今山西永济)人。唐代贞元年间(785—804)进士及第复中博学鸿词,授集贤院正字。调蓝田尉,迁监察御史里行。顺宗即位,任礼部员外郎,参与政治革新。不久宪宗继位,废新政,打击革新派。被贬为永州司马,十年后召还长安,复出为柳州刺史。病逝于柳州。与韩愈发起古文运动,为一代古文大家,世称"韩柳"。柳宗元的诗得《离骚》余意,特别是在他被贬谪后,其境遇与忠而被谤的屈原有更多的相似之处,常于自然景物之中寄托幽思,简古而含有至味,独具特色。这首诗是柳宗元复出为柳州(今属广西)刺史时所作。诗题中的"漳、汀、封、连"是指同时被贬分别在漳州(今属福建)、汀州(今属福建)、封州(今属广东)、连州(今属广东)任刺史的韩泰、韩晔、陈谏、刘禹锡。这首诗就是写柳宗元初到柳州时登上柳州城楼的感受,并寄托了对朋友的关切。

[2] 接:连接。首联写登楼所见所感。"大荒"二字看似如实道来,实则已含感慨之情。

[3] 飐(zhǎn):风吹使颤动。薛荔:一种常绿的蔓生植物,常缘壁而生。颔联写眼前景物。由首联远望转写近景,赋中有比,象中含兴。骤然而至的狂风剧烈地摇动着水中的花,急促的暴雨肆虐地猛打着墙上的薛荔。

[4] 重:层层。九回肠:司马迁《报任安书》有"肠一日而九回"。颈联又由近而远,景中有情,刻画思念朋友的心情。

[5] 百越:即百粤,泛指五岭以南的少数民族。文身:身上刺花,古时南方少数民族有"文身断发"的传统习俗,与中原"身体发肤受之父母,不敢毁也"的观念大不相同。尾联说他们一同被贬到落后荒凉的边远之地,本来处境就够悲惨了,可是连音信也无法传送,即使是同病相怜、相互慰藉也成空想,怎不令人愁肠寸断!

简析

　　这首诗赋中有比，象中含兴。首联总写，为下文留下了广阔的余地。这距京城数千里的柳州，杂树参天，野草丛生，不用说与诗人生长的长安城相比，即使与永州相比也是冷落荒僻的。诗人的目光由近及远，遥想难友，顿觉百感交集，如潮愁思便不可抑制地奔涌而出，刹那间仿佛充溢了这广大而荒漠的空间。诗人的愁思是凝重而深广的，包含了丰富的社会内容和身世之感。当中两联则通过精细的刻画，层层渲染，把无影无形的愁思鲜明而生动地展现于读者面前。颔联就描绘暴风骤雨的天气而言，是写实，是赋笔，而从作者的处境和遭遇来看，又有着很深的寓意，即赋中兼比兴。芙蓉与薜荔，正是诗人美好高洁的人格的象征。一面是强大无情的风雨，一面是在风雨中挣扎的香花芳草，社会形势的险恶和政治斗争的残酷，可以说不言而喻。颈联写诗人极目远望，可重重叠叠的山峦遮住了视线，一同被贬的朋友天各一方，难以相见，内心郁闷盘结，恰似这曲折蜿蜒的江流，回旋激荡。结尾处翻进一层，落难如此，不要说见面了，甚至信笺也难以互传。这首诗表现了诗人对政治斗争中落难的同道的关切和悲愤沉郁的情怀，他的这种心情是有着个人身世和社会政治的深刻原因的。柳宗元的一生以33岁参与永贞革新为界，分为前后两个时期。他少年时即以才华超群闻名，21岁中进士，又登博学鸿词科。曾任监察御史里行、礼部员外郎。与刘禹锡等参与永贞革新，积极推行新政。革新失败后，柳宗元被贬为永州司马，十年后被召入京，旋即又被贬到更为荒远的柳州任刺史。他本有很高的政治热情，可尚未施展抱负即又遭到沉重打击，从此在被贬谪的炎荒之地度过了后半生。

　　这首诗包含了一个动人的关于友谊的故事。柳宗元不仅是一位成就卓著的文学家和政治家，也是一位忠诚于朋友、气节卓然的性情中人。柳宗元和刘禹锡都是793年中进士，又都是永贞革新集团的主要成员。他俩参与革新只有五个多月，一同被贬出京，分赴永州和郎州贬所。十年后被召入京，又被贬出京。当时刘禹锡被贬为播州刺史，刘禹锡有老母，已经八十多岁了。播州在现在的贵州，当时是极为荒凉之地。柳宗元上书朝廷，陈述刘禹锡的窘境，请求甘愿以柳州换播州，让刘禹锡去柳州，自己去播州。其言辞恳切，充满人性的光辉。后刘禹锡得以改贬连州。他们结伴由长安行至衡阳分路时，感慨万端。柳宗元在《衡阳与梦得分路赠别》中写道："今朝不用临河别，垂泪千行便濯缨。"《重别梦得》："二十年来万事同，今朝歧路忽西东。皇恩若许归田去，晚岁当为邻舍翁。"刘禹锡《再授连州至衡阳酬柳柳州赠别》："桂江东过连山下，相望长吟有所思。"《重答柳柳州》："弱冠同怀长者忧，临歧回想尽悠悠。耦耕若便遗身老，黄发相看万事休。"这件事受到当时人们的广泛赞扬。

韩愈后来在《柳子厚墓志铭》中说："呜呼！士穷乃见节义。今夫平居里巷相慕悦，酒食游戏相征逐，诩诩强笑语以相取下，握手出肺肝相示，指天日涕泣，誓生死不相背负，真若可信；一旦临小利害，仅如毛发比，反眼若不相识；落陷阱，不一引手救，反挤之，又下石焉者，皆是也。此宜禽兽夷狄所不忍为，而其人自视以为得计。闻子厚之风，亦可以少愧矣！"他说在世俗社会中常常存在这样的现象，有些人平时与人交往，信誓旦旦，发誓生死不相背弃，好像十分讲交情。而一旦遇到利害，哪怕是像头发丝一样的小利害，便翻脸不认人。朋友将要落到陷阱里，不伸手援救，反倒想法把他挤下去，并往下扔石头，这样的情况亦不鲜见。这种行为连禽兽、野蛮人都不忍心做，而有些人这样做了还自以为达到了目的。听得柳宗元的高尚行为，这种人恐怕会感到羞愧吧。在人生的关键时刻柳宗元对朋友的友情表现得坚定而又高尚，诗中的字字句句都是经过严峻的现实考验和印证的。韩愈对柳宗元的赞颂和推崇，其实就是对中华民族文化传统中重友情、重气节的高尚人格的推崇。

第三讲 思乡怀亲

一、导读

　　乡土情结，是中国古典诗歌的重要主题；思念家乡，是中华民族千百年来的情感积淀。"鸟飞反故乡兮，狐死必首丘"（屈原《九章·哀郢》），"胡马依北风，越鸟巢南枝"（《古诗十九首》），人们认为思念故乡，对乡土的至死不渝的依恋，乃是有灵性的动物与生俱来的一种本能，人就更莫能例外了。乡情是对出生并生长的土地的眷恋。一个人的出生是不能选择的，一个人来到这个世界的某一角落，并不是自己的主观愿望，但这里的一切都对一个人的成长留下不可磨灭的印记。自然山水、气候风物、方言土语、饮食习惯、服饰居处等，都铸造着人的性格、意志，以及对人生的态度。无论成人后走到哪里，都会对故乡产生一种认同感，这是融化在人的血液中而不可去除的一种根性。古代由于经济、交通不发达，这种对故乡的文化认同感较之现代人更为强烈。

　　中华民族从远古时期开始，生命的繁衍和发展便牢牢维系在土地上。农业民族由于生产、居住条件的稳定，性格不像游牧民族那样剽悍，感情不像游牧民那样奔放，他们的活动范围狭小，把一切都系念于土地。在民族文化、民族心理方面，也是以农业生产为其潜在而又强大的背景。老子宣扬的小国寡民，"鸡犬之声相闻，民至老死不相往来"，儒家"父母在，不远游"的观念，陶渊明憧憬的"世外桃源"都对人们的生活有重要的影响，反映了人们重土恋乡的乡土情结。土地对于农耕民族来说，是维系个人生存和群体存在的根本，家族、政权、国家，一切都与土地有着无法割舍的联系。

唐代诗歌中的乡愁有着鲜明的时代特色，国力的强盛和建功立业的远大抱负，使唐人即使在抒写乡愁时也充满了豪放明朗的情调。崔颢的《黄鹤楼》写诗人登上黄鹤楼远眺，引起怀古的幽情和思乡的愁情。全篇创构了具有悠久的时间感和广阔空间感的意境，最后两句以烟波浩渺的江景，烘托出思乡的愁绪，"日暮乡关何处是？烟波江上使人愁"，虽然写乡愁，却有阔大的气象。王湾《次北固山下》写的虽是思乡的情感，"客路青山外，行舟绿水前"，却意象饱满，境界浩大；"潮平两岸阔，风正一帆悬"，更是一派盛世气象。贺知章《回乡偶书》抒写久客伤老之情，以天真烂漫的儿童与历经人生甘苦的诗人形成鲜明的对照，再以不变的湖水衬托人事的种种变化和无常，感慨深沉而语言朴素，显示出诗人高超的表现功力。写悲伤而不陷于绝望，慨叹衰老而仍然洋溢着对青春年少的赞美，正是对盛唐之音的一种体现。晚唐崔涂《春夕》的前半："水流花谢两无情，送尽东风过楚城。胡蝶梦中家万里，子规枝上月三更。"于思乡念家中透露出空幻之感，抑郁低沉。其情调与盛唐的就大不相同了。

乡愁是古往今来反复为诗人所吟唱的重要主题。思乡就是漂泊在外的人对故国家园的思念之情。古代农业社会，故乡作为一个地缘概念，是和家庭血缘关系紧密联系在一起的。无论是去国怀乡、忧谗畏讥的迁客骚人，还是少年不识愁滋味、壮游天下的青春俊彦，在旅途的漂泊中，难免产生"日暮乡关何处是？烟波江上使人愁"的慨叹。所谓乡愁本质上乃是旅愁，因旅途的风雨和孤单油然而生的渴望与怀想。唐宋乡愁诗对后代诗歌创作有着深远的影响。对浪迹天涯的游子来说，故乡是真切的慰藉，乡愁是触景所生之情；而对于那些以天地为人生之逆旅的智者而言，故乡又成为借物起兴的象征之物。从经济、文化、地理和血缘各个角度来分析乡愁产生的原因，可以使我们对中国古典诗歌中的思乡诗有进一步的认识。

现代人生活在高楼林立、高速公路交叉环绕的大都市里，数字化成为生存的标准样式和基本内涵，信息通信高度发达，无论天涯海角，瞬间即可通话交谈。交通的高度发达使得与家乡的空间距离也大大缩短。与此同时，现代人寻找精神家园的愿望也愈加强烈，一种难以名状的情绪在夜深人静时或许会不知不觉地冒出来，并带来那个古老的问题：我是谁？从哪里来？到哪里去？这就是乡愁，这就是思乡的情绪对人心灵的撞击，激发起对生命、对亲人、对童年时光的记忆和感悟。令人魂牵梦萦的故乡，已经被人们在心中美化和理想化了，人生如寄，叶落归根，生于斯长于斯的故乡，犹如脐带一样曾经连接着我们全部的生命信息，是我们割舍不去的思念，一往情深而历久弥新。

中华文化对家族血缘伦理高度重视，家庭是维系家族生存延续的纽带，也是人伦关系的源头。"五伦"中父母亲子关系和兄弟同辈关系是社会关系的基本单位，父慈、子孝、兄爱、弟恭是血缘亲情的必然要求。《诗经》是中国最早的诗歌总集，主要是从民间采集的作品，"饥者歌其食，劳者歌其事"，反映了广阔的社会生活和人们真实的思想感情。就表现亲情而言，《诗经》便有许多感人的篇章。《邶风·二子乘舟》写母亲牵挂远行在外的儿子："二子乘舟，泛泛其景。愿言思子，中心养养。二子乘舟，泛泛其逝。愿言思子，不瑕有害？""景"在这里是远行的样子。"养养"形容忧愁而心神不定。两个孩子乘舟远行，母亲担忧江河浪大路途遥远，时时刻刻思念牵挂，心中充满忧愁，放心不下，担心他们会不会遇到灾和难。全诗只有两章，以重章叠句的形式反复咏叹，其慈爱之心历历可见。《诗经·小雅·蓼莪》则是写儿子因不能报答父母养育之恩而感到深深的愧疚和自责："蓼蓼者莪，匪莪伊蒿。哀哀父母，生我劬劳。蓼蓼者莪，匪莪伊蔚。哀哀父母，生我劳瘁。瓶之罄矣，维罍之耻。鲜民之生，不如死之久矣。无父何怙？无母何恃？出则衔恤，入则靡至。父兮生我，母兮鞠我，抚我畜我，长我育我。顾我复我，出入腹我。欲报之德，昊天罔极。南山烈烈，飘风发发。民莫不穀，我独何害！南山律律，飘风弗弗。民莫不穀，我独不卒。"全诗共六章。诗题"蓼莪"是首句的紧缩形式。主人公哀叹自己生活太穷，终年劳累也不能养活父母，没有能够尽到孝心，无法报答父母的养育之恩，心中十分痛苦。这首诗的特点是以第一人称表达强烈的感情，"哀哀父母，生我劬劳""哀哀父母，生我劳瘁"。特别是第四章，总共八句，用了九个动宾结构的词组，"生我""鞠我""抚我""畜我""长我""育我""顾我""复我""腹我"，把父母亲养育自己长大的过程和辛苦表达得形象生动、淋漓尽致。由此引发"欲报之德，昊天罔极"，父母的恩情如天地一样伟大，慨叹自己难以报答就显得顺理成章、自然感人。这种比兴咏叹、铺陈抒情的方式对后世有很大的影响。

严父慈母的传统，使得子女对父亲始终保持着一种敬畏感，父子之间的关系犹如政治生活中的君臣关系，具有鲜明的统属观念和等级观念。男主外，女主内，男子要靠外在的事功来立足于社会，士大夫知识分子或仕途或军功或游宦，跋山涉水，立功立业，即使是血缘亲情也深藏不露，很少表现出来。而子女与母亲朝夕相处，母亲对子女的抚养和感情是从日常生活的点点滴滴中体现的，是时时处处都存在的感情的直接交流。古典诗歌中抒写父子之情的诗歌很少，最能够感动人的就是歌颂母爱的作品。兄弟因有血缘关系，带有与生俱来的亲密感。相传曹植的《七步诗》"煮豆燃豆萁，豆在釜中泣。本是同根生，相煎何太急"，表现的是兄弟不和、骨肉相残的悲剧，其悲剧的意味就在于血缘"同根"的兄弟关系遭到破坏所引起的情感创痛。兄弟属于同辈，年龄相近，往往具有同样的社会角色定位与生活道路，在仕途和生活中也有更多相互交流或共同进行的事情。"至于兄弟天伦，古人谓之手足，言其本同一体也。"[1]在唐代诗歌中表现兄弟之情的作品数量多，内容也是十分感人的。王维的《九月九日忆山东兄弟》、杜甫的《月夜忆舍弟》、白居易的《自河南经乱关内阻饥兄弟离散各在一处因望月有感聊书所怀寄上浮梁大兄於潜七兄乌江十五兄兼示符离及下邽弟妹》，都是流传久远、脍炙人口的著名诗篇。

诗歌是对人生经验的提炼和概括，是对日常生活的审美观照和陌生化的反映。家人之间的感情有许许多多表达的方式，所以在日常生活中反倒不需要或是很少用诗歌来表达对父母兄弟的感情。诗歌源于情感的触动，由感而发，这种触动和感发往往是在特定的环境条件下产生的。一种情况是送别时的难舍，

---

[1]（宋）真德秀：《潭州喻俗文》，《西山先生真文忠公文集》卷四十，四部丛刊本。

一种情况是分别后的思念。而这种思念亲人的情感在特定的节日里会变得异常强烈。唐宋诗歌反映亲情的作品，大多是在这两种情境下产生的。许多中国传统节日是与家族血缘关系和活动相关的。如春节家人团聚，清明节祭祀亲人，中秋节月圆象征团圆，重阳节赏菊祝寿，等等。这些重大节日往往成为表达亲情的契机，王维的"每逢佳节倍思亲"就道出了其中的奥妙。客居在外，异乡不同的风光景物，引起诗人将异乡风光与自幼熟悉的家乡景物的对照，借此给予审美主体以强烈的刺激，激发诗情。高明的诗人能够把具有独特个人情感色彩的体验变成具有普遍意义的优美诗句，使之获得永恒的意义。

二、名作赏析

次北固山下[1]

王 湾

客路青山外，行舟绿水前。[2]
潮平两岸阔，风正一帆悬。[3]
海日生残夜，江春入旧年。[4]
乡书何处达，归雁洛阳边。[5]

注释

[1] 王湾，洛阳人。唐先天年间（712—713）进士，开元初为荥阳（今河南荥阳）主簿。早有文名。与学士綦毋潜交好，"尝往来吴楚间"。多有著述。次：停宿。北固山：在今江苏镇江以北，三面临江。

[2] 首联以对偶起句，气象不凡。客路：指作者要去的路。"青山"点题中"北固山"。作者乘舟，正朝着展现在眼前的"绿水"前进，驶向"青山"，驶向"青山"之外遥远的"客路"。本来在行舟羁旅之中，容易产生凄凉忧伤之感，然而"青山""绿

水",一片春光荡漾,冲淡了客游的伤感。

[3] 次联上句"潮平两岸阔",恢宏阔大,写出春潮涌涨,江水浩渺的景象。放眼望去,江面似乎与岸平了,船上人的视野也因之开阔。下句"风正一帆悬",描写风帆,别出手眼。"悬",端端直直地高挂着的样子。所谓"正",是说风向与行舟的方向完全一致,所以帆同样正而不偏,显出轻舟快行的速度。既然是"悬",也可知道此风既是顺风,又是和风,帆才能够高高悬挂。

[4] 第三联是写行舟的季节和时间。江上行舟,即将天亮,海上升起了一轮红日,驱散了残夜的黑暗,黎明的到来给了夜晚行舟者温暖和光明。残夜还未消退,一轮红日已从海上升起;旧年尚未逝去,江上已呈露春意。这是说立春在春节之前,旧年未过,而春天已经到来。"日生残夜""春入旧年",都表示时序的交替,在景物的描写中透露出新陈代谢,生生不息的意味。

[5] 结句点出乡愁。前三联处处在写客路行舟中的景色和感受,为尾联直接抒情做了充分的铺垫。黎明时分,海日东升,潮平岸阔,一叶归舟继续驶向青山之外的客路。正当此时,诗人看到了一群北归的大雁掠过天空。诗人不禁想起了"雁足传书"的故事,祈望大雁能够捎信给洛阳的家人,传达游子的信息和问候。这两句承上而来,与"客路"遥相呼应,一缕淡淡的乡思愁绪萦绕在诗人的心头,也弥漫在青山绿水之间。

简析

  这首诗写的是诗人行舟停泊江边,黎明时分即将出发时的所见所感。诗人一路行来,当舟停泊在北固山下的时候,潮平岸阔,残夜退去,海日东升,归雁北飞,触动了诗人的情思,写下了这首诗。王湾在盛唐称不上大家,流传下来的诗歌也很少,却以这首诗在名家辈出的盛唐诗坛上占据了一席之地,为唐代诗歌增添了光彩。

  气象阔大是这首诗的显著特点。诗人写的是早春远行江南的情景,着力表现了对江南早春的新鲜感受。北方还处于残冬未消之时,江南已是青山绿水,潮平岸阔,诗人的喜悦、新奇的心情从他所摄取的景物中可以清楚地感受到。

青山之外还有青山，绿水之前还是绿水，映入眼帘的是千里江南的早春风景，所以诗人虽写的是"客路"，却毫无常见的羁旅忧愁之感。"潮平两岸阔"自然是大景，而"风正一帆悬"，看似小景，其妙处正如王夫之所指出的，在于"以小景传大景之神"（《姜斋诗话》卷上）。诗句妙在通过"风正一帆悬"这一特写镜头，表现了平野开阔、大江直流的大景。"海日生残夜，江春入旧年"，着眼点也是空间和时间的恢宏无限。当时的宰相燕国公张说曾亲手题在政事堂，让朝中文士作为楷式。这两句诗之所以脍炙人口，在于诗人不仅构思奇妙，表达透彻，还在于其中蕴含了一种阔大的气象，在描写景物、节令之中，蕴含着一种自然的理趣。太阳每天升起，残夜终将退去；生机勃勃的"春意"闯入旧年，新生的事物有着无限的生命力。诗句表现了具有普遍意义的生活真理，给人以明朗乐观、积极向上的艺术鼓舞力量。明代的胡应麟在《诗薮·内编》卷四中曾经用这两句诗作为盛唐气象的代表，与中唐、晚唐的诗歌比较，指出不同的时代有不同的气象。王湾的这首诗，从艺术价值和思想价值来看，都显示了诗人高度的创造性，体现了盛唐的时代精神。

回乡偈书二首[1]

贺知章

少小离家老大回，乡音无改鬓毛衰。[2]
儿童相见不相识，笑问客从何处来。[3]

离别家乡岁月多，近来人事半消磨。[4]
惟有门前镜湖水，春风不改旧时波。[5]

注释

[1] 贺知章（约659—约744），字季真，越州永兴（今浙江萧山）人。为"吴中四士"之一，自号"四明狂客"。武后证圣元年（695）进士，举超拔群类科，授国子监四门博士，迁太常博士。玄宗开元年间（713—741），历任太常少卿、礼部侍郎、集贤院学士、太子右庶子充侍读、工部侍郎、秘书监，官终太子宾客、秘书监。贺知章于天宝三载（744），辞去太子宾客、秘书监的官职，告老返回故乡越州永兴（今浙江萧山），时已86岁，距他中年离乡已有50多个年头了。偶书：偶而所写作。

[2] "少小"两句：一个少小离家的人还乡了，鬓发已白还操着乡音。诗中用"少小"和"老大"的对照，隐括了诗人久客他乡几十年的经历，是一幅自画像。

[3] "儿童"两句：儿童看到有陌生人来到，热情笑问客人来自何方。这两句的妙处在于写久客他乡衰老伤感之情，却借儿童的"笑问"来表达，儿童的热情天真衬托出诗人的衰老，也使诗人想到了自己曾经有过的童年时代。自己感觉叶落归根，本是此地的主人，没料到却被儿童当作了"客"，顿感失落，却不明言，无限的感慨都暗寓在充满情趣的戏剧性场面之中，意绪丰富。

[4] "离别"两句：感慨数十年背井离乡，引出有关故乡人事变化的议论，许多深深触动诗人感情的具体内容都在其中了。

[5] "惟有"两句：镜湖，在今浙江会稽山的北麓，周围三百余里。贺知章的故居即在镜湖之旁。诗人以不变的湖光水色反衬人事的沉浮消磨，于景物描写中透出议论，写尽"物是人非"之感。

简析

　　这首诗抒写久客伤老之情。其特点主要是以对照的手法写出复杂的意绪。自身年龄的对举是一种对照。"少小"两个形容词并列，强调年轻的程度；"老大"两个形容词并列，也突出了衰老的程度。"少小"与"老大"相对照，并以"乡音无改"和"鬓毛衰"分别承接补充，产生了一种惊心动魄的效果。儿童与归客的问答又是一重对照。儿童眼中所见与归客眼中所见，是完全不同的，因而所感也完全不同。儿童热情礼貌，以主人的身份对陌生人相迎，"客"的称呼、

"何处来"的问候,则使诗人陡然产生自己完全已被故乡遗忘的感觉。儿童无心笑问,言尽而意止;诗人却闻声而感,引出了无穷感慨,自己的老迈衰颓与反主为宾的悲哀,尽在这看似平淡的儿童笑问中了。诗人的感叹就在这种对照中自然产生,诗歌在有问无答处悄然作结,无限感慨留在了画面之外。画面之中和画面之外也是一种对照。画面之中是一幅充满欢声笑语的戏剧性场面,画面之外则是诗人久客伤老的浓重感伤。哀情而用乐景表现,诗的感情自然,语言声韵仿佛自肺腑自然流出,朴实无华,毫不雕琢,读者在不知不觉之中被引入了诗的意境。

　　第二首是写到家后的深一层感受,在意思上接续第一首。诗人到家之后,自然免不了要与亲戚朋友拉家常,交谈过去所熟悉的人和事。由于离别家乡的时间很长了,得知家乡人事的种种变化,在为自己背井离乡暮年归来叹息的同时,不免发出人事无常的慨叹。这里的"人事半消磨",是有着许多具体内容的,有喜有悲,难以在一首绝句中尽述,虽用概括、模糊的语言来表述,却能激起读者很多合理的联想与推测。三、四句以景结情,笔墨转到了自然风光和人事的对照。尽管诗人已经鬓毛衰白,可是镜湖之水仍然如同当年离开时一样,浪卷波涌,一如往日,自然引起物是人非的慨叹。

　　贺知章的这两首绝句摄取了久客归乡时典型场景,以探幽入微之笔,生动形象地揭示了归客心底的波澜。诗人的不同寻常之处就在于典型地概括了久客远行、游子归乡之所经历却又未经道出的共同感受,表现了具有普遍意义的情感,传神写照,开辟了前人所没有表现的诗境,语言质朴无华,情感真挚,意味深长,成为具有永恒意义的乡思名篇,激起不同时代人们的共鸣。

九月九日忆山东兄弟[1]

王　维

独在异乡为异客,每逢佳节倍思亲。[2]

遥知兄弟登高处，遍插茱萸少一人。[3]

注释

[1] 这首诗因重阳节思念家乡的亲人而作。王维家居蒲州（今山西永济），在华山之东，所以题称"忆山东兄弟"。写这首诗时他大概正在长安谋取功名。

[2] 首句用"独"字领起，直贯"异乡为异客"，下句中的"每逢"与"倍"是与"独"和"异"相呼应的，对照、渲染，具有强烈的艺术效果。

[3] 古代重阳节有登高的风俗，登高时佩戴茱萸囊，据说可以避灾。茱萸，一名越椒，一种有香气的植物。

简析

　　这首诗是王维17岁时的作品。明明写自己怀念兄弟，却用遥想中兄弟们的怀念来表达，这样就扩大了诗的情感容量，前两句的朴素无华而又高度概括的表达，成了最能表现客中思乡感情的格言式的警句。诗人采用了层层渲染、翻进加倍的手法。"独"就是单独、孤独，所谓"茕茕孑立，形影相吊"。一个独字，凝聚了对亲人的思念和对自己孤孑处境的感受。乡是"异乡"，强调与家乡地理上的距离；客是"异客"，突出远离亲人在情感上的孤独。两个"异"字从不同的角度刻画了游子的处境和心境。孤身在外，思念家乡和亲人时时都会萦绕在心头，这是不言而喻的。而佳节乃良辰美景，是家人团聚的日子，佳节思亲就将乡愁更推进了一层。"每"则强调不是某个节日偶然想起，而是"每逢佳节倍思亲"，在"佳节"，思乡的情绪会加倍强化。这样就把思乡情绪无时无刻、无休无止地带入思念和愁怅的状态，做了步步推进、直指内心深处的刻画。后两句在情感的抒发直达高潮之后，变换一种写法，不是承上而写自己孤独的感受或环境，而是从侧面来写，遥想兄弟登高观景，自己独在异乡，不能参与，远在故乡的兄弟们今天登高时身上都佩戴上了茱萸，却因为缺少一人不能团圆而感到遗憾。这种从侧面落笔的写法，一石三鸟，既渲染了自己漂泊在外的孤独，又表达了兄弟之间平日的情谊，更突出了对家乡的思恋和对亲人的关切体贴。看似平静道来，实则蕴含丰富，激发起读者更大的想象空间。

渡荆门送别[1]

李 白

渡远荆门外，来从楚国游。[2]

山随平野尽，江入大荒流。[3]

月下飞天镜，云生结海楼。[4]

仍怜故乡水，万里送行舟。[5]

注释

[1] 李白第一次离开蜀地，乘船沿长江东下，在船出三峡后，写下了这首脍炙人口的五律。荆门：荆门山，位于今湖北宜都西北，自古即有楚蜀咽喉之称。走过这里，蜀中的诸山就再也看不见了。

[2] 从：就。楚国：指长江中下游地区，先秦时期为楚国统辖的范围。

[3]"山随"句：蜀山连绵，至荆门而尽，山势随着平原的出现将要告终。大荒：广阔的原野。

[4]"月下"句：月亮倒映在水中，如同明镜从天上飞下。

[5] 怜：爱，爱怜。故乡水：指从四川流来的长江水。

简析

　　这首诗意境高远，想象瑰丽，表现了青年李白初次离开家乡时的精神风貌。诗人远渡荆门，极目远望，雄奇壮丽的大好河山，激发了诗人的丰富想象与进取精神。首联"渡远荆门外，来从楚国游"，从述说自己的行踪入手。李白初次出蜀，由水路乘船远行，从峨眉山沿平羌江（青衣江）"向三峡"，入长江，经渝州，一直来到楚蜀咽喉的荆门山，而此行的目的地则是到湖北、湖南一带的楚国故地游观。颔联"山随平野尽，江入大荒流"，写三峡奇丽的群山延续到荆门山，景色已发生了很大的变化，地势平坦，视野开阔，不同寻常的景色给了诗人不同寻常的感受。大江两岸的群山逐渐消失了，浩荡的长江流入了广阔的平野，而随着江水极目远眺，汹涌江水流向水天交接之外，似乎流入旷古空寂的荒野，寥廓而又遥远，引发无尽的想象。颈联"月下飞天镜，云生结海楼"，描写江面平静时，俯视月亮在水中的倒影，好像从天上飞来的一面明镜；仰望天空，云彩兴起，变幻无穷，结成了海市蜃楼般的奇景。这一联以水中月明如圆镜反衬江水的平静，以天上云彩构成海市蜃楼衬托江岸的辽阔、天空的高远，艺术效果十分强烈。诗的前三联侧重写景，景中有情；尾联由景生情，抒发诗人在欣赏荆门山一带的风光时，面对那从故乡相随而来的滔滔江水，所产生的思乡之情。诗人没有直接说自己思念故乡，而说故乡之水恋恋不舍地一路送其远行，辞婉曲而意深广，越发显出自己对故乡的思念。

　　离别家乡的作品容易写得凄凉忧伤，而李白的这首诗充满了乐观豪迈的情调，洋溢着青年人向往建功立业的热情和理想。这与李白青少年时代的志向和不同寻常的人生经历有密切的关系。李白常以历史上有卓越建树的管仲、诸葛亮、谢安等作为自己效法的对象。但他又不肯走科举取士的道路，不屑于按部就班地浮沉于官场。他选择的道路是通过积极的社会交际来充分显示自己的才华，迅速培养自己的声誉，以引起朝野的广泛关注，以布衣而取卿相，一跃而登高位，以实现自己的宏大抱负和政治理想。李白其实并不想真心隐居，局促于一隅，终老于蜀中。李白在告别家乡时，充满了年轻人的憧憬和渴望，显示了一位立志"愿为辅弼，使寰区大定，海县清一"的青年学子的勃勃英姿。这种豪迈昂扬、意气风发在《渡荆门送别》中表现得非常充分。

旅次朔方[1]

刘　皂

客舍并州已十霜，归心日夜忆咸阳。[2]
无端更渡桑干水，却望并州是故乡。[3]

注释

[1] 刘皂（生卒年不详），咸阳（今属陕西）人。长期旅居并州。唐元和年间（806—820），假孝义尉，以忤上司而弃职，后不知所终。旅次：行路中停宿。朔方：北方。

[2] 客舍：客居。并州：唐郡府名，治所在今山西太原。十霜：十度秋霜，即十年。咸阳：今属陕西，是作者的故乡。

[3] 无端：没来由。更渡：再渡。桑干水：桑干河，源出山西北部，向东北流入河北。后半写向北远行、离家更远时的感慨。

简析

　　这是一首抒写独特的思乡情感体验的七绝。作者长年旅居并州，对故乡的思念无法断绝。这种乡愁是旅途中的游子都会产生的。可是，由于某种无法明说的原因，他不但不能回归故乡，反而要北渡桑干河，到距咸阳更远的北方去，诗人的乡愁不但无法消解，而且更加深了。

　　诗的前两句写久客并州的思乡之情。从时间的长度上来说是漫长的十年，而在十年中又突出"日日夜夜"忆故乡的归心之迫切，日夜思乡而不能回乡，其难以逾越空间距离的无奈可以想见。作者远离家乡，所体验到的乡愁，是层叠累积、难以消解的。后两句写旅次朔方，向着与家乡相反方向的朔方远行，这种空间距离的扩大，更加重了事与愿违、归期杳然的惆怅。作者抓住旅次朔方时在空间的对照中所产生的独特体验，写出了心中难言的愁苦。过去只感到十年客居并州，总是有身在异乡为异客之感。可没有想到，这次离开并州并不是久客回乡，而是到更远、更陌生的异乡去，在难以回到咸阳之际，对已经居住了十年的并州的感情就凸显出来，它已经成为诗人心中的第二故乡。这首诗的不同寻常之处在于作者抓住了"归心"与"无端更渡"之间的矛盾，通过时空的交错变化，使乡愁加倍增长，充满了一种情感的内在张力。

落日怅望[1]

马 戴

孤云与归鸟，千里片时间。[2]
念我何留滞，辞家久未还。[3]
微阳下乔木，远烧入秋山。[4]
临水不敢照，恐惊平昔颜。[5]

注释

[1] 马戴（生卒年不详），字虞臣。会昌四年（844）中进士第。官终国子博士。与当时著名诗人姚合、贾岛、殷尧藩、顾非熊诸人友善，多有诗作唱酬。诗以五律为主，格调壮丽。严羽推崇其诗"在晚唐诸人之上"（《沧浪诗话》）。这首诗的题目已经说明了"望"的时间是在黄昏日落之时，并且是满怀惆怅地遥望。虽然没有告诉"望"的对象，但已经为全诗规定了一个充满凄凉感伤色彩的基调。

[2] 开头两句写诗人在黄昏日落之时，满怀惆怅地遥望乡关时所见的景物：落日辉映的天际，一片孤云飘过，似乎追逐着空中飞过的归鸟。诗人视线随着孤云与归鸟移动，感觉它们凭着有形和无形的羽翼，虽有千里之远也可片时即达。诗人羡慕孤云与归鸟在空中疾飞无碍，对照自己的处境，惆怅自然也就在其中了。

[3] 颔联两句，写眼前的景物触发了诗人的情思。想想为什么留滞在异乡，辞别家乡久久不能归还。由外界景物的描绘自然地转入内心情感的直接抒发，在充满惆怅

伤感的自我发问中,包含了诗人浓重的乡愁。

[4] 颈联变换笔墨写景。微阳:光线逐渐减弱的夕阳。远烧:天际如野火般燃烧的云霞。"入"字把晚霞与秋山连接起来,写出余晖返照秋山,像野火在远远的秋山上燃烧,渐渐地隐没在山后的景象。

[5] 尾联又转为抒情。久客他乡留滞不还,年复一年,日复一日,岁华渐逝,容貌渐老,归期难料,不知要滞留多少时日,忧愁更是催人衰老。暮色苍茫中登临远望,惆怅难消,经过水边时,偶尔照见自己的身影,却不敢仔细察看,此刻忧愁憔悴到了极点,恐怕连自己也不愿意看见,免得因容貌憔悴到如此地步而心惊。诗人抓住瞬间的一种心理活动,做了逼真的刻画,以此收束全篇,言有尽而意无穷。

简析

  马戴的《落日怅望》是晚唐诗歌中表现乡愁的名作。这首望乡之曲在谋篇布局上的突出特点是情景的分写与交融。律诗的一般写法是前半部分写景,后半部分抒情。这首诗构思精巧,打破常规,一联写景一联写情,交替进行,四联之间的内部结构呈现参差跌宕之势,带给人变化新鲜的感觉。这是一首抒情意味很浓的思乡诗。从情景之间的关系来看,一切景语都是情语,本不存在不含情感、单纯描写景物的景语。情中有景,景中有情,是抒情诗的根本特征。不过,抒情也有直接抒情和间接抒情,所谓情语就是直接抒情,所谓景语则是间接抒情,情隐景中。诗人将情语和景语分别来写,就使得情感的抒发显、隐结合,交替推进,在情绪的发展深化上起伏抑扬,更有艺术的感染力。落日背景下孤云和归鸟的意象富有很强的暗示性,这是"隐"性的抒情;这样的景语引起诗人的思乡之念是很自然的,诗人用直接抒情的方式慨叹留滞异乡,则是"显"性的抒情。接下来落日的景象又是情隐景中,但对晚霞似燃烧、夕阳似衔山的描写,在气氛的渲染上显然比首联的写景更能撼动心魄,由此唤起诗人的迟暮之"惊",不但加重了诗人的乡愁,而且更深一层地触发了诗人内心深处感时伤逝的情绪。思乡的情绪就是这样一波高过一波地向前推进,在情景交替表现的过程中，营造出浓浓的乡愁氛围。

抒情诗以意为主，沈德潜在《唐诗别裁》中评此诗云："意格俱好，在晚唐中可云轩鹤立鸡群矣。"这里所说的"意"，是指诗的思想感情。这首诗以表现乡愁为主题，立意高远，意象饱满，其内涵具有永恒而普遍的意义。所谓"格"，就是基于诗人性情、富有个性特征的诗歌风格。诗歌的风格可分为体格与品格。体格是对诗歌艺术形式方面的体式要求，品格则是从内在方面对诗歌风格的认识。诗歌的品格与诗人的品格是一致的，并且受到时代的影响。盛唐诗歌格高调壮，中晚唐就整体的时代风格而言，逐渐趋于衰飒。但中晚唐也有例外，如"贾长江'秋风吹渭水，落叶满长安'，温飞卿'古戍落黄叶，浩然离故关'，卑靡时乃有此格。后惟马戴亦间有之"（《说诗晬语》）。"卑靡"是格调论者从时代的整体风格上对中晚唐诗风的概括，而时处中唐的贾岛，晚唐的温庭筠、马戴，却有接近于盛唐诗风的格高调壮之作。沈德潜评马戴的《落日怅望》"意格俱好"中所说的"格"，就是指品格与人格相统一的诗歌风格，在晚唐诗坛上独标高格。

游子吟[1]

孟 郊

慈母手中线，游子身上衣。[2]
临行密密缝，意恐迟迟归。[3]
谁言寸草心，报得三春晖。[4]

注释

[1] 孟郊（751—814），字东野。早年屡试不第，漫游南北，流寓苏州。及过中年，始中进士，50岁应东都选，授溧阳尉，以吟诗废务，被罚半俸。河南尹郑馀庆辟

为水陆转运判官，定居洛阳。郑馀庆移镇兴元军，任为参军。赴镇途中暴疾而卒。《游子吟》题下作者自注"迎母溧上作"。此诗是他居官溧阳时作。本诗歌颂母爱，以其深挚的情感和平易近人的语言而流传千古。

［2］开头两句用"慈母"为"游子"缝制衣服的日常生活场景，凸显母亲的慈和对儿子的爱。

［3］中间两句集中写慈母的动作和意态，"密密缝"是希望衣服更加结实，这样出门远行时日虽长衣服也不会破；但担心出门远行归来得太迟。这种复杂的心理通过动作和内心的矛盾冲突得到了凸显。

［4］寸草：象征子女。三春晖：象征母亲对子女的关爱。最后两句是前四句的升华，以通俗、形象的比喻，寄托赤子炽烈的情怀。面对春天里像太阳一样的母爱，子女犹如沐浴春晖的小草，不能报答母爱于万一。

简析

这是一首歌颂伟大母爱的诗歌，也是一首表达儿女真挚的感恩之心的抒情诗。这首诗的特点是用日常生活中朴素的细节来表达伟大的母爱。孟郊此时已经年过半百，方才获得一个县尉的官职，他为了求得功名，漫游四方，也不知多少次出外应考。可以想见，母亲每次送他远行，不知有多少牵挂。现在总算得到一个官职，能够把母亲接到身边，可以尽一点孝心了，心中有点宽慰，但同时想到多年来母亲的养育之恩，往事一幕幕浮现在眼前，母亲的博大挚爱温暖着诗人的身心，万千感受都凝聚在一个细节上，那就是每次远行时母亲为儿子缝制衣服的情景。这是最普通的细节，也是最典型的细节，在那一针一线里，包含的是母亲全部的担忧、关切、期望、慈祥。由此催发萦绕在诗人心头的无限感激、无限温暖，遂化为"谁言寸草心，报得三春晖"的感恩喟叹。全诗没有华丽的辞藻，也不加雕琢工饰，于清新流畅、淳朴素淡的语言中，饱含浓郁醇美的味道，是一曲情真意切的母爱颂歌，是一支发自肺腑的感恩之歌，千百年来拨动无数游子的心弦，引起万千读者的共鸣。

喜见外弟又言别[1]

李 益

十年离乱后，长大一相逢。[2]
问姓惊初见，称名忆旧容。[3]
别来沧海事，语罢暮天钟。[4]
明日巴陵道，秋山又几重。[5]

注释

[1] 李益（约750—约830），字君虞，姑臧（今甘肃武威）人。大历四年（769）进士，曾任郑县尉，又为幽州节度使刘济从事。唐宪宗闻其诗名，任为秘书少监，官至礼部尚书。这首诗写表兄弟因乱离阔别之后，忽然相逢又匆匆别离的情景。外弟即表弟。

[2] 开头两句直接介绍二人相逢的背景。在"十年"和"一"的对比中，突出了重逢的惊喜。他们因长期音信阻隔，存亡未卜，突然相逢，颇出意外。

[3] 此句正面描写重逢。初见时惊讶地问姓，说起名字才想起旧时的容貌。久别初见，仿佛已不相识。待知姓名，方追忆起旧时容貌。

[4] 颈联刻画久别重逢交谈的情景。诗人将分手以来千头万绪的往事，用"沧海事"一语加以概括，说明交谈的内容。黄昏到来，暮色苍茫，晚钟敲响，兄弟重逢后的长谈才不得不停下来。

[5] "明日"句，点出聚散匆匆。"巴陵道"，即通往巴陵郡（今湖南岳阳）的道路，这里提示了表弟即将远行的去向。"秋山又几重"则是通过重山阻隔的场景，把新的别离形象地展现在读者面前。

简析

这首诗写诗人与表弟久别重逢又匆匆话别，反映了动乱年代人们的聚散离合。"问姓惊初见，称名忆旧容"一联，最有特色。诗人抓住"初见"的一瞬间，做了生动的描绘。经过初步接谈，诗人惊喜不已，面前的"陌生人"原来就是十年前还在一起嬉戏的表弟。"称名"和"忆旧容"的主语，都是作者。诗人一边激动地称呼表弟的名字，一边端详对方的容貌，努力搜索记忆中关于表弟的印象。诗歌语言高度凝练，每一个字都是诗人精心推敲的结晶。从诗人所用的动词中，就可以看出其高超的艺术功力，先有"问"后有"称"，从"惊"到"忆"，诗人抓住了生活中的典型细节，做了高度的概括和凝练，层次清晰地写出了相见时的神情变化和心理状态，绘声绘色，细腻传神。亲人重逢的深挚情谊自然地从描述中流露出来。诗人用白描的手法，以凝练的语言和生动的描写，再现了乱世中人生聚散的典型场面，抒发了真挚的至亲情谊。

第四讲 爱情相思

一、导读

  在中国传统诗歌中，以爱情婚姻为题材的作品占有很大比重。《诗经》中的爱情诗多为民歌，形式短小而抒情意味浓厚，"比兴"手法得到广泛运用。不过"赋"的方式在爱情诗的表达中也有着重要的地位，爱情的表达总是以故事为依托的，《邶风·静女》《郑风·溱洧》就是如此。表达爱情悲剧的作品就更少不了通过叙述故事的发展变化来抒发情感，《卫风·氓》中的弃妇自述与"氓"相识、相恋、共同生活到最终被遗弃的经过，一系列的故事情节推动着女主人公情感的强烈表达。在乐府民歌中，叙事是十分常见的爱情表达方式，《孔雀东南飞》便是一个突出的例子。到了唐代，用叙事的手法表达爱情同样是普遍的现象。李白的《长干行》写一个女子对远行亲人的思念，从回忆"青梅竹马""两小无猜"的情景着笔，随着时间的推移加深爱情的表达，把强烈的情感寄寓在具体的叙事之中。中唐以后，爱情题材在诗歌创作中的比重大大增加，表现手法也有了新的变化。白居易的《长恨歌》开辟了叙事诗的新境界，把叙事诗抒情化了。唐明皇和杨贵妃的爱情故事虽然情节复杂，但作者在表现时略于事的叙述而详于情的抒发渲染，重心落到"离恨"的层层铺叙和描绘上，产生了动人的艺术效果。晚唐时期，爱情诗的艺术有了新的发展。爱情是人类的高级感情活动，在这种看起来纯属个人的情感中，有着极为复杂的心理内涵和社会因素的投射，尤其当它受到重重束缚和压抑并隐入意识深层时，其心理内涵也就变得愈加复杂而幽深。李商隐在中国古典爱情诗的艺术创作上取得了高度的成就，他用"无题"诗的形式，着力刻画爱情相思中的悲剧性心理，幽深凄绝。恋爱双方的身份、故事的情节、发展的过程，以及具体的情事全都成为情感的烘托而隐入情的背后，而复杂背景下爱情的强烈程度和深刻程度则得到了前所未有的发掘表现。

宋人求新求变，不主故常，于是天地万物、嬉笑怒骂，凡所见所闻、所思所感，无论何种事物、何种内容，皆能驱使于笔端，开辟了诗歌的种种新题材、新境界。而唐诗缠绵热烈、含蓄深永的爱情题材，在宋诗中却很少能见到。这主要是唐末出现并在宋代发展起来的词，其体裁形式适于言情，故宋人的这类情感大多专注于词中。"诗之道广，而词之体轻。道广则穷天际地，体物状变，历古今作者而犹未穷。体轻则转喉应拍，倾耳赏心而足矣。"[1]词是从唐代民间兴起的一种新诗体，最初是适应歌舞酒宴上歌伎舞女的演唱需要而发展起来的，其功能主要是娱乐抒情。这决定了它题材和体制上的特点。"词以艳丽为本色，要是体制使然。如韩魏公、寇莱公、赵忠简，非不冰心铁骨，勋德才望，照映千古。而所作小词，有'人远波空翠''柔情不断如春水''梦回鸳帐余香嫩'等语，皆极有情致，尽态穷妍，乃知广平梅花，政自无碍，竖儒辄以为怪事耳。"（彭孙遹《金粟词话》）韩琦、寇准、赵鼎都是宋代功勋卓著的将相，他们在词中抒写内心的情感波澜和体验，是由词这种专门擅长表达个人情感的形式体制所规定的，并不影响对他们的道德评价。诗和词在表达情感内容和功能方面的逐渐分化，到了宋代已经成为文坛的共识。在范仲淹、欧阳修的创作中，凡是涉及男女情感的内容只能从他们写的词里去找，如范词："残灯明灭枕头欹，谙尽孤眠滋味。都来此事，眉间心上，无计相回避。"欧词："凤髻金泥带，龙纹玉掌梳。走来窗下笑相扶，爱道画眉深浅入时无。弄笔偎人久，描花试手初。等闲妨了绣功夫。笑问鸳鸯两字怎生书？"像这样的缠绵语在宋诗中是找不到的，这种情况的出现，就在于诗词的分途。"人禀阴

---

[1]（清）先著：《词洁·序》，载唐圭璋编《词话丛编》，中华书局1986年版，第1327页。

阳之气以生，性情中所寓之柔气，有时感发，每不可遏。有词曲一途分泄之，则使清纯之气，长流行于诗古文。"[1]就抒情的性质而言，词和诗并没有多大区别，但在情感的内容和类型方面，却并不完全相同。词专门"以道贤人君子幽约怨悱不能自言之情"，构成了词有别于诗的一大特征。到了苏轼手中，"以诗为词"，扩大了词的表现范围，提高了词的艺术境界，到了辛弃疾，凡诗能表达的情感，词也都可以抒写了。一方面是诗词分途，一方面是词的诗化，这就使得诗歌中的爱情题材较之唐代大大缩减，转移到了词中。宋代的爱情诗虽然数量不多，其感情深度和艺术造诣仍然达到很高的水平。陆游的《沈园》就是代表性的作品。

中国爱情诗的特点，一是重视情感的雅正，讲究情感的规范性，重视情感与道德伦理的社会性的判断和评价。从《诗经》开始就有这样的传统。《毛诗序》："故变风发乎情，止乎礼义。"《论语》："《诗》三百，一言以蔽之，曰：思无邪。"强调区分生理性的情感与审美性的情感，排除感官刺激，追求精神愉悦。二是讲究含蓄蕴藉。《中庸》："喜怒哀乐之未发，谓之中，发而皆中节，谓之和。"中节即合度。《论语·八佾》：《关雎》乐而不淫，哀而不伤。"情感的表达要有分寸感。三是长于哀怨情绪的表达。悲剧性的爱情题材能够激发人们的悲悯和同情，产生更多的共鸣。越是悲凄，越是缠绵，就越能从中发现人性的光辉，起到净化情感的作用。李商隐的"春蚕到死丝方尽，蜡炬成灰泪始干""相见时难别亦难，东风无力百花残""身无彩凤双飞翼，心有灵犀一点通""春心莫共花争发，一寸相思一寸灰""刘郎已恨蓬山远，更隔蓬山一万重"（《无题》），杜牧的"蜡烛有心还惜别，替人垂泪到天明"（《赠别》），温庭筠的"三秋庭绿尽迎霜，惟有荷花守红死"（《懊恼曲》）、"捣麝成尘香不灭，拗莲作寸丝难绝"（《达摩支曲》）、"团圆莫作波中月，洁白莫为枝上雪"（《三洲词》）、"不作浮萍生，宁为藕花死"（《江南曲》），等等，都是非常警丽而深情的。

---

[1]（清）焦循：《雕菰楼词话》，载唐圭璋编《词话丛编》，中华书局1986年版，第1491页。

二、名作赏析

长干曲四首（其一、其二）[1]

崔　颢

君家何处住？妾住在横塘。[2]
停舟暂借问，或恐是同乡。[3]

家临九江水，来去九江侧。[4]
同是长干人，生小不相识。[5]

注释

[1] 崔颢（？—754），汴州（今河南开封）人。开元十一年（723）进士，曾为太仆寺丞。天宝中为司勋员外郎。《全唐诗》存其诗42首。长干曲，属乐府"杂曲歌辞"调名，多儿女言情之作。这两首是写舟行途中一男一女的问答。

[2] 横塘：在今南京西南，与长干相近。这两句是女子问话。你是哪里人？家住在什么地方？不待对方回答，她便自我介绍住在横塘。

[3] 这两句是女子的解释。停船相问，是因为听到邻船有乡音，也许会是老乡吧？

[4] 九江：这里泛指江水。这是男子的回答。家住在江边，所以长年来往江上。

[5] 生：一作"自"。这是初步相识后的感慨，"同是长干人"，落实了女子"或恐是同乡"的问话，自小离家风行水宿于江上，所以虽是同乡却不相识。

简析

　　这两首抒情小诗写的是青年男女间的感情，表达素朴真率，情调明朗健康。诗中的一问一答，实际上讲了一个故事：一个住在横塘的姑娘，在泛舟时听到邻船一个男子的话音，于是天真无邪地问道：你是不是和我同乡？诗歌的妙处在于写女子问话之后，不待对方回答，就急于自报家门，单刀直入，一下子就把人物的音容笑貌和内心活动刻画出来了。男子的回答非常含蓄。前两句初步点醒两人的共同点，都是风行水宿之人。一个"同"字，把双方的共同点又加深了一层。按惯常的思路，最后一句可能是"今日方相识"。这样就好像顺口溜了。可是诗人却不是这样。他转过笔来把原意一翻：与其说今日之幸而相识，倒不如惜往日之未曾相识。"生小不相识"五字，表面惋惜当日之未能青梅竹马，两小无猜，实质更突出了今日之相见恨晚。越是对过去无穷惋惜，越能显出此时此地萍水相逢的可珍可贵。这首诗用白描的手法，剪裁结构极见功力，寥寥几笔，就使人物、场景跃然纸上，栩栩如生，而人物情感含蓄无邪，在问答中，不着痕迹地刻画了人物的心理活动。清代王夫之赞赏此诗："墨气所射，四表无穷，无字处皆其意也。"（《姜斋诗话》）

闺怨[1]

王昌龄

闺中少妇不知愁，春日凝妆上翠楼。[2]
忽见陌头杨柳色，悔教夫婿觅封侯。[3]

注释

[1] 王昌龄（698—约757），字少伯，京兆长安（今属陕西西安）人，开元十五年（727）进士，历任汜水尉、校书郎，谪岭南。天宝初任江宁（今南京）丞，天宝七年（748）被贬为龙标（今湖南沅陵）尉。安史乱起，流离途中被濠州刺史闾丘晓所杀。王昌龄与诗人王之涣、高适、岑参、王维、李白等都有交往。以擅长七绝而名重一时，有"诗家夫子王江宁"之称。这首《闺怨》写思妇的情感。

[2] 凝妆：盛妆，精心化妆。题中称"闺怨"，一开头却从"闺中少妇不知愁"写起，一个春天的早晨，她经过一番精心的梳妆打扮，登上自家的高楼欣赏春天的美丽

景色。

[3] 陌头：田野。这两句写本来心情舒畅地欣赏春景，却忽然被满目的春色触动了青春的惆怅，对夫婿从军远征、立功封侯产生了深深的悔意。

简析

　　这是一首表现思妇心理活动的七言绝句。王昌龄善于抓住生活中人物感情的微妙变化，以寥寥几笔描绘一种充满情感的状态，善于构造想象、戏剧性行为和含蓄景象。这首诗在抒情上的特点是欲扬先抑。作者要表现的是闺中少妇的愁怨，却先从"不知愁"落笔，前两句充分渲染少妇凝妆登楼观赏春色，尽情自娱的青春欢乐，正是为下面表现虚度、怨旷蓄势。第三句笔锋一转，"忽见"，其实是忽然触发，"陌头柳色"本是最常见的春色，登楼览眺自然会看到它。可这赏心悦目的景色也许包含着不平常的场景和回忆。古代有折柳送别的习俗，也许当时送夫婿从军远征就是在这"陌头杨柳"之下，现在触景生情，引发的联想和感触与登楼前的心理状态大不相同。浓郁的"春色"能够让人愉悦，却也能引起蒲柳先衰、韶光易逝的感伤。经过如此渲染和转换，少妇惜春、伤春、叹春的情感便从潜意识中强烈地表现出来，化成了一个"悔"字。

　　少妇平日无忧无虑地上楼赏春景，可是在看到陌头柳色的刹那间，她感到了自己的孤独，这是最富于启发性的一刹那，因而也是诗意最浓厚的一刹那。诗人的高明之处就在于他把握了刹那间思想的细微变化，并用精练的语言表现出来。这首《闺怨》尽管表现少妇的愁怨，却在感伤中有一种蓬勃的朝气。王昌龄生活的盛唐时代，正是文人投笔从戎最为盛行的时代。唐代前期，国力强盛。从军远征，成为当时人们"觅封侯"的重要途径。不少人向往从军边塞建功立业的生活。从末句的"悔教"二字中，可以知道当时夫婿从军觅封侯即使不是少妇鼓励的，也起码是她所赞同的。青春年少时及时建功立业，方能获得未来远大的前程。所以闺中少妇平日里不知愁，因为在等待中有期望，在回忆中有甜蜜，在相思中有对未来夫婿"封侯"归来荣华富贵的遐想。尽管有一刹那的"悔"，却不是那种"可怜无定河边骨，犹是春闺梦里人"的绝望，也不是"古来征战几人回"的悲观，毕竟还有"封侯"归来幸福团圆的希望在给人以慰藉和温暖。这首诗所反映的情感意蕴，也带有盛唐的时代精神。

长恨歌[1]

白居易

汉皇重色思倾国，御宇多年求不得。[2]
杨家有女初长成，养在深闺人未识。
天生丽质难自弃，一朝选在君王侧。[3]
回眸一笑百媚生，六宫粉黛无颜色。
春寒赐浴华清池，温泉水滑洗凝脂。[4]
侍儿扶起娇无力，始是新承恩泽时。
云鬓花颜金步摇，芙蓉帐暖度春宵。[5]
春宵苦短日高起，从此君王不早朝。
承欢侍宴无闲暇，春从春游夜专夜。
后宫佳丽三千人，三千宠爱在一身。
金屋妆成娇侍夜，玉楼宴罢醉和春。[6]
姊妹弟兄皆列土，可怜光彩生门户。[7]
遂令天下父母心，不重生男重生女。
骊宫高处入青云，仙乐风飘处处闻。
缓歌慢舞凝丝竹，尽日君王看不足。
渔阳鼙鼓动地来，惊破霓裳羽衣曲。[8]
九重城阙烟尘生，千乘万骑西南行。
翠华摇摇行复止，西出都门百余里。[9]
六军不发无奈何，宛转蛾眉马前死。[10]

花钿委地无人收,翠翘金雀玉搔头。
君王掩面救不得,回看血泪相和流。
黄埃散漫风萧索,云栈萦纡登剑阁。
峨嵋山下少人行,旌旗无光日色薄。
蜀江水碧蜀山青,圣主朝朝暮暮情。
行宫见月伤心色,夜雨闻铃肠断声。
天旋地转回龙驭,到此踌躇不能去。[11]
马嵬坡下泥土中,不见玉颜空死处。
君臣相顾尽沾衣,东望都门信马归。
归来池苑皆依旧,太液芙蓉未央柳。[12]
芙蓉如面柳如眉,对此如何不泪垂。
春风桃李花开日,秋雨梧桐叶落时。
西宫南内多秋草,落叶满阶红不扫。[13]
梨园弟子白发新,椒房阿监青娥老。[14]
夕殿萤飞思悄然,孤灯挑尽未成眠。
迟迟钟鼓初长夜,耿耿星河欲曙天。
鸳鸯瓦冷霜华重,翡翠衾寒谁与共。
悠悠生死别经年,魂魄不曾来入梦。
临邛道士鸿都客,能以精诚致魂魄。[15]
为感君王辗转思,遂教方士殷勤觅。
排云驭气奔如电,升天入地求之遍。
上穷碧落下黄泉,两处茫茫皆不见。[16]
忽闻海上有仙山,山在虚无缥缈间。
楼阁玲珑五云起,其中绰约多仙子。[17]
中有一人字太真,雪肤花貌参差是。
金阙西厢叩玉扃,转教小玉报双成。[18]
闻道汉家天子使,九华帐里梦魂惊。

揽衣推枕起徘徊,珠箔银屏迤逦开。[19]
云鬓半偏新睡觉,花冠不整下堂来。
风吹仙袂飘飘举,犹似霓裳羽衣舞。
玉容寂寞泪阑干,梨花一枝春带雨。
含情凝睇谢君王,一别音容两渺茫。
昭阳殿里恩爱绝,蓬莱宫中日月长。[20]
回头下望人寰处,不见长安见尘雾。
唯将旧物表深情,钿合金钗寄将去。
钗留一股合一扇,钗擘黄金合分钿。[21]
但教心似金钿坚,天上人间会相见。
临别殷勤重寄词,词中有誓两心知。
七月七日长生殿,夜半无人私语时:
在天愿作比翼鸟,在地愿为连理枝。[22]
天长地久有时尽,此恨绵绵无绝期!

注释

[1] 这是白居易35岁任盩厔县尉时所作。与此同时,陈鸿写了一篇《长恨歌传》,都以唐玄宗和杨贵妃的爱情故事为题材。因李、杨爱情是悲剧结局,于是以"长恨"标题。歌:诗歌的一种体裁,即歌行体。

[2] 汉皇:借指唐玄宗。倾国:指绝色美女。《汉书·外戚传》说李延年善歌,侍武帝,歌曰:"北方有佳人,绝世而独立。一顾倾人城,再顾倾人国。宁不知倾城与倾国,佳人难再得。"上叹息曰:"善!世岂有此人乎?"平阳主因言延年有女弟,上乃召见之。实妙丽善舞,由是得幸。

[3] "杨家有女"四句:据《新唐书·后妃传》,玄宗贵妃杨氏,小名玉环,为杨玄琰之女,幼养于叔父家。初为玄宗子寿王之妃。开元二十四年(736)玄宗武惠妃死,人言玉环资质超群,遂召纳禁中。先出为女道士,为寿王另娶韦氏,然后杨氏入宫得幸。杨玉环晓音律,善歌舞,聪明警颖,善察人意。玄宗得杨妃,六宫妃妾、才

人，遂无亲近者。

[4] 华清池：温泉，在陕西临潼骊山华清宫。后文"骊宫"即指华清宫。

[5] 金步摇：首饰名，后妃所戴，金制，上有串垂珠，行步则摇。

[6] 金屋：谓特别华美的居室。据《太真外传》说，杨玉环在华清宫有梳妆之所，名端正楼。此处言金屋，用汉武帝"金屋藏娇"的语意。

[7] 列土：指裂土封侯。杨妃得玄宗专宠，叔父兄弟皆封侯，姐妹封国夫人，富比王室。

[8] 渔阳鼙鼓：指安禄山叛乱。天宝十四年（755）十一月，安禄山反于范阳。安禄山反，渔阳从之。渔阳在今北京大兴，古称蓟州，天宝中改渔阳郡，隶属范阳节度。白居易托古讽今，以"汉皇"代指玄宗，借汉彭宠据渔阳反汉事代指安禄山反唐。鼙（pí）鼓。军鼓、战鼓。霓裳羽衣曲：舞曲名，旧传为玄宗所作，宋王灼《碧鸡漫志》详加考订，"予断之曰：西凉创作，明皇润色，又为易美名"。此曲本为西曲调，开元年间西凉府都督杨敬述进呈，后明皇赏月有感，据此曲改制，名为《霓裳羽衣曲》。杨妃进见日，曾奏此曲。

[9] 九重城阙：指京城。翠华：皇帝仪仗中用翠鸟羽毛装饰的旗子。

[10] "六军"两句：天宝十五年（756），安禄山率兵入关，唐玄宗仓皇奔蜀，至马嵬驿（在今陕西兴平），六军不进，请杀杨氏兄妹。玄宗乃被迫下令杀杨国忠，命高力士缢死杨贵妃。

[11] 天旋地转：指国家平息叛乱。回龙驭：指玄宗由蜀中回到长安。

[12] 太液：池名。汉武帝建于建章宫北，周四十顷，中起三山，以像蓬莱、瀛洲、方丈三仙山。遗址在今陕西省西安市长安区西。唐代亦建太液池于大明宫内。未央：宫名。汉高祖建，遗址在今西安市西北。

[13] 西宫南内：唐宫城在皇城北，谓之西内（西宫）；兴庆宫在皇城东南，谓之南内。

[14] 梨园：故址在长安禁苑中。唐玄宗曾选乐工300人，宫女数百人，教授音乐于梨园，亲自订正声误，号为"皇帝梨园弟子"。后世因称戏班为梨园。椒房：汉后妃居室以椒粉涂壁，取其清香及多子的寓意。阿监：侍奉帝妃的女官、奴仆。青娥：原称少女，引申指青春容颜。

[15] 临邛（qióng）：今四川邛崃。鸿都：洛阳北宫门，此处借指京城。

[16] 碧落：天上。黄泉：地下。

[17] 五云：五色云霞。绰约：美好的样子。

[18] 玉扃：指玉石门扇。小玉：吴王夫差之女名小玉。双成：西王母座前玉女。这里均借指杨玉环在仙山的侍婢。

[19] 珠箔：珠帘，汉武帝建造神室，以珠串编为帘。迤逦：绵延不绝。

[20] 昭阳殿：汉宫殿名，赵飞燕曾居。借指唐内宫。蓬莱宫：传说中仙山宫殿名。

[21] "钗留"两句：钗有两股，捎去一股，留下一股。钿分两扇，带去一扇，留下一扇。以此作为传情的信物。合，盒。钿（diàn），盒上镶嵌的金花片。擘，分开。

[22] 比翼鸟：雌雄相并而飞的鸟。连理枝：两树异根而枝干缠合为一体。

简析

　　《长恨歌》以安史之乱为背景，展现了唐玄宗和杨贵妃悲剧故事的全过程。诗的前一部分对玄宗的荒淫和沉湎于歌舞酒色、贵妃的媚上邀宠和恃恩而骄而招致祸乱有所讽刺批判。后半篇则对贵妃的死、玄宗对她缠绵悱恻的相思和回宫后晚景的凄凉，以及他们天上人间生离死别的深长痛苦，表示了极大的同情，并用浪漫主义的手法把他们的爱情理想化。因此本诗的主题思想是复杂而矛盾的。从全篇来看，对悲剧主人公的同情成为主要倾向。这首诗情节曲折多变，描写细致，委婉情深，首尾完整，语言流畅清丽，音韵和谐圆美，抒情气氛十分浓厚，诗中用典很少，而佳句颇多。

　　"长恨"的意思有三层，第一层意思是从主人公来说，生死相思而永无见期，这就是长恨。"海外徒闻更九州，他生未卜此生休"（李商隐），最终他们也没能实现"世世代代为夫妇"的愿望。第二层意思是从作品体现的"长恨"。李隆基和杨玉环的故事是一出悲剧。这出悲剧的深刻性在于他们既是悲剧的承受者，又是悲剧的制造者。李、杨爱情的特殊性在于他们的特殊身份。皇帝承担着治理国家的责任。一般人为了爱情而忘乎所以，可能给自己带来幸福，也可能带来不幸；而皇帝为了爱情忘记了自己的责任，就会给国家和民族带来灾难。李、杨的爱情悲剧深刻地说明了这一点。他们沉溺于自己的享乐，"从此君王不早朝"，终于导致了安史之乱。对帝王来说，在情与理的冲突中，必须以理节情，以礼节情。否则就会给自己带来永难弥补的长恨。白居易在诗中客观地揭示了这一深刻的道理。第三层意思，即时代的"长恨"。中唐时期的知识分子渴望中兴，他们无限留恋盛唐的繁荣和强盛，"忆昔开元全盛日"。他们对唐明皇的感情是复杂的。唐明皇的一生与大唐帝国的兴衰密切相关，尊崇、向往与同情、遗憾并存。"此恨绵绵无绝期"，大唐帝国繁盛局面的一去不复返是他们永久的恨憾。

《长恨歌》取得了高度的艺术成就。诗人采用虚实结合的手法，突出主题。《长恨歌》以历史为基础，但又不拘泥于历史事实。诗人一是对写作的素材进行剪裁，有意隐去杨玉环曾为寿王妃的事实。二是后半通过想象虚构了唐明皇和已经命归黄泉的杨贵妃互通心曲的场景，着力刻画了仙境中杨玉环的心理和形象。失去杨妃和皇位的唐玄宗与仙境中的杨玉环已经不是皇帝和贵妃，而是经过净化的爱情悲剧的主人公，美丽而坚贞。在作者的笔下，特殊的事件获得了广泛的意义，李、杨的爱情得以升华，"在天愿作比翼鸟，在地愿为连理枝"的超越时空的对永恒爱情的追求，成为普天下有情人梦寐以求的爱情的理想境界和表达爱情的美丽誓言。理想和现实的尖锐矛盾造成了巨大的反差，刻骨铭心的相思和肝肠寸断的分离，给人们的心灵带来强烈的震撼力。越是情感强烈，便越是感到生离死别的痛苦；越是分离，便越是感到真挚情感的珍贵。细节刻画真实、传神。"天生丽质难自弃"一语，既回应上文写了汉皇的重色和无所不至的寻求，又写了杨妃终难自掩的容颜丽质。"闻道汉家天子使，九华帐里梦魂惊"，表现杨妃见道士吃惊，后又半信半疑，最后则急急与道士见面的过程。作者善于通过人物对事件、环境的感受和反应来表现人物的感情，因而常常把叙事、写景和抒情结合为一。例如"六军不发无奈何，宛转蛾眉马前死"，以精选的意象来营造适当的氛围，烘托诗歌的意境。又如"行宫见月伤心色，夜雨闻铃肠断声"，其画面中透露的凄楚、感伤、怅惘的意绪为诗中的人物、事件染色，也使读者面对如此意境、氛围而心动神摇，沉浸于作品创造的氛围中。白居易的这类诗歌强化了叙事诗的抒情性。首先表现在结构上，作者突出的不是戏剧化的场面而是主观感情的倾泻。与此前的叙事诗相比，《长恨歌》虽也用叙述、描写表现事件，但作者把事件简化到了不能再简的程度。只用一个中心事件和两三个主要人物来结构全篇，叙述只是抒情的桥梁，如安史之乱是牵扯众多人物和场面的重大事件，在诗中只是用"渔阳鼙鼓动地来，惊破霓裳羽衣曲"一笔带过，而在便于抒情的人物心理描写的环境气氛渲染上，则泼墨如云，尽情挥洒。这类歌行体叙事诗，在简洁精炼的叙事结构中，突出表现情感的深刻真挚，层层铺叙，渲染衬托，语言流畅婉转，音节和谐响亮，发展了中国叙事诗艺术。

遣悲怀三首[1]

元　稹

谢公最小偏怜女，自嫁黔娄百事乖。[2]
顾我无衣搜荩箧，泥他沽酒拔金钗。
野蔬充膳甘长藿，落叶添薪仰古槐。[3]
今日俸钱过十万，与君营奠复营斋。[4]

昔日戏言身后意，今朝都到眼前来。[5]
衣裳已施行看尽，针线犹存未忍开。
尚想旧情怜婢仆，也曾因梦送钱财。[6]
诚知此恨人人有，贫贱夫妻百事哀。[7]

闲坐悲君亦自悲，百年都是几多时！[8]
邓攸无子寻知命，潘岳悼亡犹费词。

同穴窅冥何所望？他生缘会更难期！[9]

惟将终夜长开眼，报答平生未展眉。[10]

注释

[1] 这是元稹悼念亡妻韦丛（字蕙丛）所写的三首七言律诗。韦氏是太子少保韦夏卿的幼女，20岁时嫁与元稹。7年后，即唐元和四年（809）七月，韦氏去世。此诗约写于元和六年前，时元稹在监察御史分务东台任上。

[2] 谢公：指东晋宰相谢安，其侄女谢道韫敏捷多才，谢最疼爱。黔娄：春秋时齐国贫士，鲁恭王闻其贤，欲以为相，辞不受，其妻很贤惠，此处元稹借以自喻。乖：不顺。这两句意指妻子出身高贵却甘愿屈身下嫁，结婚后没有过上一天好日子。"百事乖"，任何事都不顺遂，这是对韦氏婚后七年间艰苦生活的简括，用以领起中间四句。

[3] 顾：看。荩箧（jìn qiè）：竹草编的箱子。泥：软缠。长藿：长长的豆叶。中间四句铺写妻子所受的苦难。看到我没有替换的衣服，她便翻箱倒柜到处寻找；我没钱买酒喝时，她便拔下金钗充作换酒的钱。平常家里只能用豆叶之类的野菜充饥，她却吃得很香甜；没有柴烧，她便靠老槐树飘落的枯叶以作薪炊。这几句用笔干净，既写出了婚后"百事乖"的艰难处境，又能传神写照，表现贤妻的形象。

[4] "今日"两句：写诗人的无限抱憾之情。而今自己虽然享受厚俸，却再也不能与爱妻一道共享荣华富贵，只能用祭奠与延请僧道超度亡灵的办法来寄托自己的情思。复：指频繁。这两句通过对照，传达了无法与妻子共享尊荣生活的沉痛感情。

[5] 第二首与第一首结尾处的悲凄情调相衔接。主要写妻子死后的"百事哀"。开头两句说过去的戏言，如今成了现实。

[6] 中间四句铺陈描写了引起哀思的日常事物。人已仙逝，而遗物犹在。为避免睹物思人，便将妻子穿过的衣裳一件件施舍出去；将妻子做过的针线活原封不动地保存起来，不忍打开。每当看到妻子身边的婢仆，也引起自己的哀思，因而对婢仆也平添一种哀怜的感情。白天事事触景伤情，夜晚梦魂飞越冥界相寻。积想成梦，出现送钱给妻子的梦境。

[7] 末两句,写夫妻死别。死亡是不能避免的,但对于同贫贱共患难的夫妻来说,一旦永诀,更为悲哀。

[8] 第三首"闲坐悲君亦自悲",承上启下。以"悲君"总括上两首,以"自悲"引出下文。妻子的早逝,想到了人寿的有限。人生百年,又有多长时间呢?

[9] 邓攸:字伯道,西晋人,官河东太守。永嘉末年战乱,舍子保侄,后终无子,时人哀之,谓"天道无知,使伯道无儿"。潘岳:字安仁,西晋人。妻亡,作《悼亡诗》三首,情意凄切,为世传诵。诗人以邓攸、潘岳自喻,故作达观无谓之词,却透露无子、丧妻的深沉悲哀。接着从绝望中转出希望,寄希望于死后夫妇同穴和来生再做夫妻。但是,再冷静思量:这仅是一种虚无缥缈的幻想,更是难以指望的,因而更为绝望,死者已矣,过去的一切永远无法补偿了!

[10] 诗人觉得难以报答妻子的恩爱之情,所以表白说,只能永远地想着你,要以终夜"开眼"来报答你的"平生未展眉"。

简析

《遣悲怀三首》是中国古典"悼亡"歌诗的代表作。这首诗的感人之处在于情感真挚,紧紧扣住日常生活的细节来表现夫妻之间的恩爱之情,哀痛缠绵,感人至深。这三首诗是组诗,其结构经过了精心的安排。第三首开头的"闲坐悲君亦自悲"是全诗结构组织上的关键句,点名前两首"悲"对方,从生前写到身后;末一首"悲"自己,从现在写到将来,"悲"字是全诗的情感主线。诗人使用极其质朴感人的语言,诸如"昔日戏言身后意,今朝都到眼前来""诚知此恨人人有,贫贱夫妻百事哀""惟将终夜长开眼,报答平生未展眉"等,明白浅易而感人至深,句句精辟醒豁,至性至情化为血泪铸就的文字,遂成为千古流传的格言警句。朱光潜先生在比较中西爱情诗的特点时认为,西方爱情诗大半写于婚媾之前,所以称赞容貌诉申爱慕者最多;中国诗大半写于婚媾之后,所以最佳者往往是惜别悼亡。西方爱情诗最长于"慕",中国爱情诗最善于"怨"。[1]其分析是有一定道理的，这在文人诗歌中尤其常见。从元稹的悼亡诗中，我们也可以看到这一点。清代蘅塘退士在评论此诗时说："古今悼亡诗充栋，终无能出此三首范围者，勿以浅近忽之。"（《唐诗三百首》）

闺意献张水部[1]

朱庆馀

洞房昨夜停红烛，待晓堂前拜舅姑。[2]
妆罢低声问夫婿：画眉深浅入时无？[3]

注释

[1] 朱庆馀，中唐诗人。闺意：闺阁中女子的心思。这首诗又题为《近试上张水部》。此诗投赠的对象是水部郎中张籍。张籍当时以擅长文学而又乐于提拔后进与韩愈齐名。诗人临近考试，对自己的才华不自信，故以新妇自比，以新郎比张籍，以公婆比主考，以此诗征求张籍的意见。

[2] 洞房：新房。停：安置。停红烛，即让红烛点着，通夜不灭。古代风俗，头一天晚上结婚，第二天清早新妇才拜见公婆。新娘对拜见公婆看得很重，所以她一大早就起了床，在红烛光照中妆扮，等待天亮，好去堂前行礼。

[3] "妆罢"两句：写新娘惴惴不安的心理活动。用心梳妆打扮之后，新娘低声问身边的丈夫，我画的妆到底合乎时尚吗？也就是能否让公婆满意呢？

简析

从"闺意"本身来看，作为一首七言绝句，如此细腻生动地描写新嫁娘心

---

[1] 参见朱光潜《中西诗在情趣上的比较》，载北京大学比较文学研究所编《中国比较文学研究资料（1919—1949）》，北京大学出版社1989年版。

理活动，显示了作者对生活的深刻体验和观察能力，构思巧妙，特点鲜明。诗人敏锐地抓住新娘等待拜见公婆时的心理活动加以精心的刻画，在短短的篇幅中活灵活现地表现了新娘羞涩贤良的性格和新婚夫妇的幸福甜蜜，读后给人留下深刻的印象。这与王建的小诗《新嫁娘词》"三日入厨下，洗手作羹汤。未谙姑食性，先遣小姑尝"写新嫁娘的巧慧与心理，具异曲同工之妙。

这首诗更大的意义在于它是一首比体诗，也就是通篇作比，用比喻的手法委婉地传达渴望得到居高位者赏识的愿望。作者是一名应试举子，在面临关系到自己政治前途的一场考试时，心情忐忑不安是很自然的。诗人的高明之处在于非常巧妙地找到了新娘见公婆与举子应考之间的相似点，并用充满戏剧意味的场面刻画表现出来，含蓄而又委婉，明明白白地表达了自己的意思，从字面上却不留一点痕迹，真是高明之至。就构思的巧妙来说，其不同凡响的文才得到接受者的赏识，想必是毫无疑问的。

朱庆馀呈献的这首诗果然获得了成功。张籍在《酬朱庆馀》中写道："越女新妆出镜心，自知明艳更沉吟。齐纨未足时人贵，一曲菱歌敌万金。"朱庆馀的赠诗用比体写成，张籍自然也不甘示弱。他将朱庆馀比作一位采菱姑娘，明知自己有出众的相貌和歌喉，还想进一步得到肯定，大可不必。越女的清新质朴是最可贵的，必然受到人们的赞赏，暗示他不必为这次考试担心。朱庆馀和张籍一赠一答，对诗歌的功能做了充分的发挥，也拓展了诗歌的艺术表现力，成就了一段诗坛佳话。

无题·昨夜星辰[1]

李商隐

昨夜星辰昨夜风，画楼西畔桂堂东。[2]
身无彩凤双飞翼，心有灵犀一点通。[3]

隔座送钩春酒暖，分曹射覆蜡灯红。[4]
　　嗟余听鼓应官去，走马兰台类转蓬。[5]

注释

[1] 李商隐无意中陷入牛李党争的旋涡，一生沉沦下僚，除做过很短一段时间的秘书省校书郎和太学博士外，一直辗转于各地节度使幕府，郁郁而终。政治上的压抑和爱情生活中的苦闷，有许多是无法言明的。这对他在诗歌中常用隐喻、象征手法有很大的影响。作者对所写内容有所隐讳，不愿或不便标题，故称。这首诗写与意中人相会后隔夜思念之情。

[2] 画楼：有彩画装饰的楼宇。桂堂：用香木构筑的厅堂。开头两句由今宵情景引发对昨夜的追忆。还是像昨晚那样的星光风物，但昨夜在"画楼西畔桂堂东"和所爱者相会的一幕成为难以追寻的记忆。

[3] 灵犀：犀牛角中心有一条白纹道贯通的叫通天犀，古人将其看作神奇灵异之物。三、四句由追忆昨夜回到现实情境，抒写今夕的相隔和由此引起的复杂微妙的心理。出句暗示爱情的阻隔，对句写心心相印。

[4] 送钩：藏钩，古时宴席上的一种游戏，把钩互相传送，一人藏在手中，令人猜，不中者罚酒。分曹：分成几队。射覆：古代的一种游戏，在器皿底下覆盖着东西让人猜。射，猜度。五、六句回忆昨夜与意中人在画楼桂堂宴会上相会时的热闹情景。

[5] 兰台：唐人对秘书省的称呼。作者当时为秘书省校书郎。转蓬：如蓬草般飘转不定。诗人慨叹自己官职低微，身不由己，就像飘转不定的蓬草，不得不听鼓上班，去应寂寞无聊的官差。

简析

　　这首无题诗具有鲜明的艺术特点。诗人集中力量抒写爱情相思的心理活动，以时空交错的结构来强化情感的表达。首联明写昨夜的星辰风物，回忆与意中人相见的时间、地点，而略去最重要的"事"，实际暗含由今宵到昨夜的相似与不同的联想和对比，颔联转为写由受阻隔的处境引起的幻想，抒写相思情怀，将矛盾情感的相互渗透和奇妙交融表现得深刻细致而又主次分明；颈联是对昨夜宴会的回忆和今天意中人同样参与宴会热闹情景想象的叠加，看似写诗人所经历的实境，实际是因身受阻隔而激发的对意中人今夕处境的想象。对方此刻想必就在画楼桂堂之上参与热闹的宴会。对比之下，诗人此刻形单影只的凄清寂寞自见于言外，这就自然引出来联的嗟叹。尾联再回到自身，将爱情阻隔的怅惘与身世飘蓬的慨叹联系起来，这样不但扩大了诗的内涵，而且深化了诗的意蕴，含有自伤身世的意味。

抒写强烈而真挚的爱情心理，是李商隐对爱情诗艺术的发展。无题诗大都以爱情生活中的悲剧性相思为主题，着重表现处于重重压抑之下难以舒展的情怀。李商隐善于捕捉爱情相思中的内心矛盾，那种痛苦与欣悦、失望与期待、彷徨与执着，矛盾交错的心理，往往能在他的无题诗里得到鲜明生动的揭示。像"身无"一联刻画身受阻隔下的心心相通，并且通过对比兴手法的创造性运用，最大限度地发挥诗歌语言暗示性、隐喻性、模糊性的特点，增加了诗歌的感情容量，高度概括而又细致入微，显示了高度的艺术技巧。诗人把爱情生活中那种缠绵悱恻、至死不渝的感情，表现得无比深挚强烈，感动了历代的无数读者。

第五讲 山水风景

一、导读

　　我国古代把自然作为人生的思考对象，从理论上加以阐述和发展，是由春秋战国时期道家学派的创始人老子与集大成者庄子，在他们构建的哲学观念中提出并完成的。老子时代的哲学家们已经注意到了人与外部世界的关系，首先是面对自身赖以立足的大地，人们的悲喜哀乐之情常常来自自然山水。老子从大地呈现在人们面前的鲜明形象主要是山岳河川中，用自己对自然山水的认识去预测宇宙间的种种奥秘，去反观社会人生的纷繁现象，感悟出"人法地，地法天，天法道，道法自然"，认为"自然"是无所不在、永恒不灭的，提出了崇尚自然的哲学观。庄子进一步发挥了这一哲学观念，认为人必须顺应自然规律，主张自然，并得出"天地有大美而不言"的观念，即所谓"大巧若拙""大朴不雕"，不露人工痕迹的天然美。老庄哲学对后世的影响是非常深远的，他们奠定的自然山水观，后来渐次成为中国人特有的一种对美的价值观。

　　孔子是儒家哲学的创立者，其哲学思想以"仁"为核心，注重内心的道德修养，无论对人还是对事都恪守仁爱的美德。这种博爱思想几乎贯穿于孔子的哲学思辨中。孔子从山水的形貌和精神中体验到了他心目中"仁者""智者"的形象，触发他深沉的哲学感慨，提出了"知者乐水，仁者乐山"的著名论断，反映了儒家的道德感悟，实际上是引导人们通过对山水的真切体验，把山水比作一种精神，反思"仁""智"这类社会品格的意蕴。有智慧的人通达事理，正与水的"随物赋形"有一种异质同构的和谐，所以喜欢流动之水；有仁德的人安于义理，正与山的巍然屹立有精神上的相合，所以喜欢稳重之山。这种以山水来比喻人的仁德功绩的哲学思想对后世产生了深远的影响，浸透在中国传统文化之中。人们以山水来比喻君子德行，"高山流水"自然而然就成为品德高洁的象征和代名词。"人化自然"的哲理又导致了人们对山水的尊重，从而形成中国特有的山水文化。山水诗是经过老庄思想的洗礼而产生的，中国诗人走向山水，投身自然，不仅因为山水形象之美可以赏心悦目，还因为山水形象所呈现的具有生命的精神气韵，可以令人领悟到宇宙生命本体的真义，希望达到物我同一，绝对自由、逍遥无待的心灵境界。

人的存在，既是自然的存在，又是社会的存在。首先，人与自然的关系是一种共存的关系，并且自然界的存在是人类存在的基础。但是，自然界作为审美的对象进入人的视野，是有一个过程的，并不是所有具有山水描写的便是山水诗。诗中的山水自然景物的应用和山水诗是有别的。汉代以前，自然山水景物在诗中只是一种陪衬，如《诗经·小雅·采薇》"昔我往矣，杨柳依依。今我来思，雨雪霏霏"，又比如战国时屈原《九歌·湘夫人》"帝子降兮北渚，目眇眇兮愁予。袅袅兮秋风，洞庭波兮木叶下"，都是用自然景物作为历史事件和人类活动的背景。山水景物在这些诗中只居次要的位置，是一种衬托的作用。自然山水还没有成为独立的审美对象。自然山水作为独立的审美对象进入人们的视野，可以说始于魏晋。曹操的《观沧海》是我国现存第一首完整的以自然山水作为表现对象的诗歌。

魏晋南北朝时期是山水田园诗走向繁荣的时期，陶渊明和谢灵运并称"陶谢"，是这一时期的代表诗人。陶渊明的出现打破了玄言诗的统治，给诗坛带来新的气息。他的田园诗具有新颖的思想内容和独特的艺术风格，为诗歌创作开辟了一个新的天地，在他以前还没有一个诗人写过这样多的诗来歌咏农村。刘勰《文心雕龙·明诗》："宋初文咏，体有因革，庄老告退，而山水方滋；俪采百字之偶，争价一句之奇，情必极貌以写物，辞必穷力而追新，此近世之所竞也。"晋宋之际山水诗代替了玄言诗，是南朝诗歌的一个重要变化。

在中国士大夫的观念中，山林是与仕途对立的。山林作为隐士避世的处所，很早就被士大夫向往、描写。到了魏晋，由于社会动乱，政治黑暗，隐逸之风大炽。晋室南渡之后，江南经济得到较大的发展，世族地主到处建筑园林别墅，过着游山玩水的悠闲生活，他们的玄言诗出现了山水诗句，借助自然山水来表现老庄的哲理。沿着这条道路发展下去，山水的成分逐渐增加，山水的描写终于从玄言诗中独立出来，从而确立了山水诗的地位。谢灵运是扭转玄言诗风，开创山水诗派的第一个诗人。谢灵运山水诗的特点是细致刻画达到巧似，富艳精工。他依据游览时体会的真实情貌，以自己独创的词汇，对山水景色加以客观的精细描绘。所以他笔下大量出现的自然景物的特点，是具有独立性的，其情和景结合得并不紧密。这与陶渊明将自然景物融于自己的主观感情之中，如"采菊东篱下，悠然见南山"显然是不同的。谢灵运的山水诗雕琢多、偶句多、形容多，不免流于烦冗堆砌。后来，谢朓在山水诗的创作上以其清新的风格得到人们的喜爱，李白称赞他"解道澄江静如练，令人长忆谢玄晖"。

唐代社会的繁荣和强盛，既表现在开拓疆土、巩固边疆，也表现在整个社会的相对稳定和和谐。作为盛唐之音重要旋律的就是山水田园的吟咏歌唱。不仅是王维、孟浩然、储光羲这些被称为山水田园派的诗人在歌唱，就是以边塞诗著称的王昌龄、高适、岑参，他们在创作中对山水自然的咏唱也占着重要的地位。李白、杜甫笔挟风雷，题材广阔，在自然山水的表现上显示了高超的创造力。自然与人达到了高度的契合，人在自然中体会到了永恒，自然也在人的审美观照下呈现了丰富的意蕴。从陶渊明、谢灵运以来的山水诗歌到唐代蔚为大观，形成了山水田园诗派，自然山水景物与人的主观审美情感达到了高度的契合，产生了情景交融、含蓄蕴藉的意境，诗歌的艺术魅力被充分展现出来。盛唐山水诗成为中国古典诗歌艺术最典型的体现，代表了中国诗歌艺术高度成就，在中华艺术宝库中焕发着永恒的光芒，对后世产生了深远的影响。无论是"春眠不觉晓，处处闻啼鸟。夜来风雨声，花落知多少"的优美境界，还是"飞流直下三千尺，疑是银河落九天"的壮丽想象；无论是"行到水穷处，坐看云起时"的适意自得，还是"窗含西岭千秋雪，门泊东吴万里船"的凝神远望,处处都洋溢着一种对自然和生命的感悟,给人以心灵的宁静,获得与积极进取相和谐的心理平衡。

唐代山水诗歌,注重人格的自然化,心物交融,富于诗情画意,倾向于整体而感性的把握自然。描写山水时,讲传神、气韵生动,通过有限表现无限,追求象外之象、韵外之韵。这些特征主要从王维的诗歌创作中体现出来。王维对大自然的观察细微透彻,极为精确地把握景物的特征,捕捉生活中优美的侧面,如特定环境中的一些感情的片段,并用能唤起人们形象联想的语言表达出来。他有多方面的艺术修养,能把诗歌、绘画、音乐融为一体,达到主客观的统一,于朴素中见技巧、于单纯中寓深刻,把自然的美化为艺术的美,客观景物和主观情感契合无间,从而造成一种动人的艺术境界。中唐以后的山水诗,出现了新的倾向。一种是"发纤秾于简古,寄至味于淡泊",在清幽寂静中感物兴怀,外似淡泊而意味深长,韦应物、柳宗元是此派的代表。一种是以韩愈为代表的韩孟诗派,喜欢将奇崛的语言和散文的章法引入山水诗中,在扩大山水诗的创作领域别开生面。以白居易为代表的元白诗派,于平易中见新奇,从日常生活的习见题材中发掘美,提炼新鲜动人的诗境,为山水诗开创了雅俗共赏的新局面,也使山水诗从文人士大夫阶层走向民间,更加贴近百姓的生活。钱钟书先生说:"(温庭筠)《晚归曲》有云:'湖西山浅似相笑。'生面别开,并推性灵及乎无生命知觉之山水;于庄生之'鱼乐''蝶梦'、太白之'山花向我笑'、少陵之'山鸟山花吾友于'以外,另拓新境,而与杜牧之《送孟迟》诗之'雨余山态活'相发明矣。夫伟长之'思如水流',少陵之'忧若山来',赵嘏之'愁抵山重叠',李颀或李群玉之'愁量海深浅',诗家此制,为例繁多。象物宜以拟衷曲,虽情景兼到,而内外仍判。只以山水来就我之性情,非于山水中见其性情;故仅言我心如山水境,而不知山水境亦自有其心,待吾心为映发也。"[1]这种"于山水中见其性情"的审美观照,是晚唐诗人对诗歌艺术的贡献。"芳草有情皆碍马,好云无处不遮楼"(罗隐《魏城逢故人》)。以这种

---

[1] 钱钟书:《谈艺录(补订本)》,中华书局1984年版,第53页。

审美眼光去体察客观景物，就使得诗人能够克服外在世界的疏远性，从其中欣赏外在的现实。这样，自然景物不再是纯客观的存在，而是能与人心相映发的有性灵的世界。

自然山水在宋代诗歌中仍然是创作的重要题材。诗人的创作离开了自然是很难想象的，即使是着力反映社会现实的诗人，登山临水，游目骋怀同样是其创作的重要组成部分。欧阳修、梅尧臣、苏轼、黄庭坚、陆游、范成大等诗歌大家，其山水诗都占了很大一部分。宋代山水诗的特点是在表现手法上呈散文化、议论化的倾向，以铺排的手法对自然山水做全方位的细致刻画。诗人注重观赏山水时的个人感受，笔下的山水往往是诗人心中的山水。同时，诗人们着力发掘山水景物中的"理"，不是用含蓄蕴藉的方式来给人感染，而是以透辟警醒的阐发给人以哲理的启迪。"不识庐山真面目，只缘身在此山中""满园春色关不住，一枝红杏出墙来""山重水复疑无路，柳暗花明又一村"，此类警句最能说明宋代山水诗的特点。宋代专门以山水诗创作标榜的诗人群体和流派也是很活跃的。宋初的"九僧"及"晚唐派"诗人，模仿孟郊、贾岛的风格，刻画隐居生活，追求清寒幽僻的诗歌境界，在诗坛上产生了一定的影响。南宋江湖派诗人，大都是隐士布衣，或是中下层的官吏，他们用诗歌交游唱和，模山范水，在山水中徜徉而获得精神的慰藉，形成了一种风气。"江湖派"是一个宽泛的名称，风格不尽相同，不过就总的创作倾向和风格看，与"永嘉四灵"、晚唐体大体相像，因此也有人将二者统称为"江湖派"。他们长期浮沉于江湖间，领略南方的山水之美，其创作多小章短篇，描山画水，歌咏闲适、隐逸之情，风格纤巧简淡，其中不乏清新妍丽的诗篇。

唐代山水诗在诗歌艺术方面的特点，一是情景交融，二是虚实结合，三是追求意境韵味。情景交融是山水诗的基本艺术特征，也就是人的思想感情与自然景观的有机结合。"情"指作者在作品中表现出来的思想感情，"景"指作者在作品中所描写的自然景观。在优秀的山水诗中，这二者是如水乳交融般高度结合的，所谓景中有情，情中有景。孟浩然的《春意》、张继的《枫桥夜泊》、柳宗元的《江雪》，都是情景交融的好作品。所谓虚实相生，是指作品中虚景与实景相互生发，实景需要虚景来衬托，虚景依托于实景而存在。虚景是作品中没有的，但是通过实景的描绘和暗示可以使读者凭借想象力在脑海中建构。能否激发读者的想象力，关键在于作者能否选取典型、传神的物象而加以摹写。意境是一种特殊的形象创造，是心物交融、自然兴到之作，具有味之无穷的独特审美品格，是诗人的主观思想情感与客观外物契合无间融为一体所产生的一种含蓄深永的艺术境界。意境在山水诗的创作和欣赏中具有重要的意义。

　　唐代的山水诗受到后代高度的推崇。清代王士禛以"神韵"相标榜，认为诗歌应该"神韵天然，不可凑泊"（《渔洋诗话》卷中），山水之远态与诗人之远意契合无间，从而构成一种清远的意境。他所推崇的大都是唐代的山水诗。他在《东渚诗集序》中说："夫诗之为物，恒与山泽近，与市朝远。观六季三唐作者篇什之美，大约得江山之助、写田园之趣者什居六七。"（《渔洋文》卷三）王士禛心仪盛唐诗歌，最欣赏的是王、孟一派的作品。作为王士禛标举"神韵"说的理想范本《唐贤三昧集》中的作品，以描写自然山水的占主导地位。尽管《唐贤三昧集》也有高适的《燕歌行》，岑参的《轮台歌奉送封大夫出师西征》《走马川行奉送出师西征》等边塞诗和其他题材的作品，但并不能改变王士禛推崇山水清音的主导倾向。王士禛虽然也提倡过宋诗，但他津津乐道的往往是宋诗中接近唐音的作品。具有"神韵"特征的山水诗，或于山水景物的描摹中发思古之幽情，或于登山临水之际抒怀人之怅惘，无不即景感兴，情融景中，深挚强烈的情感以富有暗示性的蕴含丰富的意象出之，令读者仿佛置身于诗歌创造的情境之中，与作者一起体味那种难以言说的人生况味。

二、名作赏析

山居秋暝[1]

王　维

空山新雨后，天气晚来秋。[2]

明月松间照，清泉石上流。[3]

竹喧归浣女，莲动下渔舟。[4]

随意春芳歇，王孙自可留。[5]

注释

[1] 这首诗是王维山水诗的代表作，历来受到人们的称赞。王维诗歌的题材和风格很广泛，但就王维的诗歌艺术来说，真能代表他的特色的，还得推他后期的作品，即山水田园诗。《山居秋暝》写的是山林中秋天傍晚一场小雨之后的景色。

[2] 诗的开头两句，便点出了诗题"山居秋暝"。空山之中，日暮黄昏时分，一场新雨过后，天气渐渐有了些秋的气息。这里的"来"字略带有时间延续和行进的意味，所谓"夜来风雨声""晚来天欲雪""塞下秋来风景异"，都是如此。

[3] "明月"两句写出了恬静、幽静、优美的意境，成为千古名句。明亮的月光从郁郁葱葱的松林中倾泻下来，山泉清洌，淙淙流泻于山石之上。上句写视觉，由天上到地面；下句写听觉，由地面向远处延伸。

[4] "竹喧"两句描写了竹林里传来一阵阵的歌声笑语，打破了山林的寂静，自然引起诗人的注意，原来是一些天真无邪的姑娘洗罢衣服笑逐着归来了；荷叶纷纷向两旁披分，那是顺流而下的渔舟无声地从荷塘中滑过，可以想见月色中荷叶上无数珍珠般晶莹的水珠轻轻滚动。

[5] 尾联则以抒情作结，点出主旨：任凭春芳消歇吧，这里自有秋色在留人。《楚辞·招隐士》说："王孙兮归来，山中兮不可久留！"诗人的体会恰好相反，他觉得"山中"比"朝中"好，洁净纯朴，可以远离官场而洁身自好，所以劝勉"王

孙"留在山中。这里的"王孙"其实也包括诗人自己。

简析

　　这是一首意境优美的山水诗。我们读着它,仿佛呼吸着雨后清新的空气,有种新鲜的感受。"空山"的"空",不是荒芜的意思,这里有松,有竹,有浣女,有渔舟,当然不是一座荒山。"空山"只是说山上居住的人很少,和喧闹拥挤的城市相比,显得空旷安闲。何况又是雨后秋晚,更显得高爽明净。"空山"二字点出此处犹如世外桃源。山雨初霁,万物为之一新,又是初秋的傍晚,空气之清新,景色之美妙,难以想见。天色渐渐暗了,更现出皓月的明亮皎洁;明亮的月光从郁郁葱葱的松林中倾泻下来,光影斑驳,林间溢满了光与色的明暗层次。山泉清洌,淙淙流泻于山石之上,有如一条洁白无瑕的素练,在月光下闪闪发光,多么清幽明净的自然啊!诗人写景如画,随意挥洒,毫不着力,却达到了艺术上炉火纯青的地步。如此高爽明净的境界,折射出身居其中的诗人的情趣和内心世界。

　　这样一幅青松明月、翠竹青莲辉映的纯洁美好的图景,反映了诗人渴望安静纯朴生活的理想。从艺术上也表现了高超的技巧,却如大匠运斤,丝毫不露痕迹,使人不觉其巧。"竹喧"一联,诗人先写"竹喧""莲动",因为浣女隐在竹林之中,渔舟被莲叶遮蔽,起初未见,等听到竹林喧声,看到莲叶纷披,才发现浣女、莲舟。这样写更富有真情实感,更富有诗意。上句写听觉,由远到近;下句写视觉,由近到远。

　　中间两联写景,通过所闻所见,有声有色地写出了秋天幽美恬静的景致,动静结合,远近结合,明暗相间,各种景物被和谐地组织在一幅统一的画面中,从不同的角度将"山居秋暝"的题旨写得意完神足。最后表达了秋景宜人,愿隐居山中的"留"意。

　　古人写秋景,往往容易写得悲凉感伤,萧索枯寂。"悲哉,秋之为气也!萧瑟兮草木摇落而变衰。"(宋玉《九辩》)在经历了春花烂漫、夏木繁荫之后,秋日的叶黄草枯、万物萧条,无疑给人一种盛极而衰、凋零落寞的生命短暂的感伤。而王维的这首诗，虽然也写秋景，却毫无萧瑟悲凉之感，关键就在于诗人充满了对生活的热爱和情趣。在生活中，不是缺乏美，而是缺乏对于美的发现。诗人用审美的眼光去发现秋天高爽明净的一面，于其中寄寓了自己的审美情趣，才能把秋天写得那样清新而有生气，这里充分体现了诗人对大自然的热爱和对生命的热爱，读后能给人以高度的美感。这首诗一个重要特征，是以自然美来表现诗人的人格美和理想中的社会之美。诗人通过对山水的描绘寄慨言志，蕴含丰富，耐人寻味。

过故人庄[1]

孟浩然

故人具鸡黍，邀我至田家。[2]
绿树村边合，青山郭外斜。[3]
开轩面场圃，把酒话桑麻。[4]
待到重阳日，还来就菊花。[5]

注释

[1] 孟浩然是一位隐士，以山水田园诗著称。《过故人庄》是孟浩然的一首有代表性的描写田园风光和隐逸情怀的五言诗。

[2] "故人"两句，一开头直接叙事入题。故人准备了烧鸡和黄米饭，邀请我去田庄做客。时间、地点、人物、事件、原因，清清楚楚，不假铺垫雕饰。

[3] "绿树"两句，写诗人一路走来，不由得被田园风光吸引了。绿树把村庄包围了起来，生机盎然；而远处则是青山斜倚，葱茏悦目。

[4] "开轩"两句，看到的是农家场院和菜圃，那新鲜的蔬菜水果和泥土气息真是让人感到满眼葱绿，满眼生机。于是话题自然也就说到了桑麻，说到了农事生产。既

不是清谈玄妙的哲理，也不是抒写自己的理想和壮志，而是说着一些普通，但也是与人的生活息息相关的劳动生活的事情。

[5] 最后两句写告别。诗人已经被如此朴素而静谧的农家生活深深地吸引了，尽管要告别了，却意犹未尽，于是他对主人说，等到重阳节的时候，我还要到你这里来赏菊花。

简析

　　孟浩然是一位隐士，但并非没有政治的热情。关于他的隐居，还有一个故事。开元十七年（729），他入长安求仕，对这次入京求仕，他是怀着很大希望的。据说他的诗很为王维赞赏，王维当时待诏金銮殿，有一天，召孟浩然到秘书省讨论诗歌。"俄而玄宗至，浩然匿床下。维以实对。帝喜曰：'朕闻其人而未见也，何惧而匿？'诏浩然出。帝问其诗，浩然再拜，自诵所为，至'不才明主弃'之句，帝曰：'卿不求仕而朕未尝弃卿，奈何诬我？'因放还。"孟浩然失去了一次最好的机会。《新唐书》列传中的这段记载，也可能是据小说家言，不足为信。但孟浩然确实为入仕做过很大的努力，且不断受到严重的挫折，终于对功名绝望了，从此便走上隐居的道路，徜徉山水之间，以作诗交友寄寓怀抱，终身未仕。

　　这首诗的特点是质朴率真，不假雕饰而自然天成。故人"邀"而我"至"，文字上毫无渲染，招之即来，简单而随便。这正是不用客套的至交之间才可能有的形式。而以"鸡黍"相邀，既显出田家特有风味，又见待客之简朴。正是这种不讲虚礼和排场的招待，朋友的心扉往往更能为对方敞开。开头的简洁叙事，高度概括而凝练，恰似一首乐曲的舒缓而悠扬的引子，吸引听众领略即将展开主旋律丰富的乐章的优美。每一个字看起来都平平常常，组合在一起又显得那么自然和谐，如同鬼斧神工，不留痕迹。颔联句末的"合""斜"，用语尤其贴切，于静态的景物描绘中见富有动态的自然生命力，令人叹为观止。村庄坐落于平畴而又遥接青山，一句近景，一句远景，一下子把人的视线引向远方，使人感到清淡幽静，仿佛身临其境，心旷神怡。老朋友见面，自然格外亲切。前面写户外，颈联写室内。人在屋中饮酒交谈，打开窗户，外面的景色自然进入了人的视线，处在这样的环境中，怎能不让人心旷神怡。"相见无杂言，但道桑麻长"（陶渊明）。这里的一切，构成了一幅优美宁静的田园风景画。在这种无拘无束、随心所欲的氛围中，诗人体会到了顺应自然的日常生活的自由惬意，这种平常生活的韵味使得诗人深深地陶醉了，也仿佛被征服了，因而才恋恋不舍。尾联语言率真，直接说重阳节还要来赏菊花，与老朋友的关系实在是太好了，所以一点客套也不用讲。淡淡几句诗，故人相待的热情、做客的愉快、主客之间的亲切融洽，跃然纸上。

  孟浩然的诗注重总体印象和情绪的把握，恬淡而富于韵律。诗人所写的是一个普通的农庄，是一次鸡黍饭的普通款待，是老朋友之间的把酒交谈，所谈的事情也是农家生活、农作物的生长和收成，没有奇山异水，也没有不同寻常的故事情节和场面，却被表现得这样富有诗意。描写的是眼前景，使用的是口头语，描述的层次也是完全任其自然，笔笔都显得很轻松，遣词造句如同顺水推舟一样毫不费力。这种淡淡的平易近人的风格，与他描写的对象——朴实的农家田园和谐一致，表现了形式对内容的高度适应，恬淡亲切却又不平浅枯燥。它在平淡中蕴藏着深厚的情味。诗中素朴的内容与素朴的形式达到了高度的统一，平淡中有余味，友情的深厚，对自然的感悟，恬静优美的农村风光和诚挚淳朴的情谊融成一片，形成一个完整的艺术意境。

蜀道难[1]

李 白

  噫吁嚱，危乎高哉！[2]
  蜀道之难，难于上青天。
  蚕丛及鱼凫，开国何茫然。[3]

尔来四万八千岁，不与秦塞通人烟。[4]

西当太白有鸟道，可以横绝峨眉巅。[5]

地崩山摧壮士死，然后天梯石栈相钩连。[6]

上有六龙回日之高标，下有冲波逆折之回川。[7]

黄鹤之飞尚不得过，猿猱欲度愁攀援。

青泥何盘盘，百步九折萦岩峦。[8]

扪参历井仰胁息，以手抚膺坐长叹。[9]

问君西游何时还，畏途巉岩不可攀。

但见悲鸟号古木，雄飞雌从绕林间。

又闻子规啼夜月，愁空山。[10]

蜀道之难，难于上青天，使人听此凋朱颜。

连峰去天不盈尺，枯松倒挂倚绝壁。

飞湍瀑流争喧豗，砯崖转石万壑雷。[11]

其险也如此，嗟尔远道之人胡为乎来哉？

剑阁峥嵘而崔嵬，一夫当关，万夫莫开。[12]

所守或匪亲，化为狼与豺。

朝避猛虎，夕避长蛇。

磨牙吮血，杀人如麻。

锦城虽云乐，不如早还家。[13]

蜀道之难，难于上青天，侧身西望长咨嗟。

注释

[1]《蜀道难》是汉乐府古题，属《相和歌辞·瑟调曲》。《乐府诗集》所收最早的是梁简文帝所作的《蜀道难》，为五言四句："巫山七百里，巴水三回曲。笛声下复高，猿啼断还续。"写的是由水路出三峡的蜀道。李白按乐府古题的传统内容，展开丰富的想象，虽然也写蜀道难，却是从秦地到蜀地沿途所经历的情景为线索来组织的。

［2］噫吁嚱（yì xū xī）：连续使用的感叹词。

［3］蚕丛、鱼凫：传说为古蜀国的国君。

［4］秦塞：秦之边地。蜀与秦接壤，秦塞指今之陕西西南部。

［5］太白：秦岭峰名，在长安西南。横绝：横越。

［6］"地崩"句，《华阳国志·蜀志》载，秦惠文王赠五个女儿给蜀王，蜀派五力士迎娶。返回梓潼，遇一大蛇钻入山洞，五力士共拉蛇尾，结果山被拉塌，力士与女儿皆被压死，山也分为五岭。天梯，喻山之高险。石栈，在峭壁上凿石架木而成的通道。

［7］"六龙"句，日神羲和驾驭的六龙之车到此也要绕道而行。高标，此处指秦岭的最高峰。

［8］青泥：即青泥岭，为唐入蜀要道。《元和郡县志》："悬崖万仞，山多云雨，行者屡逢泥淖，故号青泥岭。"在今陕西略阳北，甘肃徽县南。

［9］扪参历井：举手可以摸到参、井星宿。古代认为地上某地区与天上某星宿相应，叫分野。参是蜀的分野，井是秦的分野。胁息：屏住呼吸。

［10］子规：即杜鹃鸟，鸣声悲切。传说为古代蜀王杜宇（号望帝）之魂所化。

［11］喧豗（huī）：喧闹声。

［12］剑阁：在今四川剑阁东北部大剑山、小剑山之间，即剑门关，地势险要。西晋张载《剑阁铭》："一夫荷戟，万夫趑趄。形胜之地，匪亲勿居。"

［13］锦城：也称锦官城，即今成都。三国蜀汉时曾在此设管织锦官署，故称。

简析

　　《蜀道难》是一首表现蜀道艰险、歌颂大自然雄奇风光的瑰丽诗篇，也是给李白带来巨大声誉的作品。据晚唐孟棨《本事诗》记载，李白起初自蜀地来到京师长安，住在旅馆。贺知章听说过李白的名字，就去探访李白。见到李白后，贺知章被其飘逸潇洒的风度所吸引，觉得奇情异彩不同寻常。又询问李白写作的诗文。李白便呈献了《蜀道难》。贺知章一边读，一边连声称叹，还没有读完，便惊叹李白的才华旷世未有，称李白为谪仙，说人间何曾有这样的诗歌。贺知章兴奋异常，因一时身边未带钱，竟解下随身携带的金龟换酒，与李白倾心交谈，畅饮尽醉。得到贺知章的推许赞扬，本来不太为文坛所知的李白，很快便称誉光赫，声名大震。李白于唐玄宗天宝元年（742）被召到长安，于天宝三载（744）被放归。贺知章是当时的文坛耆宿，好饮酒，狂放不羁，与李白、张旭等合称"饮中八仙"，直到天宝三载才告老还乡。《本事诗》的记载应该是可信的。

全诗可分为三部分。第一部分从开始到"然后天梯石栈相钩连"，运用神话传说，主要写蜀道的开辟之难。第二部分从"上有六龙回日之高标"到"嗟尔远道之人胡为乎来哉"，主要写蜀道的行走之难和气氛的愁惨。第三部分从"剑阁峥嵘而崔嵬"到结尾，刻画蜀地环境的险恶，主要说明居住之难。

世上瑰奇壮丽的大观，往往是人力难以造就的险境，越是险要，越能显示大自然的鬼斧神工，也越能激发人们对大自然的敬畏和一睹为快的征服欲望。李白以呼风唤雨、移山倒海的宏肆气魄和变化莫测的笔法，为传统的古题乐府《蜀道难》注入了内涵博大、形式壮美的艺术生命力。诗人寄情山水，放浪形骸。他对自然景物不是冷漠的观赏，而是热情的赞叹，借以抒发自己的理想感受。那飞流惊湍、奇峰险壑，赋予了诗人的情感气质，因而才呈现飞动的灵魂和瑰玮的姿态。李白诗中的山河颂歌，是同慷慨激昂的壮阔胸怀、豪放浪漫的奇想交织合一的。李白不仅善于学习和继承优秀的传统，更善于大胆创新。此诗之所以如此动人，还在于融贯其间的浪漫主义激情。诗人善于把想象、夸张和神话传说融为一体进行写景抒情。言山之高峻，则曰"上有六龙回日之高标"；状道之险阻，则曰"地崩山摧壮士死，然后天梯石栈相钩连"；从蚕丛开国说到五丁开山，由六龙回日写到子规夜啼，天马行空，驰骋想象，创造了博大浩渺的艺术境界，充满了浪漫主义色彩。诗人酣畅挥洒，艺术地展现了古老蜀道逶迤、峥嵘、高峻、崎岖的面貌，《蜀道难》如同一幅元气淋漓、色彩绚丽的山水画卷，永远带给人新鲜的审美感受，又如同一曲大气磅礴、雄浑丰富的大自然交响曲，带给听众惊风雨、泣鬼神的壮美感受和直达灵魂深处的震撼。

唐以前的《蜀道难》作品，简短单薄。李白对乐府古题有所创新和发展，用了大量散文化诗句，字数从三言、四言、五言、七言，直到十一言，参差错落，长短不齐，形成极为奔放的语言风格。诗的用韵，也突破了梁陈时代旧作一韵到底的程式。后面描写蜀中险要环境，一连三换韵脚，极尽变化之能事。所以殷璠编《河岳英灵集》称此诗"奇之又奇，自骚人以还，鲜有此体调"。李白喜爱乐府歌行体裁，乐府歌行不拘平仄，句式自由，富于节奏感的特点，更适宜他的个性创作。李白摆脱乐府旧题的陈套，自由地表现巍峨的山岳、奔腾的江河、胸中的激情、心底的狂澜。

李白笔下的山水形象往往是个性化的，带有强烈的主观感情色彩，使人感到诗人活在其中，宛若回旋的狂飙、喷溢的火山，狂呼怒叱，纵横变幻。《蜀道难》极力描写蜀道的奇峻险要，反复咏叹"蜀道之难，难于上青天"，似乎表现的是大自然压倒一切的力量。然而整首诗的气势是豪放的，感情是激昂的，使人读后并不因蜀道的奇险而感到恐惧畏缩，而是心情振奋，想去征服大自然之艰险。这是因为诗人并不是极力渲染蜀道的阴森可怕，而是在对奇峰险道的描绘中矗立起壮美崇高的形象，激发人的好奇心和征服感。

通常认为李白在这里表达的是对蜀中险恶的社会政治形势的忧虑。事实上，相对于中原的战乱，蜀中是比较安全和稳定的。没有大的战乱，所以为避乱人们往往来到蜀中。诗人在这里一方面用张载《剑阁铭》的文意，一方面仍然在写自然环境。这里的豺狼、猛虎、长蛇，基本是以写实为主。蜀中当时是有猛虎的。杜甫《客居》诗云："人虎相半居，相伤终两存。"又《发阆中》云："前有毒蛇后猛虎，溪行尽日无村坞。"可知当时蜀地重重叠叠的山峦，是野生动物的乐园。李白在对朋友的劝诫之中，表达了能够给人带来安全感的"家"的留恋和向往。过去读《蜀道难》，总是感叹李白的家乡本在蜀地，不知为何却将蜀道描写得如此绝险难行，慨叹连声。也许，李白在慨叹蜀道惊险的同时，隐含着对家乡的一种复杂情感。"其险也如此，嗟尔远道之人胡为乎来哉？""锦城虽云乐，不如早还家。"李白自从 25 岁离开蜀地后，就再也没有回过家乡。其中的一个原因，恐怕是蜀道实在太艰险了，也太难走了。所以当友人要西游入蜀时，诗人极力述说蜀道的艰险，恐怕既表达了对友人的忧虑关切之情，也表达了旅途艰险、归乡之梦难圆的恨憾。

江雪[1]

柳宗元

千山鸟飞绝，万径人踪灭。[2]

孤舟蓑笠翁，独钓寒江雪。[3]

注释

[1] 柳宗元（773—819），字子厚，河东解（今山西永济）人，世称柳河东。贞元九年（793）登进士第，又中博学宏词科，授集贤殿正字。805年，参加王叔文政治革新集团，擢礼部员外郎。革新失败，贬永州（今湖南零陵）司马，十年后迁柳州刺史。卒于柳州任上。《江雪》大约作于他谪居永州期间。

[2] 绝：尽。人踪灭：行人绝迹。这两句极写大雪中环境的幽寂。

[3] 蓑（suō）笠：蓑衣和斗笠。这两句突出雪景中孤舟独钓的渔翁形象。

简析

　　这首诗意境深远。诗人通过一个穿蓑衣戴笠帽的老渔翁，独驾孤舟，在大雪的江面上钓鱼的画面，表现了一种凄清幽独、超然物外的意境。在"千山鸟飞绝，万径人踪灭"的境况中，诗人远谪南荒离群索居的孤独和坚持信念不随俗浮沉的孤傲都得到了凸显。其中包含动与静、偶然与必然、短暂与永恒之间不可消解的矛盾的深刻思索。其表现的手法，一是通过广阔的背景来突出主要的描写对象。"千山""万径"的浩瀚广漠，给"孤舟"和"独钓"的画面提供了浩茫无垠的背景。以"千""万"衬托"孤""独"，显示出诗人构图取景和营造气氛的高超能力，其画面极具纵深感和广延性。二是动极而静的对比描写。诗人着重突出的是寒江独钓的静穆沉寂，却先从茫茫大雪之前"千山鸟飞""万径人踪"的热闹落笔，而后缀以"绝"和"灭"，以见出大雪降落范围之广和带来的影响之大，喧嚣热闹、熙熙攘攘的自然界和人世社会在大雪的覆盖下归于无边无际的静寂。这种动极而静的对比描写，突出了诗人所要表现的凄清幽独、超然物外的意境。

第六讲

报国忧时

一、导读

纵观源远流长的中国文学史,我们可以看到,爱国主义像一条红线,贯串各个时代。从投江殉国的屈原,到抗清被杀的夏完淳;从身在异域19年而不忘国的苏武,到寻求救国真理、视死如归的鉴湖女侠秋瑾……无数仁人志士留下了多少可歌可泣的动人故事,又谱写了多少激昂慷慨的杰出作品。爱国主义精神成为激励人们团结、奋进的精神财富,在维护祖国独立、统一和推动社会进步方面发挥了重大作用。鲁迅在《中国人失掉自信力了吗?》中说:"我们从古以来,就有埋头苦干的人,有拼命硬干的人,有为民请命的人,有舍身求法的人……虽是等于为帝王将相作家谱的所谓'正史',也往往掩不住他们的光耀,这就是中国的脊梁。"这些仁人志士作为"中国的脊梁",就是中华民族历史上爱国主义精神的承载者和发扬者。

我们所讲的爱国主义,是指中华民族在数千年中巩固和发展起来的对伟大祖国的深厚感情。晋葛洪《抱朴子·外篇·广譬》:"烈士之爱国也如家。"当遭到外来侵略或出现分裂祖国的情况时,爱国主义精神会表现得十分强烈,慷慨激昂。在有着悠久的"言志""缘情"传统的中国文学中,爱国主义精神是一个重要的主题。唐宋时期,由于社会状况不同,爱国主义精神的表现也有不同的特点。

唐代国力强盛,社会保持了较长时期的繁荣稳定状态,一种英雄主义的精神气息弥漫在社会氛围之中。人们渴望建功立业，从军出塞，在巩固边疆的战争中获取功名，建立不朽的功业。边塞诗有大量表现爱国主义情怀的作品。值得注意的是，在平定"安史之乱"、反对分裂的爱国战争中有许多爱国的英雄人物，他们为维护国家的安定和民族的统一进行了艰苦卓绝的斗争，有大量可歌可泣的英勇事迹。如文天祥《正气歌》中提到的张巡、颜杲卿、段秀实等。将军、士大夫是这样，普通的人民面临国家民族安危的时候，同样表现了深明大义、投身保家卫国战争的牺牲精神。杜甫在《新婚别》中所写的新娘便是如此。中唐时期，藩镇割据，时常发生分裂国家的叛乱战争，李贺的《雁门太守行》便写了一次平定边塞分裂势力的战争，诗中歌颂了"提携玉龙为君死"的慷慨赴国难的爱国精神。总体看，唐代诗歌中的爱国主义精神气势宏大，充满必胜的信心，有着豪放激昂、勇往直前的英雄主义色彩。

爱国主义传统源远流长，涉及的方面很多，但在民族矛盾尖锐，严重威胁国家存亡时，表现得最为强烈。宋代积贫积弱，民族矛盾尖锐，从北宋建立一直到南宋灭亡，战争连绵不断，辽、金、蒙古，强悍的北方游牧民族力量一个比一个强大，宋代始终处在巨大的军事压力之下。"靖康之变"，先亡于金，宋室南迁；偏安于一隅的南宋王朝，一味求和，最终也没有能够挽回灭亡的命运。南宋国势衰微，屡受侵犯，人民的爱国热情空前高涨。而统治者却奉行投降政策，主和派占上风，爱国志士受到排斥和打击，且大部分的战争都以失败告终，惨烈悲壮。在这样的形势下，人们的爱国热情因压抑而激发，爱国主义精神表现得越发激愤、强烈。宋代的爱国主义诗歌的鲜明特点就是悲愤激烈，充满悲剧色彩。靖康之变后是爱国主义情感最为高涨的时期，这时人们还存在中兴的希望，出现了爱国主义诗人群体，爱国诗歌十分繁荣。这种情况一直延续到南宋灭亡，文天祥忠肝义胆，慷慨赴死，以"人生自古谁无死，留取丹青照汗青"的千古绝唱，为宋代爱国主义诗歌增添了夺目的光辉。

北宋著名的政治家和文学家范仲淹在《岳阳楼记》中将古代志士仁人的高尚情操概括为"先天下之忧而忧，后天下之乐而乐"。《岳阳楼记》之所以成为千古流传的文学名篇，最主要的就在于其中所反映的崇高思想境界能鼓舞人、感染人。《尚书·大禹谟》："奄有四海，为天下君。"《论语·宪问》："管仲相桓公，霸诸侯，一匡天下，民到于今受其赐。"古籍以家、国、天下连称，指积家为国，积国成天下。故三代统一诸国，称"有天下"；由统一而分裂，称"失天下"。《史记·秦始皇本纪》："维秦王兼有天下，立名为皇帝。"以天下为己任，也就是把维护国家民族的统一、强盛当成自己义不容辞的责任。"达则兼济天下"成为封建时代知识分子安身立命的准则和追求，自觉地担负对祖国的使命和责任，是爱国主义精神的重要体现。

"天下兴亡，匹夫有责"，语意出自明末清初杰出的思想家顾炎武。他曾对亡国与亡天下的区别做了辨析。他所说的"亡国"，是指改朝换代，一个王朝的灭亡；"亡天下"则是指整个国家民族的沦亡。他在《日知录》中说："保国者，其君其臣，肉食者谋之；保天下者，匹夫之贱与有责焉耳矣。"后一句话被概括为"天下兴亡，匹夫有责"，保卫整个国家民族，是每一个人都应有的责任。他在总结历史经验的基础上，从整个国家民族兴亡的角度提出问题，远远地超越了封建士大夫"忠臣不事二主"，为前朝尽节的思想，提出了一个闪耀着民主主义和爱国主义光辉的著名论断。

唐宋爱国主义诗歌所表现出来的英雄主义、忧国忧民和慷慨报国的精神，是对中华民族爱国主义精神的发扬，对后世产生了深远的影响。季羡林先生指出："中华文化的精髓何在？这是一个极大的极重要的问题，看法可能有很大的分歧。我自己的看法是有两点：一个是爱国主义，一个是讲骨气，讲气节。这两点别的国家不能说没有，但是中国最为突出，历史也最长。二者有区别，又有联系。""在中国文化传统中，伦理道德占的成分最大。而讲是非，辨善恶，更是核心之一。孟子说：'富贵不能淫，贫贱不能移，威武不能屈，此之谓大丈夫。'说得最为具体生动。对'非'的东西，对'恶'的东西，必不能迁就妥协，虽牺牲性命，也在所不辞。这就叫气节或者骨气，这在别的国家是几乎不见的，至少是极为罕见的。"[1] 尤其是在近现代中国人民反抗帝国主义

---

[1] 季羡林：《提高高校学生人文素质的必要和可能》，《教学与教材研究》1996年第1期。

侵略的斗争中，"人生自古谁无死，留取丹青照汗青"的伟大精神和英雄气概，给了为保家卫国而慷慨赴死的无数爱国人士以极大的鼓舞和力量。唐宋诗歌中的爱国主义精神将作为中华民族的优秀传统和精神财富世世代代流传下去，在中华民族伟大复兴的宏伟事业中发挥积极的作用。

报国忧时的爱国主义精神在边塞诗中有充分的反映。边塞诗就是以边塞战争、风光为题材，反映军中生活和征人思妇情感的诗歌。边塞诗在汉魏乐府中就出现了，鲍照的许多关于边地征戍的诗歌就很受人推崇。初唐时期骆宾王、杨炯、陈子昂等都写过不少有关边塞生活的诗歌。盛唐是边塞诗繁荣的时期，不仅反映边塞生活的诗歌数量多，而且边塞诗的质量高，名篇佳作比比皆是，流传甚广，在内容上丰富深刻，体裁上也是风格多样。许多诗坛大家都有非常出色的边塞诗，如李白、杜甫、王维等，高适和岑参则由于在边塞诗创作方面有高度的成就，而被认为是边塞诗派的代表诗人。严羽在《沧浪诗话·诗评》中说："唐人好诗，多是征戍、迁谪、行旅、离别之作，往往能感动激发人意。"盛唐边塞诗繁荣的原因首先是由于当时连绵不断的边境战争对社会生活和人们思想感情的深刻影响。战争的胜利和国力的强盛给知识分子带来了豪放的情感和开放的胸怀，许多诗人希望立功绝域，报效国家。而连年不断的战争也给社会带来了巨大的危害和深刻的矛盾，边境战争成为社会生活中的重大问题，影响社会的方方面面，也引起了诗人广泛深切的关注，这些都为边塞诗创作提供了丰富而复杂的素材。

盛唐时代知识分子赴边是一种普遍的风气。盛唐时期边塞诗创作的繁荣与很多诗人具有边塞生活的亲身经历有着很大的关系。当时优秀的边塞诗作者大多有从军入边幕或游历边塞的体验，如崔颢、王昌龄、王维、王之涣、李白、高适、岑参等。盛唐边塞诗繁荣的原因有多方面，其中之一是文人入边幕，因而有机会领略戍边风采和奇异风光。岑参便是这方面的代表诗人。

唐代边塞诗有鲜明的特色。首先是边塞诗主题和内容的多样性。歌颂抵抗少数民族统治者侵扰的安边柔远战争，抒发立功壮志，是边塞诗的一个重要主题；表现战争苦难和征戍生活的艰辛，披露军中的矛盾，是边塞诗的另一重要主题，这在"闺怨""征人怨"一类作品中表现较多。这两方面的作品，分别展现了歌颂与揭露、豪放和感伤这两种对立的倾向，而这两种倾向常集中体现于同一诗人的同一首作品中，如高适的《燕歌行》，体现了诗人对战争所带来的一切进行了深层次的思考。许多诗作表现反对统治者穷兵黩武，主张民族和睦，渴望和平的愿望。描绘边塞风光和边地人民生活习俗，是边塞诗又一普遍性的主题。诗人在抒发感情和描写人物活动时，常用粗犷的笔触、厚重的色调描绘苍茫雄浑的边塞风情作为背景。岑参的一些诗就是以写景为主，具有很高的美学价值；至于反映边地军民生活的作品，像崔颢和高适的一些诗，都是值得关注的佳作。其次是边塞诗有阳刚豪放的英雄主义风格，能够给人以精神上的鼓舞。不畏强敌、征服艰险、压倒一切敌人的气势在边塞诗中表现得非常强烈，体现了自强不息、爱好和平的精神。再次是边塞诗多采用歌行体和组诗的形式，在诗歌艺术形式和表现手法方面进行了探索和拓展。

边塞题材的诗歌创作并不限于"盛唐"。从边塞诗本身的含义来说，它和边塞战争是直接联系在一起的。只要边塞战争存在，反映边塞战争的作品就存在。唐代中晚期，以边塞战争和征人戍卒生活情感为题材的诗歌继续发展，不过，其内容侧重、表达方式和审美情调都有了一定的变化。安史之乱以后，国力渐衰，国家对边疆的控制力减弱，边患不断。特别是吐蕃乘机东进，陆续夺取了陇右河湟一带的大片土地，安西、北庭两大都护府原来所辖的西部土地，也长期为吐蕃所占据，西部广大范围内的百姓成了异族的奴隶，生活在水深火热之中。由于形势的巨大变化，唐代前期边塞诗中的那种豪迈和浪漫情调不复存在。如果说在卢纶、李益的边塞诗中，还有一些盛唐的余韵，那么到了唐晚期，边塞诗就更趋于冷峻地写出国家形势和社会现实。诗人目睹边疆的严重现状，充满了担忧和焦虑，边塞诗的中心围绕边塞的安危和国土的得失展开。如杜牧的《早雁》，用以物喻人的手法，表达了对西北沦陷区人民的关切。《河湟》"牧羊驱马虽戎服，白发丹心尽汉臣"写沦陷区人民的爱国之心，尤为凝练沉痛。李商隐、雍陶、薛逢等都写了边塞题材的作品。晚唐边塞诗常有悲怆感伤乃至颓唐之气，并非诗人生性忧郁，而是有其客观历史原因的，这"正是晚唐边境实际情况的折光，是晚唐时代那江河日下的政治局面在诗人心中和笔下的投影"[1]。

唐宋边塞诗对后世的影响是深远的。边塞诗中充满英雄主义和浪漫主义精神的"盛唐之音"，表现了远大胸怀，拓宽了艺术视野，增强了诗歌中壮美崇高的旋律，在弘扬民族精神方面起到了积极的作用。

二、名作赏析

从军行[1]

杨　炯

烽火照西京，心中自不平。[2]
牙璋辞凤阙，铁骑绕龙城。[3]
雪暗凋旗画，风多杂鼓声。[4]
宁为百夫长，胜作一书生。[5]

注释

[1] 杨炯（约650—约693），华阴（今属陕西）人，唐高宗和武后时期著名的诗文家，"初唐四杰"之一。这首诗借用乐府旧题"从军行"，描写一个读书士子从军边塞，参加战斗的全过程。

[2] 烽火：古代边境用以报警的信号。西京：长安（今陕西西安）。

[3] 牙璋：调兵的符信，分凹凸两块，分别掌握在皇帝和主将手中。凤阙：皇宫的代称。龙城：汉时匈奴大会祭天之处，这里泛指敌方要塞。

[4] "雪暗"两句是说大雪弥漫，遮天蔽日，军旗上的彩画都显得黯然失色；狂风呼啸，

---

[1] 董乃斌：《论中晚唐的边塞诗》，《唐代边塞诗研究论文选粹》，甘肃教育出版社1988年版，第264页。

与进军鼓声交织在一起。一句从视觉着眼,一句从听觉落笔。

[5] 百夫长:泛指下级武官。

简析

　　这首五言律诗,写出书生投笔从戎,出塞参战的全过程,意境豪壮,气势充沛。诗人一开头便点出书生心中的"不平"之气,以之贯串全篇。诗人用浓墨重彩,展现了国家面临危难时的紧急气氛,突出唐军出征的威武雄壮,风雪弥漫更给出征增添了艰难的环境考验,最后抒发从军出塞建功立业的豪迈情感。诗人没有叙述书生投笔从戎的具体过程,而是抓住典型场景,采取了跳跃式的结构,节奏明快,一气鼓荡,有力地凸显唐军将士气壮山河的精神和书生强烈的爱国激情,风格雄浑刚健,慷慨激昂,很能体现唐代前期的社会精神风貌。

出塞[1]

王昌龄

秦时明月汉时关,万里长征人未还。[2]
但使龙城飞将在,不教胡马度阴山。[3]

注释

[1] 这是王昌龄的一首名作,明代诗人李攀龙曾经将其推为唐人七绝的压卷之作。他的诗今存177首,其中五绝14首,七绝75首,占总数之半。出塞:汉乐府旧题。塞:边塞、边关,出塞就是出边关。

[2] "秦时"两句:互文见义,犹言秦汉时的明月、关口。

[3] 龙城:指卢龙城,在今河北卢龙,唐代平州北平郡的治所。飞将:汉代名将李广,

被匈奴称为"飞将军"。他当过右北平郡（即唐平州）太守，所以被称为"龙城飞将"。阴山：在今内蒙古南境，连接内兴安岭。汉时，匈奴人常从阴山南侵。

简析

在传统的乐府诗中，描写边关的作品往往和月亮联系在一起。在长期的传唱咏叹中，"关"和"月"的意象沉淀了丰富的社会生活内涵和情感意蕴。《乐府诗集·横吹曲辞》有乐府古题《关山月》。《乐府解题》说："关山月，伤离别也。"无论征人思家，思妇怀远，往往离不了这"关"和"月"两个字。"关山三五月，客子忆秦川"（徐陵《关山月》），"关山夜月明，秋色照孤城"（王褒《关山月》），"关山万里不可越，谁能坐对芳菲月"（卢思道《从军行》），"陇头明月迥临关，陇上行人夜吹笛"（王维《陇头吟》），"明月出天山，苍茫云海间"（李白《关山月》），这方面的例子有很多。这首诗的开头第一句"秦时明月汉时关"，是最能引发人的思绪、最耐人寻味的诗句。明月本是诗人眼中所见的明月，边关也是现实中矗立的边关，可是诗人在前面加上了秦、汉的时间概念，由于从千年以前、万里之外下笔，赋予了明月和边关深厚幽远的历史感。"发兴高远"，形成一种雄浑苍茫的独特的意境，使读者把眼前明月下的边关同秦代筑关备胡，汉代发生一系列战争的悠久历史自然联系起来。秦朝汉代一方面具有国力强盛的特征，另一方面开疆辟地，连年征战。由于有了秦月汉关的追溯，下面一句"万里长征人未还"，指的就不只是当代的士卒，而是自秦汉以来世世代代士卒的共同命运。这两句诗气象阔大，苍茫辽远，时间和空间都得到了极大的拓展，上句着眼于时间上的渲染，于漫长的历史追溯中展现了空间的旷远；下句侧重于空间上的拓展，在"万里"和"长征"的背景下，凸显"人未还"的愁惨悲壮。"但使龙城飞将在，不教胡马度阴山。"前面的"人未还"说的是战争连年不断，慨叹人民在战争中承受的巨大苦难。而造成战争原因的是"胡马度阴山"，要平息战争得到和平，不是寄希望于外族的偃旗息鼓，只能立足于强大的国防，渴望像飞将军李广那样的杰出将领率军抗击外族的进攻，将侵略者遏制在阴山背后。而李广之不可得，这种愿望也就只能是愿望而已。字里行间，于安边定国的深切期望中透露了深深的缺憾和哀怨感，意境深广，耐人寻味。

清沈德潜《说诗晬语》说："'秦时明月'一章，前人推奖之而未言其妙，盖言师劳力竭，而功不成，由将非其人之故；得飞将军备边，边烽自熄，即高常侍《燕歌行》归重'至今人说李将军'也。防边筑城，起于秦汉，明月属秦，关属汉，诗中互文。"他指出李攀龙只知推奖此诗而未言其妙，认为全诗之妙在于暗示战事不息是由于"将非其人"。这对认识诗歌的主旨是有一定帮助的。进一步来说，王昌龄在表现传统的主题上是匠心独运的。诗歌语言之美，往往表现在似乎很平凡的字上，或者说，表现在把似乎很平凡的字用在最确切、关键的地方。而这些地方，往往又最能体现诗人高超的艺术造诣。这首诗构思巧妙，句句精心结撰，短短四句具开合变化之妙。起句以气势取胜，用词平凡而意境苍茫；第二句叙事宏大，一气鼓荡而慨叹深沉。绝句往往在第三句另辟新境，翻出新意，写作时前两句如果先平缓一些，才便于翻上一层。王昌龄的非凡之处在于其起调已高险，却还能在第三句上翻空出奇，使得所表现的感情意蕴深入一步，实在是需要高度的艺术技巧。从句法结构上看，第二句中"未"、第三句"但使"、第四句"不教"，表示转折或否定虚词的恰当运用，把作者深刻复杂的思想感情表达得苍凉曲折、慷慨动人。

盛唐边塞诗的主旋律，是爱国主义精神和英雄主义精神。王昌龄的边塞诗既有描写将士们爱国热情和斗志的作品，又有表达将士们对家园和亲人思念的作品。在他的笔下，这两种感情不是截然分离的，而往往是通过组诗的形式使之互为交融，表现了戍边士兵的渴望、追求、愁思与痛苦，其基调是积极向上的，展现了盛唐精神的一个侧面。

使至塞上[1]

王 维

单车欲问边，属国过居延。[2]
征蓬出汉塞，归雁入胡天。[3]
大漠孤烟直，长河落日圆。[4]
萧关逢候骑，都护在燕然。[5]

注释

[1] 开元二十五年（737），王维以监察御史的身份出塞慰问西部边疆将士，察访军情，这首诗就作于赴边途中。

[2] 首联交代行程。单车，轻车简从。属国，汉代称归顺汉朝而仍保留本国习俗的附属国为属国。居延，今内蒙古额济纳旗北境。奉命出使的诗人轻车前往，正要去宣慰边军，而边塞辽阔，附属国直到居延之外。

[3] 征蓬：随风飘转的蓬草。既是写景，又是诗人借以自比。作者出使，恰在春天，途中见数行归雁北翔，即景设喻，一笔两到，贴切自然。自己像随风而去的蓬草一样出临"汉塞"，又像振翅北飞的大雁一样进入"胡天"。胡天：指古匈奴所居的西北地区。

[4] 孤烟：指烽火与燧烟。古时边境告警或报平安的信号。据说燧烟燃狼粪，取其烟直而聚（见段成式《酉阳杂俎》）。"大漠"一联，写进入边塞后所看到的奇特壮丽的风光，画面开阔，意境雄浑。

[5] 萧关：古关名，在今宁夏回族自治区固原东南。候骑：指骑马的侦察兵。都护：当时边疆重镇都护府的长官，这里指河西节度使。燕然：即燕然山，又称杭爱山，在今蒙古国境内。东汉窦宪大破匈奴，曾登燕然山勒石铭功。这里至最前线。诗人到了边塞，却没有遇到将官，侦察兵告诉使臣，首将正在燕然前线。

简析

　　王维以山水诗著名。其实，作为享有盛名的唐代诗歌大家，王维的艺术才能是多方面的。这首描写边塞风光的诗歌，就足以说明这一点。

　　诗中最著名的是"大漠孤烟直，长河落日圆"一联。诗人把笔墨重点用在了他最擅长的方面——写景。边疆沙漠，浩瀚无边，"大漠"的"大"字，平常而贴切，无可替代。边塞荒凉，没有什么奇观异景，烽火台燃起的那一股浓烟就显得格外醒目，因此被称作"孤烟"。一个"孤"字写出了景物的单调，紧接一个"直"字，却又表现了它的劲拔、坚毅之美。沙漠上没有山峦林木，那横贯其间的河流，就非用一个"长"字不能表达诗人的感觉。落日，本来容易给人以感伤的印象，这里用一"圆"字，却给人以亲切温暖而又苍茫的感觉。诗人抓住塞外景色的特点，精心提炼鲜明直观的"直""圆"二字，使横贯画面的大漠地平线与孤烟的垂直线相交，长河的曲折线条与浑圆的落日对映，不仅准确地勾勒了西北边塞风光的苍茫、奇丽，而且表现了作者的深切感受和豪迈情怀。诗人把自己的孤寂而又新奇、苍凉而又豪放的情绪巧妙地融合在广阔的自然景象的描绘中。《红楼梦》第四十八回里说："'大漠孤烟直，长河落日圆'。想来'烟'如何'直'？'日'自然是'圆'的。这'直'字似无理，'圆'字似太俗。合上书一想，倒像是见了这景的。要说再找两个字换这两个，竟再找不出两个字来。"这就是"诗的好处，有口里说不出来的意思，想去却是逼真的；又似乎无理的，想去竟是有理有情的"。这话可算道出了这两句诗高超的艺术境界。

　　这首诗在结构上也是很有特色的。首联叙事；次联于写景中有叙事，用比喻拓展出塞之意，一语双关；第三联写景；最后一联叙事，写到达边塞。"萧关逢候骑，都护在燕然。"这里宕开一笔，写出使到了边塞之外，路途已经非常辽远，可是宣慰边军的任务还远没有完成，因为边帅还在更遥远的地方，从而更显示出边塞的辽阔苍远。全诗就在这样一种苍茫而略显惆怅的氛围中落下了帷幕，把读者的思绪引向了远方。

新婚别[1]

杜　甫

兔丝附蓬麻，引蔓故不长。[2]

嫁女与征夫，不如弃路旁。

结发为君妻，席不暖君床。[3]

暮婚晨告别，无乃太匆忙！

君行虽不远，守边赴河阳。[4]

妾身未分明，何以拜姑嫜？[5]

父母养我时，日夜令我藏。

生女有所归，鸡狗亦得将。[6]

君今往死地，沉痛迫中肠。

誓欲随君去，形势反苍黄。[7]

勿为新婚念，努力事戎行！[8]

妇人在军中，兵气恐不扬。[9]

自嗟贫家女，久致罗襦裳。[10]

罗襦不复施，对君洗红妆。

仰视百鸟飞，大小必双翔。

人事多错迕，与君永相望！[11]

注释

[1] 杜甫"三别"中的《新婚别》，通过一个新婚离别的新娘自述，刻画了一个深明大义的少妇形象。

[2] 兔丝：一种蔓生的草，常寄生在别的植物身上。蓬、麻：都是小植物。引：牵引。蔓：草藤。

[3] 结发：古代男子二十岁，女子十五岁，始用簪子束发表示成年，可以结婚。席不暖君床：极言从结婚到离别的时间之短。

[4] 河阳：即孟津，今河南孟州，在黄河北岸。

[5] 妾身未分明：古代婚礼，新嫁娘过门三天以后，要先祭家庙、拜见公婆，婚礼完毕，然后正名定分，才算成婚。现婚礼未毕即离去，故言身份还不明确。姑嫜：即公婆。

[6] 归：指女子出嫁。鸡狗：即俗语"嫁鸡随鸡、嫁狗随狗"的意思。

[7] 苍黄：同"仓皇"，仓促，慌张。

[8] 戎行：军队。

[9] "妇人"两句，说妇女随军，会影响士气。语出《汉书·李陵传》："吾士气少衰而鼓不起者，何也？军中岂有女子乎？"

[10] 罗襦裳：指结婚时穿的绸缎衣服。

[11] 错迕：指错杂违逆，难以尽如人愿。

简析

　　《新婚别》通过一个新娘的心理活动，反映了战争给人民带来的苦难，也表达了高尚的爱国主义精神。诗中的新娘，是普通的劳动妇女。新婚只有一天，丈夫就要服兵役，可以说是非常时期的生离死别。诗人抓住送别时新娘的自述，刻画了女主人公复杂的心理活动，表现了新娘的深明大义："勿为新婚念，努力事戎行！"经过一番痛苦的倾诉和内心剧烈的斗争以后，女主人公终于从个人的不幸中跳了出来，从渴望平息战争的角度，嘱咐努力杀敌打胜仗，那时才是真正的团圆之时。诗中主人公形象，通过曲折剧烈的痛苦的内心斗争，最后毅然勉励丈夫"努力事戎行"，表现战争环境中人物思想感情的发展变化，合情合理而变化自然，符合事件和人物性格发展的逻辑，令人信服，使人感动。

燕歌行[1]

高 适

汉家烟尘在东北,汉将辞家破残贼。[2]
男儿本自重横行,天子非常赐颜色。[3]
摐金伐鼓下榆关,旌旆逶迤碣石间。[4]
校尉羽书飞瀚海,单于猎火照狼山。[5]
山川萧条极边土,胡骑凭陵杂风雨。[6]
战士军前半死生,美人帐下犹歌舞![7]
大漠穷秋塞草腓,孤城落日斗兵稀。[8]
身当恩遇常轻敌,力尽关山未解围。[9]
铁衣远戍辛勤久,玉箸应啼别离后。
少妇城南欲断肠,征人蓟北空回首。
边庭飘飖那可度,绝域苍茫更何有![10]
杀气三时作阵云,寒声一夜传刁斗。[11]
相看白刃血纷纷,死节从来岂顾勋。[12]
君不见沙场征战苦,至今犹忆李将军![13]

注释

[1]《燕歌行》于开元二十六年(738)作于宋州,借乐府旧题写现实,是高适边塞诗的代表作。原序:"开元二十六年,客有从御史大夫张公出塞而还者,作《燕歌行》以示适,感征戍之事,因而和焉。"这里说的张公,即河北节度副使张守珪。开元二十三年(735)张守珪以与契丹作战有功,拜辅国大将军兼御史大夫。其后部将败于奚族余部,张非但不据实上报,反设法掩盖败绩。事见《旧唐书·张守珪传》。高适曾数次北上边塞,写作此诗并不仅仅是有感于张守珪开元二十四年(736)以后的两次边事失利,还融合了他对边塞战争的多方面认识和感受。

[2]诗的开头总体交代了战争的方位和性质。唐代诗人常常用"汉"来标示本朝,这

里的"汉家"就是指唐朝,"汉将"即唐将。

[3]"男儿"两句,貌似揄扬汉将去国时的威武荣耀,实则已隐含讥讽,为下文写战败设下伏笔。樊哙在吕后面前说:"臣愿得十万众,横行匈奴中。"季布便斥责他当面欺君该斩(见《史记·季布传》)。"横行"的由来,就意味着恃勇轻敌。赐颜色,犹言赏脸。唐汝询说:"言烟尘在东北,原非犯我内地,汉将所破特余寇耳。盖此辈本重横行,天子乃厚加礼貌,能不生边衅乎?"(《唐诗解》卷十六)

[4]"摐金"两句描写出兵。摐(chuāng),撞击。伐,敲击。金和鼓都指军中乐器。榆关,即山海关,在今河北秦皇岛。旌旆(pèi),军中旗帜。碣石,山名,在今河北昌黎西北。

[5]"校尉"两句,写军情紧急。校尉,泛指武将。羽书,即羽檄,紧急军情文书。瀚海,此处泛指东北边境荒漠地带。单于,汉时匈奴君主之称,后泛指北方游牧民族首领。狼山,此处泛指与异族交战之地。

[6]"山川"两句,写战场荒远萧条,敌骑来势凶猛,迅急剽悍,像狂风暴雨,卷地而来。凭陵,仗势侵陵。

[7]"战士"两句,写汉军奋力迎敌,杀得昏天黑地,不辨死生。然而,就在此时此刻,那些将军却远离阵地寻欢作乐。严酷的事实对比,有力地揭露了汉军中将军和兵士的矛盾,暗示了必败的原因。

[8]"大漠"两句写敌方有天时、地利,而我方孤城落日,力竭兵稀。穷秋,深秋。腓(féi),此处指枯黄。秋天是游牧民族战斗力旺盛的季节,所谓"匈奴草黄马正肥"(岑参),就是此意。

[9]"身当"两句,回应上文,点出汉将恃宠"轻敌",战略失误,所以虽然战士们力尽关山,却仍然导致了"未解围"的失败结局。

[10]"铁衣"以下六句,写戍卒思妇的痛苦,错综相对,离别之苦,逐步加深。城南少妇,日夜悲愁,蓟北征人,徒然回首,相去万里,永无见期。玉箸(zhù),玉制的筷子,这里指思妇的眼泪。绝域,极远偏僻之地。

[11]"杀气"两句,渲染战场上凝重危急的气氛。三时,此处当指早、午、晚三时,指白天。阵云,即战云。刁斗,军中铜制用具,夜晚用来敲击值更,白天用作

炊锅。

[12]"相看"两句,写士兵们最后与敌人短兵相接,浴血奋战,视死如归,岂是为了取得个人的功勋!

[13]李将军:指汉代名将李广。李广守边,匈奴畏之而数岁不敢入侵,又能爱护士卒,"宽缓不苛,士以此爱乐为用"(《史记·李将军列传》)。

简析

　　全诗由应征出师、战败、被围、至死浴血奋战,完整地表现了一次战事的全过程。由于作者略去了具体的人物、时间和地点,对战事做了泛化处理,所以实际上是以高度概括的艺术手法,展现了当时边塞征战生活的广阔场景。诗人写的是边塞战争,但重点不在于民族矛盾,而是同情广大兵士,讽刺和愤恨不恤兵士的将军。其主旨是谴责在皇帝鼓励下的将领骄傲轻敌,荒淫失职,造成战争失败,使广大兵士受到极大的痛苦和牺牲。

　　这首诗的特点之一是使用鲜明的对比揭示主旨。从全篇的描写来看,一是士兵与将军的对比。士兵效命尽节,而将军贪功轻敌;士兵辛苦久战,而将军临阵失职,对比强烈,令人痛心不已。二是"汉将"与李广的对比。虽然李广在结尾才提出来,但李广的事迹广为人知,其对比的效果是相称的。李广守边而匈奴不敢入侵,而"汉将"轻敌失利;李广体恤士卒,而"汉将"不顾士卒战死,军阵前尚纵情声色。全篇"战士军前半死生,美人帐下犹歌舞"二句,最为尖锐沉痛,这种对比,矛头所指十分明显,因而大大加强了讽刺的力量。三是戍卒与思妇的对比。诗人在战争进程中,描写了士兵们复杂变化的内心活动,"铁衣"六句,每联均把戍卒的绝域远征与思妇空闺断肠对照起来刻画,凄恻动人,深化了主题。

　　高适的诗歌今存二百余首。他的边塞诗虽然只有二十多首,从数量上并不占诗人创作的主导地位,但他仍以边塞诗著名,主要是因为他的边塞诗有独特的风貌。不同于王昌龄常以戍卒的口吻抒情,也不同于岑参以过人的敏感去描绘边塞风光和战斗生活,高适是以政治家的眼光去分析边防问题的。他在边塞诗中，往往从政治的角度表示自己对战争的看法，能够深刻地揭示出边塞战争中的各种矛盾，具有强烈的爱国主义精神和现实主义的严峻性。这首《燕歌行》就是一个鲜明的例证。

白雪歌送武判官归京[1]

岑 参

北风卷地白草折，胡天八月即飞雪。[2]

忽如一夜春风来，千树万树梨花开。[3]

散入珠帘湿罗幕，狐裘不暖锦衾薄。

将军角弓不得控，都护铁衣冷难着。[4]

瀚海阑干百丈冰，愁云惨淡万里凝。[5]

中军置酒饮归客，胡琴琵琶与羌笛。

纷纷暮雪下辕门，风掣红旗冻不翻。[6]

轮台东门送君去，去时雪满天山路。

山回路转不见君，雪上空留马行处。[7]

注释

[1] 天宝十三年（754），岑参再次出塞，充任安西、北庭节度使封常清的判官。这首诗诗题中的武判官，可能就是岑参的前任。诗人紧扣诗题，把描写雪景与送别紧密结合起来，写得既壮丽新奇又情韵悠长。

[2] "北风"两句，写边地风猛雪早的特点。"白草"就是西北戈壁常见的芨芨草，为多年生草本植物，柔韧性非常强，这里用"卷"字来刻画朔风的威力，"折"字借朔风竟然将白草都吹折的形象，展现了疾风与劲草搏斗的情景。胡天是指西北边疆的天空，"即"字道出了边地早雪的气候特征和诗人的惊讶之情。

[3]"忽如"两句是对雪景的具体描写，也是最具想象力的表达。一个"忽"字，有点出乎意料，突兀奇警，更妙的是用"梨花"来写雪，朔风本来是严寒凛冽的，可是诗人却把它当作一夜春风，不但吹开了梨花，而且是"千树万树"，这样不但把雪的皎洁、飞动、明丽做了传神的描绘，而且赋予了茫茫大雪壮阔绚烂的气象。这个比喻含有广阔而美丽的想象，既壮美又富有诗意，字里行间透出浓郁的春意，与前后文所极力描绘的风雪严寒之状形成鲜明的对照。

[4]"散入"四句，写边塞雪寒的程度。前面是写雪景的全景，这里则由远到近，通过人的感受来写雪。雪花刚飞入珠帘时，是一朵朵的乘风飞进来，所以是"散"。由于帐中是暖的，落在罗幕上的雪花就融化了，并把罗幕湿透。胡裘、锦衾都是保暖性能极好的御寒衣物，在如此的严寒中也失去了防寒作用，角弓被冻得变硬而不能拉开，都护的铠甲冷得难以着身。诗人不是抽象地表现边地的奇寒，而是通过身边的器物与人的感觉来衬托，更使人感到严寒的威力和军中生活的艰苦。

[5]"瀚海"两句承上启下，一方面是对"胡天"和"梨花开"的进一步描写；另一方面以此作为送别武判官归京的自然背景，引出下面饯别送行的场面。瀚海即戈壁大漠，阑干是纵横的样子。"百丈冰"是夸张地描写边疆的冰雪。天空中愁云密布，纷纷扬扬的大雪将天地连成了一片，天地之间整体混混沌沌，似乎凝结住了一样。"愁"的其实是人，而不是云。但在为离别而忧愁的诗人的眼中，阴沉沉的云层仿佛充满了惆怅，这是一种移情，诗人既为朋友在雪中远行而担忧，又表现了自己心中的离愁。

[6]"中军"四句描写了军中置酒饯别的情景。在酒席间，自然免不了演奏各种乐器来助兴，但用胡琴、琵琶、羌笛这些边疆特有的乐器所演奏的歌曲都充满了异域情调，更增添了远行者和送别者的依依不舍而又悲壮的情怀。值得注意的是这里仍然没有离开用对风雪的描写来衬托人们的心境。帐篷内是充满异域情调的送别的歌舞酒宴，帐篷外已是黄昏时分，纷纷扬扬的大雪使辕门外白皑皑一片，旗杆上的红旗早已积满了冰雪，在严寒中连猛烈的北风都不能将其吹动翻卷。帐内宴饮的热闹场面，更显出帐外的苦寒景象。将中军宴饮一幕放到偌大的冰天雪地的荒寒背景中来描写，更可想见作者当时和归客离去后的孤寂之感。

[7] 最后四句才从正面描写了送别的情景。前两句点明了送客的地点、客人的去向和当时的天气。"轮台",唐代庭州有轮台县,在今乌鲁木齐附近,唐时北庭节度使治庭州,轮台亦有驻军。作者写送别,雪仍然是描写的重点,由雪满天山路将送行者引向风雪迷茫的远方。"山回"两句突出描写了作者目送武判官远去的情景和神态,尤其传神。这两句意境深广,意味深长,不但流露了作者当时"送君去"的依依不舍之情,而且揭示了作者"不见君"后心灵深处若有所失的空虚与怅惘。"不见"与"空留"两相映衬,使得"空留"格外显眼。这里送别的场面犹如电影中的空镜头一样,情景交融,余味深长,与李白《送孟浩然之广陵》中"孤帆远影碧空尽,惟见长江天际流"两句有异曲同工之妙。

简析

岑参一生三次出塞,当时最重要的东北、西部和北部边陲他都去过,而且在安西、北庭、关西节度幕任过职,尤其是西域的六年,使他扩大了眼界,心胸为之开阔。他对边塞生活非常熟悉,看惯了边关大漠、骏马塞垣,许多壮伟奇丽的场面和非同寻常的事件,都曾亲身经历。他的边塞诗,就是在这种环境中写出来的。《白雪歌送武判官归京》系岑参边塞诗的代表作。

《白雪歌送武判官归京》的突出特色在于把描写雪景和送行惜别有机地结合在一起,以浩瀚苍莽、皎洁无边的雪野作为送别的背景,重笔渲染,依依惜别的深情则到结束时才明白点出,突破了送别诗反复咏叹离情的程式化诗风,化严寒为温暖,写边地酷寒中的送别,却无凄凉愁惨之感。

这首诗形象生动,想象丰富,意境奇特,风格雄健。写西北严寒,但并不愁苦畏缩,抒惜别深情,但并不感伤怨叹。全诗贯串白雪这个主题,以雪景衬托送别,又在差别中描绘雪景,洋溢着昂扬的情绪。意境豪壮,是这首诗的一个特点。岑参所处的时代,正是历史上有名的开天盛世。这时的唐帝国,正处于极盛时期,国力强大,经济繁荣,对外是开疆拓土军威大振,对内则是相对的安定和统一,一种为国立功的荣誉感和英雄主义弥漫在社会氛围中。文人们也向往着从戎出塞,建功立业,"宁为百夫长,胜作一书生",在这样一种社会氛围中，出现了不少描写边塞生活的优秀诗篇。在边塞诗人的笔下，即使是酷寒冰雪，狂风大漠，也都壮丽豪迈；即使是出征远戍、离别送行，也爽朗明快，毫无凄凉低沉之感。这就是盛唐之音。一种丰满的具有青春活力的热情和想象，渗透在盛唐文艺之中。《白雪歌送武判官归京》也是这样。它写雪景，不写边塞苦寒，风雪凄紧，却以"忽如一夜春风来，千树万树梨花开"来渲染雪景的瑰丽迷人；写送别，不写黯然销魂，别易会难，却以"山回路转不见君，雪上空留马行处"把别怀写得轻松自然。这是欣欣向荣的社会风尚在诗歌中的体现。

从结构上分析，全诗十八句，可分前后两段和中间一个过渡段，段落整齐，结构匀称。前段从远写到近，后段则从近写到远。前段八句，从北风飞雪，胡地早寒写起，接上白雪落到树上的奇观，写雪花飞入屋内的情况，从远而近，一直写到人身感到寒冷。这八句之下，用两句承转，就转入送别：先写中军设饯，然后是送客到轮台东门；最后客已远去，看不见了。这种写法，像电影中的镜头一样，逐步移近，又逐步移远，观者的视线跟着转动，觉得有实体感。

作者充分利用歌行体换韵的特点，使转韵与转换画面相结合，既奔腾跳跃，而又转换自如。全诗多押下声韵。中间换了三次平声韵，调节全诗那种急促、激动、紧张的情调，换平声韵的地方都是侧面写景的，烘托调节全诗，起了换气缓婉的作用。

和张仆射塞下曲六首（其三）[1]

卢　纶

月黑雁飞高，单于夜遁逃。[2]
欲将轻骑逐，大雪满弓刀。[3]

注释

[1] 卢纶,字允言,河中蒲州(今山西永济)人。官至检校户部郎中。"大历十才子"之一。张仆射(yè):即张延赏,官至左仆射同平章事。塞下曲:古时边塞的一种军歌。

[2] 单于:古时匈奴的首领。这里指入侵者的最高统帅。遁:逃走。前两句写敌军的溃逃。"月黑雁飞高",月亮被云遮掩,一片漆黑,宿雁惊起,飞得高高。"单于夜遁逃",在这月黑风高的不寻常的夜晚,敌军偷偷地逃跑了。

[3] 将:率领。轻骑:轻装快速的骑兵。逐:追赶。后两句写将军准备追敌的场面,气势不凡。"欲将轻骑逐",将军发现敌军潜逃,要率领轻装骑兵去追击;正准备出发之际,一场纷纷扬扬的大雪,刹那间弓刀上落满了雪花。

简析

卢纶曾任幕府判官,有戎马生活的体验,描写此类生活的诗情景真切,风格雄劲。这首诗写将军雪夜准备率兵追敌的壮举,气概豪迈。

本诗的突出特点是大写意的手法。写边地战事,绘形绘色,神韵飞动,抓住最富有包孕性的一刹那加以展现。诗人摄取了将军轻骑追敌出发前的场景加以形象刻画,敌军是在"月黑雁飞高"的情景下溃逃的,将军是在大雪飞扬的情景下准备追击的。通过写一"逃"一"追",便将战斗的紧张气氛有力地渲染出来了。诗人没有写冒雪追敌的过程,也没有直接写激烈的战斗场面,但从"大雪满弓刀"的特写式的画面里,可以体会到战斗的艰苦性和将士们奋勇的精神。满天飞扬的大雪增加了战斗的难度,但也为出奇兵做了掩护。

夜上受降城闻笛[1]

李 益

回乐烽前沙似雪,受降城外月如霜。[2]
不知何处吹芦管,一夜征人尽望乡。[3]

注释

[1] 李益,字君虞,陇西姑臧(今甘肃武威)人。大历四年(769)进士,授郑县尉,又任华州主簿,转侍御史。后出塞从军,入朔方、宁、幽州诸节度使幕中为从事。曾东游扬州。宪宗朝入为都官郎中,历秘书少监、集贤学士、散骑常侍、太子宾客等官。文宗大和初,以礼部尚书致仕。李益为"大历十才子"之一,诗名早著,尤其是以七绝形式写的边塞诗冠绝当世,其成就可与盛唐王昌龄相比。《夜上受降城闻笛》是一首抒写戍边将士乡情的诗作。受降城:唐代灵州治所回乐县的别称,故址在今宁夏回族自治区灵武市西南。

[2] 回乐烽:指回乐县城附近的烽火台。诗的开头两句,写登城时所见的月下景色。

[3] 芦管:吹奏乐器名。这两句写征人望乡之情。

简析

  这是一首书写征人久戍思乡情怀的七言绝句。从全诗来看,前三句写诗人登城的所见所闻,末句抒心中所感,将感情引向高潮。前三句都是为末句直接抒情造势,起渲染、烘托作用。回乐烽前、受降城外,茫茫沙漠似遍地白雪,清冷月光如空里流霜,诗人用两个比喻渲染塞外月夜寂静荒寒的景色,是写视觉中的广阔空间,已经为引发思乡之情造足了气氛。绝句的第三句往往都是用否定性的词语来形成转折,这里"不知""何处"连用两个不确定性的词语,既符合实情,也显示了蕴蓄已久的乡情其实是随触即发的。有了这样的铺垫,又有了触发的媒介——呜呜咽咽、凄凉幽怨的芦管声,末句的直接抒情就如同水到渠成一样自然涌出了。全诗情景交融,意境浑成,具有含蕴不尽的特点。

南园十三首（其五）[1]

李贺

男儿何不带吴钩，收取关山五十州。[2]
请君暂上凌烟阁，若个书生万户侯？[3]

注释

[1]南园：李贺家住福昌县的昌谷，其地依山傍水，有南北二园，南园是李贺的读书之处。这首诗写向往建功立业，报效国家的愿望，也有壮志难伸的激愤之情。

[2]吴钩：宝刀名，形制稍弯。关山五十州：指中唐后中央不能控制的藩镇地区。《资治通鉴·唐纪五十四》载唐宪宗元和七年（812）李绛语："今法令所不能制者，河南北五十余州。"唐宪宗即位后曾力图用武力削平藩镇割据的局面，取得一些成就。

[3]凌烟阁：在长安。唐太宗贞观十七年（643）在阁上画开国功臣二十四人。若个：哪个。万户侯：指很高的爵位。

简析

　　这首诗的写法很特别，从结构来看，由两个设问句组成。开头的"何不"贯串两句，突出了男儿慷慨激昂而磊落不平的抱负，生动地表达了诗人急切的救国心愿。三、四句追溯历史，"若个书生万户侯"的诘问，写出书生从历史到现实的遭遇，也就是南园诗另一首中所说的"寻章摘句老雕虫"，文学不切实用，在社会政治生活中发挥的作用是很有限的。诗人从反面衬托投笔从戎的必要性，也表达了愿意为国家统一事业尽力以建功立业的愿望。

第七讲 生命感怀

一、导读

感怀诗就是感于春花秋月宇宙万物的盛衰变化而引起的对生命价值的认识和思考，表达人的生命意识的作品。《左传·襄公二十四年》："太上有立德，其次有立功，其次有立言。虽久不废，此之谓不朽。"追求人生的不朽价值，是人生的基本动力。人是存在于时间与空间之中的，相形之下，人生显得特别短暂，尤其是当人有了高度的自觉意识之后。魏晋时代就是一个人觉醒的时代。人和自然的关系，首先是与时间和空间的关系。人对自身的思考往往也是从时间和空间切入的。如东汉无名氏《古诗十九首》："人生天地间，忽如远行客。""人生寄一世，奄忽若飙尘。""人生非金石，岂能长寿考？""人生忽如寄，寿无金石固。万岁更相送，贤圣莫能度。服食求神仙，多为药所误。不如饮美酒，被服纨与素。""古墓犁为田，松柏摧为薪。白杨多悲风，萧萧愁杀人。""生年不满百，常怀千岁忧。昼短苦夜长，何不秉烛游！"《长歌行》："青青园中葵，朝露待日晞。阳春布德泽，万物生光辉。常恐秋节至，焜黄华叶衰。百川东到海，何时复西归？少壮不努力，老大徒伤悲。"北魏曹丕（187—226）在《典论·论文》中说："盖文章，经国之大业，不朽之盛事。年寿有时而尽，荣乐止乎其身，二者必至之常期，未若文章之无穷。是以古之作者，寄身于翰墨，见意于篇籍，不假良史之辞，不托飞驰之势，而声名自传于后。故西伯幽而演《易》，周旦显而制《礼》，不以隐约而弗务，不以康乐而加思。夫然，则古人贱尺璧而重寸阴，惧乎时之过已。而人多不强力，贫贱则慑于饥寒，富贵则流于逸乐，遂营目前之务，而遗千载之功，日月逝于上，体貌衰于下，忽然与万物迁化，斯志士之大痛也。"这里有积极入世的态度，也有遇到挫折的迷惘感伤的情绪。老庄的哲学可以拿来作为处世态度的补充。

感怀诗的一个重要内容就是伤春悲秋。《淮南子·缪称训》："春女思，秋士悲，而知物化矣。"意思是说春天来临，女子感阳春明媚而萌动青春的思念；秋日到来，士子见阴气萧飒而产生人生的悲慨，这是由于感知万物随着自然的变化流逝而不可抗拒。伤春悲秋都是一种生命意识的流露，是人类在观照自然万物中对自身存在的一种审视。《诗经》《楚辞》有许多以秋景起兴的句子和段落。明代胡应麟评屈原《九章·湘夫人》中"帝子降兮北渚，目眇眇兮愁予。袅袅兮秋风，洞庭波兮木叶下"是"写秋景入画"，认为与"写秋意入神"的宋玉《九辩》，"皆千古言秋之祖，六代、唐人诗赋，靡不自此出者"（《诗薮》）。

宋玉是屈原之后杰出的楚辞作家，其生平与屈原有相似之处。《九辩》是他的代表作，主要是抒发他因不同流俗而被谗见疏、流离失所的悲哀，表达了对国家兴亡的忧虑。其中感人至深而对后世影响最大的就是对秋景的描写："悲哉，秋之为气也！萧瑟兮草木摇落而变衰。憭栗兮若在远行，登山临水兮送将归。泬寥兮天高而气清，寂寥兮收潦而水清。"诗中起句便以"悲哉"定下了全篇的基调，使之具有浓重的抒情色彩。作者以传神的笔触刻画了秋景的种种凄清寂寥，草木凋落飘零，天高水清，薄寒侵人。贫士失职，悲愤满腔，登山临水，羁旅凄凉。这里有天空南归的雁行，有树上凄厉的蝉鸣，有草丛中鸣叫的蟋蟀，有翩翩远飞的燕子。读者仿佛看到行吟山泽的诗人忧愤的神情和憔悴的面容，在秋景的衬托下，诗人自身的惆怅失意、孤独漂泊得到充分的体现。鲁迅在《汉文学史纲要》中谓宋玉《九辩》"虽驰神逞想，不如《离骚》；而凄怨之情，实为独绝"。《九辩》继承了《离骚》的抒情传统，把个人的身世之悲和对国家命运的关注联系在一起，形成悲凄深沉的风格特征，而其"悲哉，秋之为气"的抒情表达，则开启了中国文学史上"悲秋"的主题，影响深远。

论及唐宋感怀诗的特色，可以先从欧阳修诗"穷而后工"的论断说起："予闻世谓诗人少达而多穷，夫岂然哉？盖世所传诗者，多出于古穷人之辞也。凡士之蕴其所有，而不得施于世者，多喜自放于山巅水涯之外，见虫鱼草木风云鸟兽之状类，往往探其奇怪，内有忧思感愤之郁积，其兴于怨刺，以道羁臣寡妇之所叹，而写人情之难言，盖愈穷则愈工。然则非诗之能穷人，殆穷者而后工也。"(《梅圣俞诗集序》)诗人创作的动力来自对自身生命的关注和体验。这里说的"凡士之蕴其所有，而不得施于世"的"穷"，并不仅仅是仕途的失意，其实泛指一切人生的逆境。当人遭遇逆境时，当功名富贵、显赫荣耀离人远去的时候，人体验到生命本身的意义。而在得到这一切时，又往往因良辰美景而难以永恒，感到"兴尽悲来"的感伤。在这种情况下，生命作为一种活动，被完全纯化为灵性的体验，从来自本人和周围的变化中，感受生命的流逝和自己对生命的依恋。"悲剧和幽默都是'重新估定人生价值'的，一个是肯定超越平凡人生的价值，一个是在平凡的人生里肯定深一层的价值，两者都是给人生以'深度'的。"[1]阅读唐宋诗人关于宇宙人生和体现生命意识的作品，往往引起读者的共鸣，就在于人生的有限与无限引起的内心矛盾冲突，往往作为一种潜藏在意识深处的感觉而存在，潜藏在日常生活的各种细节里，像生死寿夭、祸福得失、喜怒哀乐、时序流变等生活经验，时时刻刻，或多或少会触发内心深处的隐秘。

唐代前期的诗歌中，以生命为主题的作品很多，感伤而不悲观，无论是刘希夷的《代悲白头翁》、张若虚的《春江花月夜》，还是陈子昂的《登幽州台歌》，都可以看到这一点。后期则有更多的无奈与悲观。如杜牧的《九日齐山登高》："江涵秋影雁初飞，与客携壶上翠微。尘世难逢开口笑，菊花须插满头归。但将酩酊酬佳节，不用登临恨落晖。古往今来只如此，牛山何必独沾衣！""牛山"用齐景公登牛山落泪慨人生短暂事，以抑塞之怀，感慨苍茫，于

---

[1] 宗白华：《艺境》，北京大学出版社1987年版，第76页。

旷达中透露的是无可奈何的消极心态。唐代诗人对时间和生命特别敏感，他们的许多诗篇都表现了韶华易老、青春不再的感伤和珍惜青春与生命永恒的主题，"人生代代无穷已，江月年年只相似"（张若虚《春江花月夜》），"高堂明镜悲白发，朝如青丝暮成雪"（李白《将进酒》），"少年心事当拿云，谁念幽寒坐呜呃"（李贺《致酒行》），"山僧不解数甲子，一叶落知天下秋"（佚名），沧海桑田，物是人非，时间已逝，而空间犹在。李商隐的"天荒地变心虽折，若比伤春意未多"（《曲江》），最能表现晚唐时期的感伤色彩。

宋代的人生感怀诗可以苏轼的创作为代表。苏轼对人生的思考和感悟在他的词作如《念奴娇·赤壁怀古》《水调歌头》（明月几时有）中有充分的表现，在诗中也是如此，如"三过门间老病死，一弹指顷去来今"（《过永乐文长老已卒》），多石崎岖的坡路被写成"莫嫌荦确坡头路，自爱铿然曳杖声"（《东坡》）。苏轼有着旷达的人生态度和深沉的历史意识，对大自然的永恒与人生的短暂有透彻的认识，在许多诗歌中都表现了顿悟之后的潇洒人生态度，这种乐观旷达的核心是坚毅的人生信念和不向厄运屈服的斗争精神，"九死南荒吾不恨，兹游奇绝冠平生！"（《六月二十日夜渡海》）这是苏轼从儋州遇赦北归时所作，即使是在逆境之中，也并不颓废消极，流露出战胜黑暗的自豪心情和宠辱不惊的胸怀。这种旷达的人生态度和深沉的历史意识对后代有着深远的影响，古典小说《三国演义》的开篇词《临江仙》就写道："滚滚长江东逝水，浪花淘尽英雄。是非成败转头空，青山依旧在，几度夕阳红？白发渔樵江渚上，惯看秋月春风。一壶浊酒喜相逢，古今多少事，都付笑谈中。"意境悲凉，潇洒旷达，弥漫着浓郁的悲剧气氛。不过，"是非成败转头空"的慨叹，否定了人生价值和意义，表现了虚无空幻的人生态度，与唐宋诗歌所表现的生命意识又有所不同。

二、名作赏析

在狱咏蝉[1]

骆宾王

西陆蝉声唱，南冠客思深。[2]
不堪玄鬓影，来对白头吟。[3]
露重飞难进，风多响易沉。[4]
无人信高洁，谁为表予心？[5]

注释

[1] 骆宾王，字观光，唐代婺洲义乌（今浙江义乌）人。曾任临海县丞。后随徐敬业起兵反对武则天，作《讨武曌（zhào）檄》，兵败后下落不明。这首诗作于高宗仪凤三年（678）。当时骆宾王任侍御史，因上疏论事触忤武后，遭诬，以贪赃罪名下狱。

[2] 西陆：指秋天。《隋书·天文志中》："（日）行东陆谓之春，行南陆谓之夏，行西陆谓之秋，行北陆谓之冬。"南冠：囚犯的代称，这里是诗人自指。《左传·成公九年》载，晋侯视察，见到钟仪，问人说：那个戴南方帽子而被囚禁的人是谁？官吏回答说：是郑人所献的楚国俘虏。后来就以"南冠"作为囚徒的代称。客思：客居在外之人的思乡情绪。深：一本作"侵"。

[3] 玄鬓：指蝉。古代妇女将鬓发梳得薄如蝉翼，称为"蝉鬓"。遂反过来用玄鬓代指蝉。玄：玄色，黑色。白头吟：汉代才女卓文君年老时，听说丈夫司马相如想娶妾，因作《白头吟》以表决绝。三、四两句，一句说蝉，一句说自己，用"不堪"和"来对"构成流水对，把物我联系在一起。

[4] "露重"两句用比兴手法，既是写蝉，更是写自己。"露重"比喻朝廷专制，"风多"比喻谗言纷多，"飞难进"比喻政治上不得意，"响易沉"比喻言论上受压制。

[5] 高洁：古人认为蝉栖息在高树上，餐风饮露，有高洁的品性。谁为：谁能够。

简析

　　这是一首骆宾王的咏物名作。此诗从自己身陷囹圄的处境着眼，赋予蝉形象丰富的意蕴，句句写蝉，又句句自喻，抒发了自己含冤入狱的悲愤和高洁孤傲的品格。首联点明题意，用对偶句开篇，整饬沉稳。颔联以流水对的形式，写出心中的抑郁不平之气，第五、六句明里说蝉，实指诗人的境况，物我难分。最后代蝉发问，也是直抒胸臆，点出借蝉喻己的意思。

　　咏物诗往往能够在吟咏之中见诗人的个性，从而表现出不同的境界。清施补华《岘佣说诗》云："三百篇比兴为多，唐人犹得此意。同一咏蝉，虞世南'居高声自远，非是藉秋风'，是清华人语；骆宾王'露重飞难进，风多响易沉'，是患难人语；李商隐'本以高难饱，徒劳恨费声'，是牢骚人语。比兴不同如此。"虞世南是唐初宰相，地位尊贵，所以他的《蝉》是这样写的："垂緌饮清露，流响出疏桐。居高声自远，非是藉秋风。"后两句是全篇比兴寄托的点睛之笔。蝉声远传，一般人往往以为是借助秋风传送，诗人却别有会心，强调这是由于"居高"而自能致远。这种独特的感受蕴含一个真理：立身品格高洁的人，并不需要某种外在的凭借（例如权势地位、有力者的帮助），自能声名远播。这里所突出强调的是人格的美、人格的力量。

　　晚唐李商隐的《蝉》："本以高难饱，徒劳恨费声。五更疏欲断，一树碧无情。薄宦梗犹泛，故园芜已平。烦君最相警，我亦举家清。"李商隐的一生充满了悲剧性的色彩。他的朋友崔珏在吊唁诗中是这样概括他的一生的："虚负凌云万丈才，一生襟抱未曾开。"对他推崇备至而又充满叹惋之情。"本以高难饱，徒劳恨费声"是李商隐心情的写照，所谓"牢骚人语"。骆宾王的这首诗，把蝉的物性特征与诗人的遭遇、品格互相映衬，感情充沛，语多双关，于咏物中寄情寓兴，由物到人，由人及物，达到了物我一体的境界。全诗格调苍凉郁勃，脱尽六朝以来咏物诗的萎靡之风，取譬明切，用典自然，将魏晋风骨寄兴咏物诗之中，开辟了唐代咏物诗的新境界。

登幽州台歌[1]

陈子昂

前不见古人，后不见来者。[2]
念天地之悠悠，独怆然而涕下！[3]

注释

[1] 万岁通天元年（696），陈子昂随武攸宜东征契丹，次年三月次渔阳。武攸宜无将略，前锋大败，陈子昂一再进谏，并请为前驱，不但不被采纳，反而降为军曹。《登幽州台歌》就作于此时。幽州，唐代治所，在今北京西南。幽州为古燕国之地，相传燕昭王曾筑高台，置千金于台上，以招揽贤才，而他也终在贤才辅佐下打败齐国。燕昭王以其礼贤下士、重用贤才成就事业而为世人所称道。

[2] 古人：指前代的明君贤士。来者：指后世的明君贤士。

[3] 念：想到。悠悠：久远。怆（chuàng）然：伤感的样子。涕：眼泪。

简析

　　这是一首登临抒怀之作。诗人没有对收入视野的景色进行具体描绘，也无意于主观感情的曲折倾诉，而是着力于传达人生有限而宇宙无穷、岁月易逝而功业难就的深沉强烈的情绪。这是本篇有别于一般登临之作的地方。

　　诗的前两句写自己的孤独，后两句写人生的有限。这首诗的不凡之处在于诗人并没有就进入视野的景色进行具体描绘，展现登高所见的自然风光；也没有曲折低回地倾诉内心的主观情感，而是着力传达独立天地之间所感受到的人生有限而宇宙无穷、岁月易逝而功业难就的深沉强烈的情绪，富有哲理的启迪和震撼力。陈子昂在写这首诗的时候是满腹牢骚、一腔愤慨的，但他所表达的是一种审视历史人生、追问天地宇宙的伟大孤独感。

　　本篇在艺术表现上也很有特色。上两句俯仰古今，写出时间的漫长。"古人""来者"，既是特指意义上的能够礼贤下士、重用贤才的燕昭王一类的人物,也许过去有,也许今后还有,可是自己今生今世难以遇到了。"古人""来者"同时也泛指一般的人。人的生命是如此短暂,不要说燕昭王时代的古人不可见,即使是距今百年之遥的前人也已看不到了,更何况自己身后的来者呢。这是一种强烈的生命意识,是意识到人生不能永恒而爆发的深沉喟叹。第三句登楼眺望、四顾茫茫,写出空间的辽阔。在广阔无垠的背景中,第四句描绘了诗人孤独寂寥、悲哀苦闷的情绪,两相对照,产生了强烈的感染力,具有一种震撼人心的力量。读这首诗,我们可以深切感受到"诗中有人"的含义,诗人的形象、诗人的人格力量,充溢在字里行间,我们会深刻地感受到一种苍凉悲壮的气氛,面前仿佛出现了一幅北方原野的苍茫广阔的图景,在高天厚地之间,兀立着一位胸怀大志却报国无门、仰天长叹、悲愤苦闷的诗人形象,因而为之深深感动。

春江花月夜[1]

张若虚

春江潮水连海平,海上明月共潮生。
滟滟随波千万里,何处春江无月明。[2]
江流宛转绕芳甸,月照花林皆似霰。
空里流霜不觉飞,汀上白沙看不见。[3]
江天一色无纤尘,皎皎空中孤月轮。
江畔何人初见月? 江月何年初照人?[4]
人生代代无穷已,江月年年只相似。
不知江月待何人,但见长江送流水。[5]
白云一片去悠悠,青枫浦上不胜愁。
谁家今夜扁舟子? 何处相思明月楼?[6]

可怜楼上月徘徊,应照离人妆镜台。

玉户帘中卷不去,捣衣砧上拂还来。[7]

此时相望不相闻,愿逐月华流照君。

鸿雁长飞光不度,鱼龙潜跃水成文。[8]

昨夜闲潭梦落花,可怜春半不还家。

江水流春去欲尽,江潭落月复西斜。[9]

斜月沉沉藏海雾,碣石潇湘无限路。

不知乘月几人归,落月摇情满江树。[10]

注释

[1] 张若虚与贺知章、张旭、包融并称"吴中四士",今存诗二首。《春江花月夜》是乐府"清商曲辞·吴声歌曲"旧题,创始于陈后主。现存最早的有隋炀帝所作五言小诗:"暮江平不动,春花满正开。流波将月去,潮水带星来。"张若虚虽用了乐府旧题,题材又是汉末以来屡见不鲜的游子、思妇的离愁,但他还是以不同凡响的艺术构思,开拓了新的意境,表现了新的情趣。前人评张若虚"孤篇横绝,竟为大家"(清王闿运)。

[2] 滟滟(yàn):波光闪灼之貌。开篇四句点明题意,勾勒出一幅春江月夜的广阔画面。

[3] 芳甸:杂花飘香的原野。甸,郊外之地。霰(xiàn):细小的雪珠。汀(tīng):水边平地。这四句写花月相互映照的美景,突出月夜的晴朗和月光的皎洁。

[4] 这四句写月光把一切变得空明澄彻,高悬在空中的一轮孤月就显得格外醒目,空间的无限寥廓把人的思绪引向时间的无限幽远。

[5] 此四句紧扣江水和月亮,以及由此引起的关于生命和人类与自然关系的思考。一轮孤月徘徊中天,像是等待什么人似的,却又永远不能如愿。月光下,只有大江急流,奔腾远去。

[6] "白云"四句总写在春江花月夜中思妇与游子的两地思念之情,由写景和哲思转向现实生活中的相思。青枫浦,长满枫林的水边。扁(piān)舟子,指漂泊江上的

游子。

[7]"可怜"四句把"月"拟人化，月光怀着对思妇的怜悯之情，把柔和的清辉洒在思妇居住的楼阁里。月色如水，"卷不去""拂还来"，正如同难以割断驱遣的惆怅一样紧紧地包围着主人公。

[8]"此时"四句，写渴望借月光传达思念，可鸿雁远飞，不能把此处的月光带走，自己的思念如何能够为爱人所知；鱼儿在深水里跃动，激起的阵阵波纹在月光下闪烁，丝丝缕缕都像是传递自己心声的信笺。可鱼儿又怎能把无尽的思念带给远方的爱人呢？鸿雁、鱼龙，此处取鱼雁传书之意，表示书信难通。

[9]"昨夜"四句，写青春流逝的忧伤。江水流春，流去的不仅是时光，也是游子思妇的青春、幸福和憧憬。

[10]最后四句慨叹山高水远，情思无限。碣石，山名，在今河北昌黎。潇湘，二水名，均在今湖南。沉沉的海雾隐遮了落月；碣石、潇湘，天各一方，道路是多么遥远。在这美好的春江花月之夜，不知有几人能乘月回归自己的家乡，那无着无落的离情，伴着残月之光，洒满在江边的树林之上，使人心旌摇荡，不能自已。

简析

　　本篇可分为两大部分。从开头到"但见长江送流水"为第一部分。前八句紧扣题意围绕题目逐层铺展；后八句由江月联想到人生，由写景转入抒情。诗人一开篇便紧扣主题，大笔挥洒，勾勒出一幅春江月夜的壮丽画面。这里的"海"是虚指，诗人并不一定真正看到大海，但在想象的空间里，大江奔流最终流入大海，是江水把诗人的视线引向了远方。江水东流，一轮明月则迎着江流随潮涌生，在壮观的景象中充满了巨大的张力。说到明月，诗人不说"升"，而说"共潮生"，一个"生"字，使潮水与明月都成为具有生命力的形象。在整篇诗中，诗人始终紧扣"月"来写，一切景物都笼罩在月光之下，一切变化都与明月的照耀相关。诗人极目骋怀，描写浩浩荡荡的大江汹涌奔流，曲曲弯弯地绕过繁花似锦的春天的原野，这是多么壮观优美的景象。月色倾泻在花草树木上，月光在树叶花木上变幻闪烁，像洁白的雪霰轻轻飘落。诗人对月光的观察极其精微：月光荡涤了世间万物的五光十色，将大千世界浸染成梦幻一样的银辉色。诗人有画家一样对色彩的敏感，准确地捕捉并描绘出月色的魅力。诗人巧妙地用"流霜不觉飞"和"白沙看不见"来暗示月光，把月光变成似乎可以用手触摸的东西，自然景物都被月光融化了，全都消融在月光中了。放眼望去，浑然只有皎洁明亮的月光存在。诗人用细腻的笔触，创造了一个神话般美妙的境界，使春江花月夜显得格外幽美恬静。

月光把一切变得清明澄彻，空旷无垠。空间的无限寥廓把人的思绪引向时间的无限幽远，人从何处来？月自何时生？"江畔何人初见月？江月何年初照人？"诗人神思飞跃，由今及古，自己在江边望月，古人想必也会如此，那最初在江边望月的人是谁呢？这是在思索人类是何时才出现的。而江月又是从何时照见人类的呢？这是思考比人类产生更久远的宇宙的起源。哲理的沉思往往容易陷入玄想，引出空无寂灭的思绪。但张若虚把这种沉思与人生紧紧联系起来，探索着人生的哲理与宇宙的奥秘。诗人从大自然的永恒与人生短暂的对比中体会到一种感伤和惆怅，但并不是一种消极颓废，陷入人生苦短、及时行乐的泥淖，而是从中体验到生命短暂因而更加可贵，引发出对人生的珍惜与热爱。

"不知江月待何人，但见长江送流水"，这是紧承上一句的"只相似"而来的。人生代代相继，江月年年如此。一轮孤月徘徊中天，像等待什么人似的，却又永远不能如愿。月光下，只有大江急流，奔腾远去。随着江水的流动，诗篇遂生波澜，将诗情推向更深远的境界。江月有恨，流水无情，诗人自然地把笔触由上半篇的大自然景色转到了人生图像，引出下半篇男女相思的离愁别恨。

从"白云一片去悠悠"到结束为第二部分。写春宵月夜游子、思妇的离愁别恨，着重表现闺中思妇望月怀人的深情。诗人仍从写景落笔，以白云起兴，着力描摹人物心理。"可怜楼上月徘徊"以下八句写思妇对离人的怀念。然而诗人不直说思妇的悲和泪，而是用"月"来烘托她的怀念之情。诗篇把"月"拟人化，"徘徊"二字极其传神，月亮仿佛也在为思妇的遭遇叹息，在夜空徘徊，不忍离去。而"徘徊"本身也是来自对月光的细致观察和描摹，浮云游动,故光影明灭不定。月光怀着对思妇的怜悯之情,把柔和的清辉洒在思妇居住的楼阁里,妆镜台、玉户帘、捣衣砧,月光无处不在,用清辉抚慰思妇长夜孤寂的心灵。诗人笔锋一转,反进一层,月光不仅没有消解思妇的忧伤,反倒使得她触景生情,更加深了思念。月光就是难以排遣的愁绪,她想驱散这种惆怅思念,可是月色"卷不去""拂还来",正如同难以割断驱遣的惆怅一样紧紧地包围着主人公。诗人不愧是抒情圣手,他总是能够把握主人公内心种种复杂的情愫,希望总是和失望交织在一起。刚刚写了希望月亮能够为其传情达意,紧接着便又陷入了失望的痛苦之中。鸿雁远飞,却不能把此处的月光带走,自己的思念如何能够为爱人所知;鱼儿在深水里跃动,激起的阵阵波纹在月光下闪烁,丝丝缕缕都像是传递自己心声的信笺。可鱼儿又怎能把无尽的思念带给远方的爱人呢?诗人巧妙地化用鱼雁传书的传说,慨叹一向以传信为任的鱼雁,如今也无法传递自己内心的愁苦,怎能不让人黯然神伤。

最后八句写游子,诗人用落花、流水、残月来烘托他的思归之情。"扁舟子"连做梦也念念归家——花落幽潭,春光将老,人还远隔天涯,情何以堪!江水流春,流去的不仅是时光,也是游子的青春、幸福和憧憬。"江潭落月"更衬托出他凄苦的寞寞之情。沉沉的海雾遮住落月;"碣石""潇湘"天各一方,道路是多么遥远。"沉沉"二字加重渲染了他的孤寂;"无限路"也就无限地加深了他的乡思。"落月摇情满江树",这结句的"摇情"——不绝如缕的思念之情,将月光之情、游子之情、诗人之情交织成一片,洒落在江树上,也洒落在读者心上,情韵袅袅,摇曳生姿,令人心醉神迷。最后四句将题中五字全部收束,"情"字总括全篇诗意。

张若虚的《春江花月夜》在意境的创造上有独到的成就。作者紧扣"春江花月夜"的题目挥毫泼墨,以"月"为中心来统摄广阔的自然景物,使得所描绘的景物在时空上无限扩展,春夜的温馨宁静、春江的浩瀚辽远、春花的光鲜亮丽,全都在明月的笼罩下透露朦胧的韵味,把人们的思绪引向深邃的夜空,引向远古的梦幻,引发充满哲理的沉思和美丽的遐想。在这样美妙的环境中,诗人感到身心都融入了宇宙自然,体验着永恒和无限。"白云一片去悠悠,青枫浦上不胜愁",诗人的思绪由自然转到了社会,让情感的承载人物——游子与思妇的异地相思在无垠的时空中遥寄传递,极大地扩展了诗情的容量,让虚境幻化于实境当中,诗情、画意、哲理水乳交融,从而产生意味无穷的美感。

代悲白头翁[1]

刘希夷

洛阳城东桃李花,飞来飞去落谁家?
洛阳女儿惜颜色,坐见落花长叹息。
今年落花颜色改,明年花开复谁在?
已见松柏摧为薪,更闻桑田变成海。[2]
古人无复洛城东,今人还对落花风。
年年岁岁花相似,岁岁年年人不同。
寄言全盛红颜子,应怜半死白头翁。[3]
此翁白头真可怜,伊昔红颜美少年。[4]
公子王孙芳树下,清歌妙舞落花前。
光禄池台文锦绣,将军楼阁画神仙。[5]
一朝卧病无相识,三春行乐在谁边?
宛转蛾眉能几时,须臾鹤发乱如丝。[6]
但看古来歌舞地,唯有黄昏鸟雀悲。

注释

[1] 刘希夷(约651—?)一名庭芝,汝州(今河南临汝)人。少有文华,善弹琵琶,落魄不拘常格。上元二年(675)登进士第。诗思清丽哀怨,善为从军、闺情一类题材,不为时人所重。后孙翌编《正声集》,以希夷诗为集中之最,乃为世人所

称。《代悲白头翁》(一作《白头吟》)是刘希夷最有代表性的作品。

[2] 摧为薪：变成薪柴。桑田变成海：比喻世事巨变。

[3] 寄言：请告诉的意思。红颜子：指青春少女。白头翁：指白发苍苍的老太太。

[4] 美少年：这里指美少女。

[5] 光禄：官名，北齐置光禄寺，置卿和少卿。唐以后成为专管皇室祭品、膳食及招待酒宴之官。 神仙：这里指美丽如画的少女。

[6] 蛾眉：指青春少女。鹤发：白发，指老妇。

简析

　　这首诗写女子从青春美貌到苍颜白发的变化过程，咏叹青春易逝，富贵无常，表现对人生的哲理思考，有浓郁的感伤情调。《代悲白头翁》是一首歌行体的拟古乐府，共二十六句，可以分为前后两部分。前十二句为上半部分，后十二句为下半部分，中间两句"寄言全盛红颜子，应怜半死白头翁"为过渡。诗的前半部分写洛阳女子见落花而睹物伤感，抒发红颜易老、人生短暂的感慨，其意化自东汉宋子侯的乐府歌辞《董娇娆》。诗的后半部分通过对比写出歌女表面的荣华富贵与内心的痛苦凄凉，透露出她们对真情的渴望。诗人从美的暂促性中认识了"永恒"，与无限的宇宙相比，一切都变得那样渺小，诗人彻悟到人生的真谛，却又未流于颓废，而是字里行间透出对青春的珍惜和对生命的热爱，透出人性的觉醒和感情的沟通，音节流畅和美，具有一种使人心醉神迷、遐思无限的感染力。

　　这首诗表现的是对自身青春常驻的依恋和向往。一方面是韶华易逝，青春不永；另一方面是万物生生不息，衰而又新。所以在伤感之中，又透露出对大自然的永恒生命力的向往。诗中的情思，也并不限于女子的自叹自怜，包含了更广泛的人生哲理。诗人用明快轻捷的七言歌行体来处理人世沧桑之感，笔调流丽，遂使全诗避免了沉重、颓丧之感，呈现美丽动人的青春惆怅。《红楼梦》中林黛玉《葬花词》"花谢花飞飞满天，红消香断有谁怜"，就明显受到此诗的影响。

左迁至蓝关示侄孙湘[1]

韩 愈

一封朝奏九重天，夕贬潮阳路八千。[2]
欲为圣明除弊事，肯将衰朽惜残年。[3]
云横秦岭家何在？雪拥蓝关马不前。[4]
知汝远来应有意，好收吾骨瘴江边。[5]

注释

[1] 韩愈（768—824），字退之，河南南阳（河南孟县）人。祖籍昌黎，世称韩昌黎。幼年家贫，刻苦好学。贞元八年（792）中进士。在朝为官期间，耿直刚强，先因上书极论宫市之弊、后因谏阻宪宗迎佛骨，两次被贬。官至京兆尹、吏部侍郎，卒谥文。故世又称韩吏部、韩文公。这首诗就是韩愈因谏迎佛骨被贬潮州刺史时所作。蓝关：即蓝田关，在今陕西蓝田南。湘：韩湘，韩愈的侄孙。

[2] 一封：指一封奏章。元和十四年（819）正月，唐宪宗李纯迎凤翔法门寺佛骨入宫。韩愈上《论佛骨表》，极论迎佛骨的诸多弊病，触怒了宪宗，被贬。九重天：指皇宫。潮阳：唐郡名，即潮州，治所在今广东潮安。

[3] 圣明：指皇帝。弊事：政治上的弊端。肯：犹言"岂肯"。惜残年：爱惜晚年的生命。

[4] 秦岭：陕西南部横贯东西的山脉的总称。马不前：暗用屈原《离骚》"仆夫悲余马怀兮，蜷局顾而不行"的句意。

[5] 瘴江边：有瘴气的江河边，这里指潮阳。瘴是一种能致人疾病的湿热之气，产生于我国南部、西南部的潮湿山林中。

简析

韩愈的这首七律抒发了自己忠而获罪的满腔悲愤心情。首联叙事，说明获罪的原因和后果，愿望和效果的背离。颔联抒情，表明忠贞为国的本心和毫不后悔的坚定信念，颈联将迁谪之感和恋阙之意融入浩茫广阔的云海雪原之中，于苍凉的景色中有诗人自己的形象，诚挚感情的抒发，悲愤之情见于言外。尾联点出送别之意，在对侄孙韩湘的嘱托中寄寓沉痛悲怆的情感。这首诗意境苍茫而感慨深沉，深得杜甫七律沉郁顿挫之致。开头和结尾直叙的手法，句中虚词的运用，章法上起承转合，都可见其以文为诗的特点。

锦瑟[1]

李商隐

锦瑟无端五十弦，一弦一柱思华年。[2]
庄生晓梦迷蝴蝶，望帝春心托杜鹃。[3]
沧海月明珠有泪，蓝田日暖玉生烟。[4]
此情可待成追忆，只是当时已惘然。[5]

注释

[1] 这首诗以锦瑟起兴，以开头两字标题，等于"无题"，如同《诗经》中的多数诗题一样。《锦瑟》可能是中国古代诗歌史上解说最为纷纭的一首名作。它以含意的隐晦、意境的朦胧著称。从全诗所写的基调看，此诗是诗人追忆年华往事、难释"惘然"情怀的作品。

[2] 锦瑟：指瑟上绘文如锦。瑟，一种乐器，传说古瑟本有五十弦，后代的弦数不一，一般是二十五弦。无端：没来由、平白无故。弦、柱：指锦瑟的弦和架弦的柱。华年：青春年华。

[3] 庄生句：《庄子·内篇·齐物论》："昔者庄周梦为蝴蝶，栩栩然蝴蝶也。"后来用庄周梦蝶比喻尘世的虚幻。晓梦：白日做梦，以突出其转瞬即逝。望帝：传说中古代蜀国君主杜宇的称号，相传死后魂魄化为鸟，名杜鹃，鸣声凄哀，嘴喙出血。

［4］沧海句：古代有海里的蚌珠与月亮有感应的传说，月满珠就圆，月亏珠就缺。珠有泪：古代有"鲛人泣珠"的传说。鲛人是在南海里像鱼一样生活的人，能织绡，哭泣时眼泪变成珠。蓝田：山名，在今陕西蓝田东南。蓝田山是有名的产玉之地。司空图《与极浦谈诗书》引戴叔伦语云："诗家之景，如蓝田日暖，良玉生烟，可望而不可置于眉睫之前也。"

春心：对春光的留恋和春华易逝的感伤，引申为对美好事物的追求。《楚辞·招魂》："目极千里兮伤春心。"

［5］此情：统指上述种种情事，即自己悲剧身世的各种境界。可待：岂待，哪须等待到今日。惘然：惆怅的样子。

简析

《锦瑟》诗是一首具有鲜明艺术特色的作品。它在艺术表现上的突出特点在于象征、比喻手法的创造性运用。这首诗与作者许多托物自寓的篇章所表达的情感基调是一致的，是对往事的追忆和感喟。但诗人对往事的追忆并不是对具体情事的回顾和记叙，并没有对身世遭遇做一般意义上的描写。诗人将自己的悲剧身世和悲剧心理幻化为一幅幅各自独立的象征性图景。这些图景既具有形象的鲜明性、丰富性，又具有内涵的虚泛、抽象和朦胧的特点。这就使得它们一方面缺乏通常抒情方式的明确性，又具有较之通常的抒情方式更为丰富的暗示性、隐喻性和多义性，能够引起读者多方面的联想。但这些含意朦胧的象征性图景，又是被约束在"思华年"和"惘然"的总范围内的。因此读者在感受和理解上的某些具体差异并不影响从总体上把握诗人的悲剧身世遭遇和悲剧心理。这种总体含意上的明确和局部含意的朦胧，象征性图景的鲜明和象征含意的朦胧，构成了这首诗意境创造上的突出特点。

诗人的惘然并不是由于某一具体情事而产生的，而是许多人生经历和事实的叠加层递。也许每个典故和比喻都有具体人事的背景，但诗人舍具体事实而注重某种特殊人生体验的传达，以一种高度凝练、暗示象征的图景出现，总体基调的清晰和具体事情的模糊相形愈彰，带给读者双重的艺术感受。

全诗笼罩着一层浓重的低回哀伤、凄迷朦胧的情调，带有晚唐社会的典型氛围，反映了当时知识分子处于深刻矛盾中的悲剧心理。既有所追求、向往，又时时感到空虚幻灭；既对当时令人压抑的社会现实不满，又无力反抗环境；既慨叹自己悲剧性的命运，又对造成这种悲剧的原因感到惘然。透过诗中表现的这种进退维谷、两难选择的矛盾心境，可以看出那个趋于没落的时代对才人志士的压抑和摧残，引发对诗人壮志难酬、抱恨终身的悲剧性命运的深切理解和同情。

第八讲 咏史怀古

一、导读

咏史诗是以历史人物、历史事件为题材的诗歌。唐代咏史诗作者众多，不限于专以咏史为题的作品，凡诗坛大家，咏史诗乃其创作的重要内容之一，李白、杜甫、白居易、刘禹锡、杜牧、李商隐、温庭筠、欧阳修、王安石、苏轼的咏史诗都具有高度的艺术水准。唐代出现了以《咏史》为题的大型组诗，如汪遵的咏史诗61首，周昙的咏史诗80首，胡曾的咏史诗152首，孙元晏的咏史诗75首等。咏史成为诗歌创作中专门的一体，其成就不一，后人的评价也不尽相同。

咏古之作托古言今，借歌咏古人古事抒写自己的怀抱，可分为咏史和览古吊古两类。吟咏古代的历史事迹和人物，并不是用诗歌记载过去的历史，而是抒写作者对古人古事的议论和由此引发的作者自己的情怀，所以咏古的本质还是抒情。中国古代的咏古诗比较短小，主要内容不是叙事，而是抒情。左思的《咏史》其二："郁郁涧底松，离离山上苗。以彼径寸茎，荫此百尺条。世胄蹑高位，英俊沉下僚。地势使之然，由来非一朝。金张藉旧业，七叶珥汉貂。冯公岂不伟，白首不见招。"这首诗以山上苗与涧底松的巧妙比喻，有力地揭示了门阀制度的不合理。左思现存诗十四首，《咏史》八首是其代表作。自东汉班固以来，咏史诗大都是叙述史实，一诗专咏一人一事。左思的《咏史》是借古人事以抒写自己的抱负和不平，而且一诗不必专咏一人一事，所以《咏史》

八首，实际上是一组政治抒情诗。"名为咏史，实为咏怀"，是左思的创格新胜之处。左思在《咏史诗》中，充分地表现了他的高尚的理想和情操，这些形成了他的诗歌内容的浪漫情调。这种情调仍是从其所不满的现实生活土壤中萌发出来的，富有知识分子的传统正义感，对后代的影响是积极的。

在唐前期的咏古诗中，在自然的永恒与历史的短暂、变动的对比中，不是否定功业的意义，而是在抒写个人忧愤时，与对个人、社会的历史命运的慨叹有机地结合在一起。陈子昂志气不凡而遭压抑，其《燕昭王》借古事抒怀，表现的是无人知遇的不平之气，骨子里是对现实的执着。人生短暂，人的所作所为终将成为历史，融入自然而成为风景的组成部分，也正因如此，人的现实作为也就有了永恒的意义。人所追求的功业道德文章总会流传下去，个人的功业进入历史之际，也就超越了时空。因而虽有感伤却不能忘怀现实，不能放弃追求和努力。在这种执着现实的精神中，虽然也有壮志未酬的忧愤和愁怨，但基调是进取向上的。

中唐以后，用永恒的自然与人事相对照而否定历史与人的行为的意义，开始在咏史诗中逐渐强化。刘禹锡《西塞山怀古》，虽然伤怀往事，但山水依旧；虽然天下一统，故垒依然萧瑟。在历史与现实、自然与人事的双重对比中，诗人的寂寞与悲凉是难以消解的。自然在变化，历史在消亡。岁月无情而人事更迭，自然在笑看人生，人生变得失去意义，在慨叹历史中反映诗人沉重的失落之感。晚唐时期，咏史成为诗人创作的重要题材，咏史诗的数量迅速增加。这一时期咏史诗的突出特征是诗人用冷静甚或是冷漠的眼光审视历史，主体的情思在诗中占了统摄的地位，史事在诗人的笔下被任意剪裁、驱遣。诗人并不是身入历史之中，与古人同悲欢，而是像一个置身于历史时空之外的旁观者，以观察或嘲讽的目光看着历史上曾经演出的一幕幕活剧，思考、议论的成分大大增加，思理超过情感而成了诗歌的主导音调。杜牧以冷静的思辨咏叙古事，解剖历史。冷静的思考往往产生对历史和人生的怀疑，也就更加深了个人的感伤和哀怨。罗隐《湘南春日怀古》："晴江春暖兰蕙薰，鸟鹭茸茸鸥著群。洛阳贾谊自无命，少陵杜甫兼有文。空阔远帆遮落日，苍茫野树碍归云。松醪酒好昭潭静，闲过中流一吊君。"缺乏生命的共感，对人生、社会和存在的否定，导致空幻感和虚无感，咏史也就变成了嘲讽，晚唐咏史诗的深刻性在此，它的消极性也在此。清方薰《山静居诗话》："咏史诗，今人皆杂议论，前人多有案无断之作，其讽刺劝意在言外，读者自得之耳。"[1]

宋人重思理议论，翻新出奇，往往别出手眼。这在咏史诗中表现得更为明显。咏史本来就是叙述古事，评议古人，有感而发，借咏古而抒怀，议论往往贯串其中。从政治的角度咏叹古事，是宋代咏史诗的显著特征。王安石重视社会政治和实际功利，诗歌是他抒情言志的工具，在个人情怀的抒写中自然也表现了他的政治见识和犀利眼光。咏史诗是王安石诗歌中最为出色的部分，他继承了左思以来咏史诗的传统，借古事来抒怀。由于诗人独到的政治眼光，就使得他的咏史诗对历史人物和历史事件的看法往往有新颖的角度和认识，警醒不凡。如《贾生》："一时谋议略施行，谁道君王薄贾生？爵位自高言尽废，古来何啻万公卿！"贾谊才高命短，且被贬谪长沙，前人往往叹其不遇的悲剧命运。李商隐从中看到的是"贾生年少虚垂泪""可怜夜半虚前席，不问苍生问鬼神"。王安石却独出手眼，认为贾谊的政治主张多被汉廷采纳，其作为政治家的命运远胜于那些徒得高官厚禄者。这是用政治家的眼光看历史，而不是用诗人的视角看历史，其议论的透辟自然高人一筹。王安石的《明妃曲》二首最能见出其咏史诗的特色。他一反传统看法，从人性的角度设身处地揣想昭君的心情，不是刻画画师的贪心，而是谴责皇帝的昏庸；不是写昭君的眷恋君恩，而认为昭君自请和亲得到"知心"，虽流落异域，却胜过了终老冷宫。其议论的精警远过前人，也体现了在唐诗之外求新求变的精神。

---

[1] 王夫之等：《清诗话》，上海古籍出版社1978年版，第961页。

二、名作赏析

蜀相[1]

杜 甫

丞相祠堂何处寻？锦官城外柏森森。[2]
映阶碧草自春色，隔叶黄鹂空好音。[3]
三顾频烦天下计，两朝开济老臣心。[4]
出师未捷身先死，长使英雄泪满襟。[5]

注释

[1] 蜀相：诸葛亮，曾任三国时蜀汉的丞相。这首诗歌咏诸葛亮一生的业绩，寄兴高远，蕴含深广，是杜甫咏史诗的代表作。

[2] 锦官城：四川成都的别称。开头一联，一问一答，点出诸葛亮祠堂的位置。

[3] 黄鹂：黄鹂鸟，叫声婉转清亮。

[4] 顾：光顾，探望。诸葛亮隐居隆中（今湖北襄樊西）时，刘备曾三顾茅庐，请教天下大计。频烦：次数多。两朝：诸葛亮先后辅佐了刘备和刘禅。开济：开创大业，济时拯危。

[5] "出师"句：蜀汉建兴十二年（234），诸葛亮第六次出师伐魏，与司马懿在渭水相持百余日，不幸病死在五丈原（今陕西眉县西南）。

简析

这首诗前半篇写丞相祠堂荒凉寂寞的春天景色，后半篇写诸葛亮一生的丰功伟绩，寄托诗人对他的无限崇敬与仰慕。结尾痛惜诸葛亮大业未竟，抒发千古英雄壮志未酬的忧愤，也透露诗人的无穷心事。清人仇兆鳌评曰："上四祠堂之景，下四丞相之事。首联，自为问答，记祠堂所在。草自春色，鸟空好音，此写祠庙荒凉而感物思人之意，即在言外。天下计，见匡时雄略；老臣心，见报国苦衷。有此两句之沉挚悲壮，结作痛心酸鼻语，方有精神。"英雄指有抱负、不畏艰险强暴、为国家和民族做出重大贡献、具有高风亮节的杰出人物，也包括作者对自己的期许。英雄洒泪，一是为诸葛亮惋惜，叹其胸怀平定天下的绝大谋略，又具忠贞仁厚、鞠躬尽瘁的崇高品行，理当成就辅佐君王统一天下的不世功业，无奈时运不济，病死五丈原，真令千古英雄痛惜不已。一是为自己的壮志难酬伤感。杜甫本怀有"致君尧舜上，再使风俗淳"的雄心大略，可最终流落蜀中，空耗岁月，心中的感慨是难以尽言的。

西塞山怀古[1]

刘禹锡

王濬楼船下益州，金陵王气黯然收。[2]
千寻铁锁沉江底，一片降幡出石头。[3]
人世几回伤往事，山形依旧枕寒流。[4]
今逢四海为家日，故垒萧萧芦荻秋。[5]

注释

[1] 刘禹锡（772—842），字梦得，唐代洛阳（今河南洛阳）人。贞元九年（793）中进士，又登博学宏词科。授监察御史。顺宗时参加王叔文领导的政治革新，失败后被贬朗州司马，迁连州刺史。后任太子宾客，加检校礼部尚书。世称"刘宾客"。西塞山，在今湖北黄石长江南岸，形势险峻，是六朝有名的军事要塞。长庆四年（824）刘禹锡由夔州刺史调任和州刺史，沿江东下，途经西塞山，即景抒怀，写下了这首诗。

[2] 王濬：晋武帝时益州（今四川成都）刺史。太康元年（280）受命率领水军船队，顺江而下，讨伐东吴。楼船：高大的战船。金陵：吴国都城，今江苏南京市。王

气：帝王之气。黯然收：指国家灭亡。

[3] 千寻：古代以八尺为寻，此处极言其长。降幡（fān）：降旗。石头：石头城。故址在今南京西清凉山。东吴凭借长江天险，并在江中暗置铁锥，再加以铁链横锁江面。王濬用大筏数十，冲走铁锥，以火炬烧毁铁链，使其沉于江底。吴主孙皓乃备亡国之礼，出城投降。这两句直写战事及结果。

[4] 往事：指魏晋以来改朝换代的诸多史事。山形：指西塞山。寒流：指长江。

[5] 四海为家：指江山统一。故垒：旧时的营垒，指西塞山并包括六朝以来作战堡垒的遗迹。

简析

　　这首诗在众多史实中选取西晋灭吴一事，用凝练含蓄的语言，反映了国家的统一是历史的必然。诗人写晋吴之战，重点是写吴，而写吴又着重点出那种虚妄的精神支柱"王气"、天然的地形、千寻的铁链，皆不足恃。这就从反面阐发了一种深刻的思想，那就是"兴废由人事，山川空地形"（刘禹锡《金陵怀古》）。残破荒凉的遗迹，便是六朝覆灭的见证，便是分裂失败的象征，也是"今逢四海为家"、江山一统的结果。

　　这首诗从大处着眼，远处落笔，剪裁得当，繁简适宜。前四句铺陈叙述西晋灭吴的史实，可以说是泼墨如云，第五句用'人世几回伤往事'概括六朝兴衰更迭的历史，则惜墨如金，绾结有力，显示了作者的眼光和功力。有了前两联丰富的内容和深刻的思想，就更凸显第三联出句"几回"的点睛之笔，产生言简意赅的效果。而在对句中，诗人不去描绘眼前西塞山如何奇伟竦峭，而是突出"依旧"二字，亦是颇有讲究的。山川"依旧"，更显得人事之变化，六朝之短促，透出怀古思绪。

　　刘禹锡的这首诗，把叙事、写景、抒怀以及哲理的思索熔于一炉，寓深刻的思想于纵横开阖、酣畅流利的风调之中，表现一种沉思历史和人生的沧桑感、忧患感。据说此诗原是刘禹锡与白居易等四人的同题竞赛之作，刘禹锡诗先完成。白居易看过后说："四人探骊龙，子先获珠，所余鳞爪何用耶！"（计有功《唐诗纪事》）遂为之"罢唱"，可知刘禹锡此作所达到的深度和水平，是当时就得到公认的。

咏史[1]

戎昱

汉家青史上，计拙是和亲。[2]
社稷依明主，安危托妇人。[3]
岂能将玉貌，便拟静胡尘。[4]
地下千年骨，谁为辅佐臣。[5]

注释

[1] 戎昱，荆南（今湖北省江陵县附近）人，德宗时任虔州刺史，遭人陷害，贬为辰州刺史。这首《咏史》，题又作《和蕃》，最早见于晚唐范摅的笔记小说《云溪友议》"和戎讽"条。这是一首借古讽今的政治讽刺诗。

[2] 汉家：汉代曾多次用和亲方式保持边疆稳定。首联开门见山，直接说和亲乃历史上最为拙劣的政策。

[3] 社稷：国家。明主：英明的君主。这两句说治理国家依靠明主，可和亲政策实际上是把国家的安危托付给妇女。

[4] 玉貌：美丽的容貌，指和亲的女子。这两句进一步说和亲的实质就是企图拿美色平息边境的战争。

[5] 千年骨：指制定、执行和亲政策的人。这两句慨叹朝中缺乏深谋远虑胸有韬略的辅佐大臣。

简析

这首诗对历史上实行的和亲政策做了无情揭露,愤激指责朝廷执政,诗歌的主旨在讽谕皇帝做出英明决策和任用贤臣。对于历史上和亲政策的是非得失要进行具体分析,不可一概而论。但作者这里的出发点是治国要有远图大略,极力反对的是以美色乞求国家安全的做法,那种以屈辱的和亲条件以图苟安于一时的国策实不足论。"社稷依明主,安危托妇人"一联,精辟深刻,对比鲜明,击中了时政的要害,成为时人传诵的名句。

过华清宫绝句三首(其一)[1]

杜 牧

长安回望绣成堆,山顶千门次第开。[2]
一骑红尘妃子笑,无人知是荔枝来。[3]

注释

[1] 华清宫:唐玄宗开元十一年(723)于骊山(在今陕西临潼)建温泉宫,天宝六年(747)改名"华清宫"。唐玄宗和杨贵妃经常住在这里沐浴享乐。《过华清宫绝句三首》是为唐玄宗而发的史论。这里选取其中一首。
[2] 绣成堆:指骊山树木葱郁、景色秀丽。次第:依次。
[3] 一骑:指骑着驿马的官差。红尘:指驿马疾驰时飞扬的尘土。妃子:指贵妃杨玉环。

简析

这是一首指责唐玄宗荒淫昏聩的讽刺诗。一骑快马风驰电掣般疾奔而来,身后扬起一团团尘土。随即华清宫重重叠叠的山门依次打开。原来驿马奔驰,急如星火,并不是传送国家大事,只是为了进呈荔枝。嗜食荔枝的杨贵妃尝着鲜美清凉的荔枝,嫣然而笑。可谁又知道其中的内幕呢?诗人将"一骑红尘"和"妃子笑"这两个镜头巧妙地组合在一起,揭露皇帝为宠爱妃子而无所不为的荒唐,鞭挞了唐朝统治者骄奢淫逸的生活。诗人在短小的篇幅中摄取典型画面以暗寓作者的褒贬,言短意长,含蓄无尽,显示了高超的艺术技巧。

过五丈原[1]

温庭筠

铁马云雕久绝尘,柳营高压汉营春。[2]
天清杀气屯关右,夜半妖星照渭滨。[3]
下国卧龙空寤主,中原逐鹿不由人。[4]
象床锦帐无言语,从此谯周是老臣。[5]

注释

[1]温庭筠(约812—约866),本名岐,字飞卿,太原祁(今山西祁县)人。做过随县和方城县尉,官终国子助教。才思敏捷,恃才傲物,好讥呵权贵,多犯忌讳,因而长期被摈抑,屡试进士不得登第,终身不得志。诗风绮艳,与李商隐齐名。又擅长填词,为著名的词人。这首诗是诗人路过五丈原时因怀念诸葛亮而作。五丈原:唐代属凤翔府,在今陕西眉县西南渭水南岸。据《三国志·蜀书·诸葛亮传》记载:蜀后主建兴十二年(234)春,诸葛亮率兵伐魏,在此屯兵,与魏军相持于渭水南岸达一百多天,八月,遂病死军中。一代名相,壮志未酬,常引起后人的无穷感慨。杜甫曾为此写道:"出师未捷身先死,长使英雄泪满襟!"(《蜀相》)

[2]铁马:比喻雄壮的大军。云雕:指绘有熊虎和鹫鸟的战旗。绝尘:飞速前进。柳

营：即细柳营。西汉初年将军周亚夫屯兵细柳（地名，在当时长安附近），治军有方。这里以周亚夫的细柳营比喻诸葛亮的营垒。高压汉营春：这里指长安一带受到威胁。

［3］天清：秋高气爽。杀气：战云密布、军情紧急的气氛。关右：指函谷关以西的地方。妖星：表示灾难降临，暗指诸葛亮去世。相传诸葛亮死时，夜有大星"赤而芒角"，坠落在渭水之南。

［4］下国：指偏处西南的蜀国。卧龙：指诸葛亮。寤主：对君主开导、规劝使之醒悟。中原得鹿：比喻争夺中原取得胜利。

［5］象床锦帐：祠庙中神龛中的陈设。无言语：指诸葛亮已成为供奉的雕像，已无言可说，无计可施。谯周：诸葛亮死后蜀后主的宠臣，在他的怂恿下，后主降魏。老臣：本是杜甫对诸葛亮的赞誉："两朝开济老臣心"（《蜀相》）。这里把谯周误国降魏和诸葛亮匡世扶主做了比较，讽刺后主的昏庸和谯周的卑劣。

简析

本篇是一首悼念诸葛亮的咏史诗。同是吟咏诸葛亮的事迹，这首诗与杜甫的《蜀相》写法上侧重点不同，可以说是从《蜀相》的结束处开始写的。诗的前半部分写蜀国的雄兵迅速北进，屯营五丈原，给魏国巨大压力。正当战云密布时，诸葛亮不幸病死。作者形象地描绘了当时五丈原的战争风云，以虚写实，在想象的景象中再现历史画面。后半部分是针对蜀国灭亡所发的议论。诸葛亮鞠躬尽瘁，死而后已，但统一中原的志愿不能实现，不是人事未尽到，而是开导蜀后主白白费心。诸葛亮死后，蜀中无人，就只有谯周这样的老臣来为后主献投降之策了。诗人以历史事实为据，夹叙夹议，从史实的辨析中显示褒贬之意，悲切而中肯。末尾用谯周和诸葛亮对比，惋惜诸葛亮出师未捷身先死，进一步显示了诸葛亮系蜀国安危于一身的独特地位，也加深了读者对诸葛亮的敬仰。

金陵怀古[1]

许浑

玉树歌残王气终,景阳兵合戍楼空。[2]
松楸远近千官冢,禾黍高低六代宫。[3]
石燕拂云晴亦雨,江豚吹浪夜还风。[4]
英雄一去豪华尽,惟有青山似洛中。[5]

注释

[1] 许浑,字用晦,润州丹阳(今江苏丹阳)人。大和六年(832)进士,官至监察御史。许浑诗格律精切,风格清丽,其诗编为《丁卯集》。金陵是六朝古都。这首《金陵怀古》追述隋灭陈的史实,抒发了繁华易逝、世事无常的感慨。

[2] 玉树:即《玉树后庭花》的简称,是陈后主所作的乐曲。后主荒淫奢侈,耽于声色,终至亡国。陈朝是六朝的最后一个朝代,陈后主所作的《玉树后庭花》就成了亡国之音的象征。王气:帝王之气象。景阳:楼名。陈后主建景阳宫,宫中有楼。《六朝事迹》谓景阳宫中有井,隋克台城,陈后主与张丽华、孔贵妃躲入井中,被隋军俘虏。兵:指隋朝的大军。

[3] 松楸:坟墓上的树木。禾黍:《诗经·王风·黍离》小序中写周大夫行经故宗庙宫室之地,看见到处长着禾黍,感伤王朝颠覆,作《黍离》诗。后世遂常用"黍离"来表示亡国之哀伤。六代:即六朝,指东吴、东晋、宋、齐、梁、陈六代。这两句写金陵的衰败景象。

[4] 石燕:传说"零陵有石燕,得风雨则飞翔,风雨止还为石"(《湘中记》)。江豚:《南越志》:"江豚似猪,居水中,每于浪间跳跃,风辄起。"这两句用比兴手法概括世间的干戈起伏和历代王朝的兴亡交替。

[5] 英雄:指曾占据金陵的历代帝王。金陵和洛阳都有群山环绕,地形相似,所以李白《金陵三首》有"山似洛阳多"的诗句。"惟有青山似洛中",是说今日的金陵除去山川地势与六朝时依然相似,其余的一切都大不一样了。尾联照应开头,抒

发了诗人对于繁华易逝的感慨。

简析

　　金陵是六朝古都，其盛衰沧桑，成为后代许多诗人寄慨言志的话题。这首怀古七律，不是吟咏一时一事，而是着眼于对六朝兴亡的历史进行整体的观照和思考，抒写了繁华昌盛终将消尽的深沉感喟。

　　陈是六朝最后一个朝代，陈朝的灭亡象征整个六朝的消亡。诗人依托陈后主亡国的史实，用"终"和"空"煞句，透露出浓郁的感伤基调。诗人把六朝兴亡的社会变化置于时间和空间的坐标中加以审视，借助富有暗示性、隐喻性的意象表现主题。"松楸""禾黍"都是现实中常见的植物，但由于古今不断使用，其意义层叠累积，已远远大于事物本身。"远近"和"高低"的对比，一为时间，一为空间。"千官冢""六代宫"，时间与空间交错，从而进一步赋予了"松楸""禾黍"深广的含义。"石燕"和"江豚"都是传说中神奇怪诞的动物，加以"晴亦雨""夜还风"的描写，渲染一种世事沧桑、变化难料的气氛。"英雄一去豪华尽，惟有青山似洛中"两句，尤为警醒。英雄已去，繁华销尽，万古同悲，终归寂寞。变动不居的人事与亘古不变的青山相对照，更显得苍凉沉郁。

第九讲

诗的格律

一、诗体概述

我们这里所说的"诗体",主要是指古代诗歌的体制和语言形式。前人对于古诗,大多分为古体和近体两大系统。"近体诗"指唐代以后符合字句和韵律要求的律诗和绝句,与之相对,汉魏以来字句不限、韵律自由的五言、七言诗体,就被称为"古体诗"。

诗歌是有节奏的语言,按诗句的节奏和字数,古代诗歌的发展经历了二言、四言、五言、七言的变化。现存最早的古代歌谣,比较可信的是《吴越春秋》卷九所记载的一首《弹歌》:"断竹,续竹。飞土,逐宍。"据说这是歌咏弹弓发明的。两个字一句,共四句,是一首二言四句的古诗。"宍"古代同"肉"。《周易》中的爻辞,有的可能就是采用了古代的歌谣。如"屯"六二的爻辞:屯如,邅如。乘马,班如。匪寇,婚媾。句式也是二言,与《弹歌》的句型是基本相同的。《诗经》是我国最早的一部诗歌总集,其中绝大多数诗篇以四言为主。战国时期,在南方的楚国兴起了一种新的诗体——楚辞。楚辞的句式以带语气词"兮"为标志,以节奏舒展的六言、七言为主。《诗经》和《楚辞》是中国古代诗歌的两个源头,也是两个典范,在诗歌史上具有崇高的地位。一般说到古体诗,不把它们包括在内。

汉魏六朝诗,一般称为"古诗",形式比较自由,不受格律的束缚,其中包括汉魏乐府古辞、南北朝乐府民歌,以及这个时期的文人诗。乐府是从民间发展起来的新诗体,如《陌上桑》《孔雀东南飞》《木兰诗》等,都是中国古代长篇叙事诗中的瑰宝。在乐府诗的发展过程中,五言、七言的句式日渐引人注目,文人模仿乐府创作的诗歌大量出现,主要是五言句式。到汉末出现了《古诗十九首》,五言诗体便基本成熟了。七言诗的产生要晚于五言诗,东汉末年建安时期曹丕的《燕歌行》是现存较早的文人七言诗。七言诗的广泛流行大约在晋宋之际,后来与五言诗一起,成为中国古代诗歌占主导地位的诗体。

经过齐梁间以沈约为代表的"永明体"诗歌在声律方面的充分准备,唐代的近体诗和古体诗进入全面发展的鼎盛时期。唐代以后,四言诗很少见了,所以通常只分五言、七言两类。五言古体诗简称"五古";七言古体诗简称"七古";三、五、七言兼用者,一般也算"七古"。五言律诗简称"五律",限定八句四十字;七言律诗简称"七律",限定八句五十六字。超过八句的叫"长律",又叫"排律"。

从广义来讲,诗、词、曲都是中国古代诗歌的体裁,词曲体制的形成与音乐的关系尤为密切。诗歌最初都是合乐歌唱的,后来才逐渐脱离了音乐,成为"徒诗"。唐代的七言绝句是具有乐府性质的歌词,大多可以配乐歌唱。如王维的《送元二使安西》,又称为《阳关三叠》,就是传唱很广的歌曲。薛用弱《集异记》记载了王之涣、王昌龄和高适"旗亭画壁"的故事,梨园伶官所唱的歌曲中,不但有七言的"寒雨连江夜入吴"(王昌龄《芙蓉楼送辛渐》)、"奉帚平明金殿开"(王昌龄《长信秋词》)、"黄河远上白云间"(王之涣《凉州词》),还有五言的"开箧泪沾臆"(高适《哭单父梁九少府》)。这些都说明了唐代诗歌与音乐的密切关系。唐代以后,与音乐有直接关系的诗体则是起于民间的词。

刘禹锡的《竹枝词》《柳枝词》《浪淘沙》等,从诗体看,也都是七言绝句。"倚声填词"是诗与乐各自经过长期的发展演变,在新的历史条件下重新进行的一种更为高级的形态组合。隋唐以来逐渐兴起的词,是一种音乐化的文学样式,盛唐以后,文人才士填词渐成风气。五代时,中国第一部文人词总集《花间集》问世。到宋代,词的现实内容和表现形式达到了完美统一的程度,成为可与唐诗并列的中国文学的另一座高峰。词的发展后来趋于雅化，南宋后期，词逐渐失去了和乐能力，成为文人案头的特殊的抒情诗的样式。一种新的歌曲样式又逐渐兴起。宋金时期，以"胡乐"结合北方民间的"俚曲"，配入通俗化语言而形成的新的诗歌样式——散曲，引起了人们新的兴趣。由于散曲大量吸收民间方言俚语，具有浓厚的市民通俗文学色彩，并且具有以往诗歌中少见的诙谐和幽默，给诗坛注入了一股清新的空气。散曲在元代得到迅速发展，成为中国诗歌史上与唐诗、宋词并列的三大诗歌体式之一。

诗歌体裁的发展演变，经历了由简单到复杂、由形式单一到衍变派生、纷繁多样的过程。一种新的诗歌体式产生后，旧的诗歌体式并没有随之消亡，而是继续发展，后出转精。就一种诗歌体式而言，也往往是继承创新，艺术形式精巧工丽。从而呈现各种体裁样式千汇万状、共存并进的局面。中国古典诗歌的体裁样式是与经典作家的经典作品紧密联系在一起的。李白、杜甫、苏轼、辛弃疾等大家的名篇佳作，不仅以思想感情的深厚博大给后世读者以深刻的熏陶和启迪，更以达到高度艺术水平的五、七言诗和词的艺术形式，成为后世读者学习的典范，在现代社会艺术发展和人们的精神生活中产生了重要的影响。

二、近体诗的格律

格律诗，包括律诗和绝句，唐代称为"近体诗"或"今体诗"。"唐代以后，大约因为科举的关系，诗的形式逐渐趋于划一，对于平仄、对仗和诗篇的字数，都有很严格的规定。这种依照严格的格律写出的诗，是唐以前所未有的，所以后世叫作近体诗"[1]。

绝句这一名称最早出现于六朝。五言绝句始于汉人小诗，而盛于齐梁；七言绝句起自齐梁，至"初唐四杰"后始成调。绝句发展至唐代极其兴盛，体制

---

[1] 王力：《汉语诗律学》，上海教育出版社1979年版，第18页。

多样，内容丰富，形神兼备，格律整齐，为历代之冠。清王士禛在《唐人万首绝句选序》中写道："唐三百年以绝句擅场，即三百年之乐府也。"

律诗是在五言和七言古诗的基础上演化而来的。声律学的兴起，对中国韵文的发展起到了推动的作用。除了声律外，南北朝时骈文及对偶风气的盛行，对诗歌的对仗也产生了深远的影响。自永明以后，诗人多从事新体诗的创作，作者日多，作品日丰，这种新形式逐渐成为一种主要诗体。齐梁时五律已趋完备，七律则发生较迟，到了隋朝时也初步告成。但是律诗的最后成型在初唐。唐初的上官仪总结了律诗对仗的规则，有"六对""八对"之说。稍后的初唐四杰、杜审言等都对律诗的形成与发展有贡献。沈佺期、宋之问的诗十分讲究音韵对仗，力求形式工致，格律相当完整。沈、宋从前人和当时的人应用律诗形式格律写作的实践中，把成熟的形式肯定下来，并成为诗坛公认的创作规则，使后来的诗人有明确的格律可以遵循。

关于律诗与古诗的区别，有不同的定义。古诗和律诗在句法、用韵、平仄上都有区别。就其大概来说，不合格律的诗都可以称作"古诗"或"古风"，它包括律诗形成以前的作品和后世诗人模拟的作品，有四言、五言、六言、七言以及杂言诸体。它与律诗的主要区别就是声律形式方面比较自由，没有严格的规定。

格律诗又称"近体诗"，是指唐代成熟并定型的，按照一定的格式和韵律写成的诗。

《王力语言学词典》给"格律"二字作的定义："汉语诗、词、曲等关于字数、行数、对仗、平仄、押韵等方面的格式和规则。"

古典诗歌中讲格律的称为"近体诗"，主要分为律和绝两种，律诗八句，绝句四句。根据每句字数的不同，就有了五律、七律、五绝、七绝四种形式。字数和行数是格律诗的基本规定，格律诗主要指五言、七言的律诗和绝句。

五言绝句：五个字一句，全诗共四句；

七言绝句：七个字一句，全诗共四句；

五言律诗：五个字一句，全诗共八句；

七言律诗：七个字一句，全诗共八句。

除字数外，近体诗的格律要求主要有三点：一是押韵；二是平仄；三是对仗（绝句不讲）。

下面分别来说。

（一）押韵

韵母相同或相近的字，叫同韵字，写诗使用同韵的字叫押韵。诗的押韵均在句末，所以称为"韵脚"。

唐人所用的韵书为隋陆法言的《切韵》，宋人增广《切韵》而编成的《广韵》，共有二百余韵。实际上唐宋诗人用韵并不完全按这两部韵书，比较能够反映唐宋诗人用韵的是金人王文郁编的《平水新刊韵略》，以后的诗人用韵也大抵根据"平水韵"。"平水韵"共有一百零六韵，其中平声有三十韵，编为上、下两半，称为上平声和下平声，这只是编排上的方便，二者并不存在声调上的差别。近体诗只押平声韵，并且只用同一韵部的字，即使这个韵部的字数很少（称为窄韵），也不能掺杂其他韵部的字，否则叫"出韵"。

近体诗是按"平水韵"的规定来押韵的。

"平水韵"共106韵。平声30韵，上声29韵，去声30韵，入声17韵。

近体诗押平声韵。分为上平声和下平声，共30韵。

东冬江支微鱼虞齐佳灰真文元寒删
先萧肴豪歌麻阳庚青蒸尤侵覃盐咸

（二）平仄

汉语声调有四声，即平、上、去、入，是齐、梁时期文人的发现。在普通话中，入声已经消失。原来发音不同、分属不同韵部的入声字，有的在今天读起来完全一样。汉语虽有四声，但在近体诗中，只分成平、仄两声。平声即平，仄声包括上、去、入三声。汉语基本上是以两个音节为一个节奏单位的，重音落在后面的音节上。以两个音节为单位让平仄交错，就构成了近体诗的基本句型，称为"律句"。对于五言来说，它的基本句型是：

平平仄仄平或仄仄平平仄

这两种句型，首尾的平仄相同，即所谓平起平收，仄起仄收。我们若要制造点变化，改成首尾平仄不同，可把最后一字移到前面去，变成了：

平平平仄仄　仄仄仄平平

除了特例外，五言近体诗基本不出这四种基本句型。七言诗只是在五言诗的前面再加一个节奏单位，它的基本句型就是：

仄仄平平仄仄平　平平仄仄平平仄
仄仄平平平仄仄　平平仄仄仄平平

七言近体诗无论怎么变化，都不出这四种基本句型。

近体诗讲平仄，是说诗中用的字都有声调的要求，不能随意。通过声调高低长短的有规律的变化，增强诗歌的音乐性，抑扬顿挫，变化和谐，给人以声韵的美感。

对于五言来说，按平仄要求，它的基本句型有四种：

平平仄仄平或仄仄平平仄
平平平仄仄　仄仄仄平平

1. 五言绝句的平仄

（1）首句不入韵，平起仄收

平平平仄仄　鸣筝金粟柱，
仄仄仄平平　素手玉房前。
仄仄平平仄　欲得周郎顾，
平平仄仄平　时时误拂弦。

——李端《听筝》

（2）首句不入韵，仄起仄收

仄仄平平仄　众鸟高飞尽，
平平仄仄平　孤云独去闲。
平平平仄仄　相看两不厌，
仄仄仄平平　只有敬亭山。

——李白《独坐敬亭山》

（3）首句入韵，仄起平收

仄仄仄平平　武帝爱神仙，
平平仄仄平　烧金得紫烟。
平平平仄仄　厩中皆肉马，
仄仄仄平平　不解上青天。

——李贺《马诗二十三首》之一

（4）首句入韵，平起平收

平平仄仄平　花明绮陌春，
仄仄仄平平　柳拂御沟新。

仄仄平平仄　为报辽阳客，
平平仄仄平　流芳不待人。

——王涯《闺人赠远》

2. 七言绝句的平仄

（1）首句不入韵，仄起仄收

仄仄平平平仄仄　回乐烽前沙似雪，
平平仄仄仄平平　受降城外月如霜。
平平仄仄平平仄　不知何处吹芦管，
仄仄平平仄仄平　一夜征人尽望乡。

——李益《夜上受降城闻笛》

（2）首句不入韵，平起仄收

平平仄仄平平仄　岐王宅里寻常见，
仄仄平平仄仄平　崔九堂前几度闻。
仄仄平平平仄仄　正是江南好风景，
平平仄仄仄平平　落花时节又逢君。

——杜甫《江南逢李龟年》

（3）首句入韵，平起平收

平平仄仄仄平平　黄河远上白云间，
仄仄平平仄仄平　一片孤城万仞山。
仄仄平平平仄仄　羌笛何须怨杨柳，
平平仄仄仄平平　春风不度玉门关。

——王之涣《凉州词》

（4）首句入韵

仄仄平平仄仄平　冰簟银床梦不成，
平平仄仄仄平平　碧天如水夜云轻。
平平仄仄平平仄　雁声远过潇湘去，
仄仄平平仄仄平　十二楼中月自明。

——温庭筠《瑶瑟怨》

近体诗的平仄看起来复杂，但总结起来，基本的规律就是对和粘。

近体诗的句子是以两句为一个单位的，每两句（一和二，三和四，依次类推）称为一联，同一联的上下句称为对句，上联的下句和下联的上句称为邻句。近体诗的构成规则就是：一联之内，对句相对；两联之间，邻句相粘。

对句相对，是指一联中的上下两句的平仄刚好相反。如果上句是：仄仄平平仄，下句就是：平平仄仄平。同理，如果上句是：平平平仄仄，下句就是：仄仄仄平平。除了第一联，其他各联的上句不能押韵，必须以仄声收尾，下句一定要押韵，必须以平声收尾，所以五言近体诗的对句除了第一联，只有这两种形式。七言的平仄与此相似。

邻句相粘，是指律诗的第二句和第三句之间平仄相同。但是由于是用以仄声结尾的奇数句来粘以平声结尾的偶数句，就只能做到头粘尾不粘。例如，上一联是：仄仄平平仄，平平仄仄平。下一联的上句要跟上一联的下句相粘，也必须以平声开头，但又必须以仄声收尾，就成了：平平平仄仄，仄仄仄平平。

近体诗既讲对句相对，又讲邻句相粘，在一首绝句里面就不会有重复的句型，寓变化于整齐之中，使诗歌内部的音韵结构更加严密，增强了诗歌本身的音乐性。

了解了绝句的平仄，律诗的平仄也就容易掌握了。按照对和粘的要求，把四句推演成八句就是律诗的平仄格式。如王维的《山居秋暝》，就是首句不入韵的一首五律：

　　　　平平平仄仄　空山新雨后，
　　　　仄仄仄平平　天气晚来秋。
　　　　仄仄平平仄　明月松间照，
　　　　平平仄仄平　清泉石上流。
　　　　平平平仄仄　竹喧归浣女，
　　　　仄仄仄平平　莲动下渔舟。
　　　　仄仄平平仄　随意春芳歇，
　　　　平平仄仄平　王孙自可留。

杜甫《咏怀古迹》五首之三的平仄则是：

　　　　平平仄仄仄平平　群山万壑赴荆门，
　　　　仄仄平平仄仄平　生长明妃尚有村。
　　　　仄仄平平平仄仄　一去紫台连朔漠，
　　　　平平仄仄仄平平　独留青冢向黄昏。
　　　　平平仄仄平平仄　画图省识春风面，
　　　　仄仄平平仄仄平　环佩空归月夜魂。
　　　　仄仄平平平仄仄　千载琵琶作胡语，
　　　　平平仄仄仄平平　分明怨恨曲中论。

　　近体诗的格律中，有"一三五不论"的说法，但要避免"孤平"和"三平调"。所谓"孤平"，就是除了韵脚，整句只有一个平声字，这是近体诗的大忌，在唐诗中极少见到。在句尾连续出现了三个平声，叫作"三平调"，这是古体诗专用的形式，作近体诗时必须避免，否则无法补救。只要能够避免孤平和三平调，"一三五不论"就是可以讲通的。

（三）对仗

律诗的四联，各有一个特定的名称，第一联叫"首联"，第二联叫"颔联"，第三联叫"颈联"，第四联叫"尾联"。按照规定，颔联和颈联，也就是中间两联必须对仗，首联和尾联可对可不对。绝句的两联也是可对可不对。但一般不要求对仗。

对仗的第一个特点，是句法要相同。如温庭筠的《过陈琳墓》：

> 曾于青史见遗文，今日飘蓬过此坟。
> 词客有灵应识我，霸才无主始怜君。
> 石麟埋没藏春草，铜雀荒凉对暮云。
> 莫怪临风倍惆怅，欲将书剑学从军。

中间两联对仗。每联的上句和下句语法结构都严格一致，造成一种对称均衡的美感。

对仗的第二个特点，是不能用相同的字相对。除非是修辞的需要，在近体诗中必须避免出现相同的字。

对仗的第三个特点，是词性要相对，也就是名词对名词，动词对动词，形容词对形容词，副词对副词，代词对代词，虚词对虚词。如果要对得工整，还必须用词义上属于同一类型的词（主要是名词）来相对，比如天文对天文，地理对地理，数目对数目，方位对方位，颜色对颜色，时令对时令，器物对器物，人事对人事，生物对生物，等等，但不能是同义词。温庭筠《过陈琳墓》对仗工整，不过颈联上句中"埋没"是动词，下句中与之相对的"荒凉"是形容词，虽然词意色彩一致，但词性不同，还不能算是工对。

一联之中对仗的上下两句，一般内容不同或相反。如果两句完全同义或基本同义，叫作"合掌"，是作诗的大忌。但有时上下句虽成对偶，却不是并列关系，而是相承关系，下句承接上句而来，两句意思连贯，如流水不断，不可颠倒，这称为"流水对"。如：

欲穷千里目，更上一层楼。（王之涣《登鹳雀楼》）

即从巴峡穿巫峡，便下襄阳向洛阳。（杜甫《闻官军收河南河北》）

请看石上藤萝月，已映洲前芦荻花。（杜甫《秋兴》其二）

如果尾联要用对仗，一般多用流水对，以便起到收束全诗的作用。

近体诗讲究格律，注重由声音、声调的变化搭配所形成的节奏和韵律，关键是为了从语言文字本身见出音乐性来，通过诵读时声音的抑扬顿挫、高低缓急，使得诗人所要表达的思想感情和审美感受得到完美的体现。所以，格律诗自形成以来，得到社会的广泛认同，历经千年而不衰，成为中华民族古代诗歌的经典表现形式。

第十讲 词的兴起

一、导读

词是一种配合音乐歌唱的新型诗体,是由诗歌发展而来的。音乐和诗歌的发展是词体兴起和形成的两个重要因素。诗歌发展至盛唐,诗歌句式众体兼备,诗歌声律成熟完善,诗的节奏感与音乐美得到强化,诗歌格律成为诗人创作普遍遵守的规律,这为词体的形成提供了必不可少的条件。唐代的很多近体诗是配乐歌唱的。音乐与诗歌结合,是中国诗歌诞生时就形成的传统。发展到了唐代,随着诗乐形式的长足进步,诗乐结合就其满足人们的审美需求方面,逐渐显示了优越性。其长短句的形式,一唱三叹,摇曳不尽,抒情功能进一步强化,能带给人细腻丰富的审美娱乐感受。词最初的内容主要用于歌舞酒宴上歌伎的演唱,词的特点与此有密切的关系。

词起源于民间,形成于唐五代,成熟于宋代。现存的敦煌曲子词就是来自民间的歌词。李白的《清平调》诗三首是七言绝句,也是配乐歌唱的歌词。

署名李白的《忆秦娥》《菩萨蛮》二词被称为"百代词曲之祖"(南宋淳祐间黄昇编集《唐宋诸贤绝妙词选》卷一)。词真正引起文人的重视是在中、晚唐时期。中唐以后,代表作家有白居易和刘禹锡。温庭筠是晚唐著名的诗人和词人,是我国文学史上第一个大量写词的文人。《花间集》选录他的词有66首之多。他的词含蓄委曲,言尽而意不尽,风格浓艳,声律谐和,对词的艺术特征的形成,以及词的发展起到了推动作用。

五代时期，词才在西蜀、南唐得到发展。适应当时社会环境的需要，词在晚唐五代时期主要是酒席宴上"娱宾遣兴，用佐清欢"的工具，其内容多表现为男女之情、离怀别绪及花前月下的柔情蜜意。

李煜是南唐中主李璟的第六子，后继承王位做了皇帝，史称南唐后主。宋太祖开宝八年（975），宋灭南唐，李煜亡国被俘，在汴京过了三年囚徒生活，后被毒死。

他的词流传下来的仅有三四十首，不过艺术成就很高，使他置身于一流词人之列。历来评论家对他的词都很推崇。谭献在《谭评词辨》中称："后主之词，足当太白诗篇，高奇无匹。"王国维在《人间词话》中评道："词至李后主而眼界始大，感慨遂深。遂变伶工之词而为士大夫之词。"足见他在后人心目中的地位。

李煜的词以南唐被灭前后为分界线，大致分为前后两期。前期的词多以宫廷生活为素材。能够代表他艺术成就的作品，主要是其后期的词。南唐被灭，李煜一夜之间从皇帝沦为阶下囚，这种巨变使他的身心都经历了难以想象的震荡和折磨，使他对人生和社会的认识体验达到了前所未有的深度和高度。李煜本身具有高度的艺术气质和表现能力，在被囚禁的环境中，唯一能够自由驰骋的就是思想感情，他用长短句的形式把内心的复杂情感充分表现出来，词中所写完全是真实感情的流露，不是"为赋新词强说愁"的无病呻吟，而是深哀巨痛的艺术化表达，是对情感表达的深度开掘，因而能够给人带来心灵的震撼和共鸣。

李煜的词富有独创性，首先表现在他扩大了词的题材。五代时期的花间派词坛领袖，他们的作品多写男欢女爱、别情离绪。李煜以一国之君而陷入求生不得求死不能的囚徒境地，其情感的体验是多方面的，是复杂而真切的。词人把自己深沉的家国之恨融入词中，为词的创作开拓了新的领域。

二、名作赏析

忆秦娥

李　白

箫声咽，秦娥梦断秦楼月。秦楼月，年年柳色，灞陵伤别。

乐游原上清秋节，咸阳古道音尘绝。音尘绝，西风残照，汉家陵阙。

简析

这首词以长短句的形式，抒写了悲凉深沉的思想感情。鸣咽的箫声，高楼的月光，秦娥梦断，折柳送别，古道陵阙，西风残照，这一切构成了凄清高远的境界，诗人的思绪由此展开，带给人丰富的联想和感受。

长相思

白居易

汴水流，泗水流，流到瓜州古渡头。吴山点点愁。

思悠悠，恨悠悠，恨到归时方始休。月明人倚楼。

简析

这首词写一个女子站在高楼上远望，怀念客游江南的爱人。"此词若'晴空冰柱'，通体虚明，不着迹象而含情无际。由汴而泗而江，心逐流波，愈行愈远，直到天末吴山，仍是愁痕点点。凌虚着想，音调复动宕入古。第四句用一'愁'字，而前三句皆化'愁'痕。否则汴泗交流，与人何涉耶？结句盼归时之人月同圆，昔日愁眼中山色江光，皆入倚楼一笑矣。"（俞陛云《唐五代两

《宋词选释》）女主人公独立楼头，看着眼前的江水思绪万千，对爱人的思念随着这绵绵不绝的江水流向远方，青山遮住了望眼，重重叠叠的山峦似乎全都是愁怅。下片直抒胸臆，悠悠的江水，悠悠的恨憾，何时才能了结？只能等到爱人归来时了。那时双栖双宿，并肩赏月，该是何等幸福。最后一句，也可以理解为她在月明之夜望远，团聚之时的欢乐，只不过是美好的愿望，现在确实天涯路远，只能独立楼头，任月光挥洒忧愁了。那么，这里所表现的是孤独凄清的恨憾，是对前面"恨憾"的强化。

鹊踏枝

冯延巳

谁道闲情抛掷久？每到春来，惆怅还依旧。日日花前常病酒，不辞镜里朱颜瘦。

河畔青芜堤上柳，为问新愁，何事年年有？独立小桥风满袖，平林新月人归后。

简析

这首词采用回旋往复的笔法，表达精神上一种说不出、难以说、寂寞空落的感情境界，凄清深美，情思缠绵而执着。

冯延巳，一名延嗣，字正中，李璟时为南唐的宰相。他多才艺，工诗词，题材上虽也写妇女、相思之类的作品，但不像花间派那样爱雕章琢句。他能用清新的语言，着力刻画人物内心的活动和哀愁，对温庭筠以来的婉约词风有所发展。可以看出，这样的词已与温庭筠、韦庄的有所不同了。这标志着五代词继温、韦之后在意境上和艺术手法上已大大向前跨进了一步。冯延巳对宋代的晏殊、欧阳修等词人有较大影响。

虞美人

李　煜

春花秋月何时了？往事知多少。小楼昨夜又东风，故国不堪回首月明中。

雕栏玉砌应犹在，只是朱颜改。问君能有几多愁，恰似一江春水向东流！

简析

李煜后期由于身份和生活的变化，词风也发生了显著的变化。他这时才对于政治、人生有深一层的体会与领悟，而感到往日生活的舒适、精神的自由、故国江山的可爱，以及对过去的种种错误的追悔。一切成了空，一切趋于毁灭，在这种沉痛而绝望的情感中产生的作品带有感伤低沉的消极情调。

破阵子

李　煜

四十年来家国，三千里地山河，凤阁龙楼连霄汉，玉树琼枝作烟萝，几曾识干戈？

一旦归为臣虏，沈腰潘鬓消磨。最是仓皇辞庙日，教坊犹奏别离歌，垂泪对宫娥。

简析

李煜在词中所念念不忘的故国，显然是他失去的小朝廷，他所追怀的往事，则是帝王的享乐生活。但是由于他的忧愁是借助典型化的客观景物和富有诗意的比喻抒写出的，使这些景物和比喻具有了普遍的意义，所以人们可以借用它们来抒发自己的忧愁，抒发因美好事物的消失和对此的追怀而产生的忧愁，尽管读者和李煜有着不同的生活内容。

　　李煜用词来抒发自己的故国之情，亡国之痛，终于使词成为个人抒情的方便形式，使词取得了类似抒情诗的地位。王国维说："词至李后主而眼界始大，感慨遂深。遂变伶工之词而为士大夫之词。"(《人间词话》) 这是中肯之论。这里的"眼界始大"，是指他扩大了词的题材，突破了写女人生活的狭小范围。"感慨遂深"，是说具有高度的抒情性，抒发深哀与剧痛。"变伶工之词而为士大夫之词"，是说他提高了词的艺术境界，使词成为士大夫抒情的工具。这对词的发展起了很大的推动作用。

第十一讲 婉约词

一、导读

　　词本来是为合乐歌唱而作的，起初演唱的目的多为娱宾遣兴，演唱的场合多为歌楼舞榭，歌词的内容常以离愁别绪、闺情绮怨为主，这就形成了以《花间集》为代表的"香软"词风。北宋初期，延续晚唐五代的词风，婉约怨悱是词创作的普遍表现。词人承其余绪，又加以创造，着力开掘词在抒写内心情感方面婉曲深幽的独到功能，将词"雅化""纯化"，以柔美婉转为主的婉约词风便成为词坛正宗。欧阳修作为诗文革新运动的领袖，也写了一些清丽怨悱的小词，如《蝶恋花》："庭院深深深几许？杨柳堆烟，帘幕无重数。玉勒雕鞍游冶处，楼高不见章台路。雨横风狂三月暮，门掩黄昏，无计留春住。泪眼问花花不语，乱红飞过秋千去。"晏殊身为宰相，其词作也是婉转低回，情致盎然。《浣溪沙》："一曲新词酒一杯，去年天气旧亭台。夕阳西下几时回？无可奈何花落去，似曾相识燕归来。小园香径独徘徊。"词人摄取特征鲜明的景物，写出对时光荏苒的惋惜和无奈，一种淡淡的忧愁弥漫其间。

　　北宋初年的柳永是婉约派大家，他第一个大量制作慢词，善于用民间活泼生动的语言和铺叙手法刻画爱情相思的缠绵悱恻，熔写景、抒情、叙事为一炉，对宋词的发展起了奠基的作用。晏殊、晏几道父子和秦观等，都在婉约词的创作方面有独到的成就。"柔情似水，佳期如梦，忍顾鹊桥归路。两情若是久长时，又岂在朝朝暮暮"（秦观《鹊桥仙》），柔婉凄丽，情韵俱胜。北宋后期，周邦彦兼采众家之长，注重词调的整理与规范化，创造了不少新的词调，被认为是集婉约派大成的词人。南北宋之际的李清照是我国文坛第一流的女词人。她身历宋王朝南渡的巨大社会变故，遭受国破家亡的痛苦，抒写孤寂凄清的心境，深哀入骨。其《声声慢》连用"寻寻觅觅，冷冷清清，凄凄惨惨戚戚"14个叠字刻画复杂心绪，为婉约词风的名篇。她善用白描手法，又常以口语入词，在丰富词的表现手法上做出了突出的贡献。南宋时期，姜夔、吴文英、张炎等继承并发展了婉约词风，词的创作进一步文人化，格律声调日趋精严，艺术造诣均很高。

《全宋词》收录了宋代词人一千三百余家，词作约两万首。

词贵含蓄蕴藉，其特点在于"窈深幽约"。清人沈祥龙《论词随笔》曰："盖心中幽约怨悱，不能直言，必低徊要眇以出之，而后可感动人。"

清代彭孙遹在《金粟词话》中说："词以艳丽为本色，要是体制使然。如韩魏公、寇莱公、赵忠简，非不冰心铁骨，勋德才望，映照千古。而所作小词，有'人远波空翠''柔情不断如春水''梦回鸳帐余香嫩'等语，皆极有情致，尽态穷妍。"宋代的韩琦、寇准、赵鼎等，都是铮铮铁骨的政治家、军事家，而他们所作的词中却抒发了幽深低回缠绵婉转的情感。为什么会有这种现象呢？这与人的复杂情感世界有关系。"人禀阴阳之气以生，性情中所寓之柔气，有时感发，每不可遏。有词曲一途分泄之，则使清纯之气，长流行于诗古文。"（清焦循）所谓"阴柔之气"，往往也就是人性中幽微脆弱的一面。封建社会中受到重重束缚而被扭曲的对爱情的渴望与追求，自然万物的兴衰代谢所引起的生命不自由感和短促感，面对外在世界所引起的人生孤独感和渺小感……所有这一切构成了人性中与"阳刚"相对应的"阴柔"的一面，而这种阴柔之气在词中找到了宣泄的最好途径。

词的特征就在于"幽深要眇"，能够言诗之所不能言。词与诗一样，都是抒情的，但所抒发的情感内容和类型并不相同。词是专门"以道贤人君子幽约怨悱不能自言之情"的。这是词之有别于诗的一大特点。理解了这一点，就会明白为何范仲淹、欧阳修的诗文颇多清刚之气，而词却不免缠绵悱恻、柔情似水；也就会明白为何言"愁"几乎就是词的主旋律，伤春悲秋、抒写离别相思之情的婉约词始终盛行于词坛的原因。

二、名作赏析

蝶恋花

柳　永

伫倚危楼风细细，望极春愁，黯黯生天际。草色烟光残照里，无言谁会凭阑意？

拟把疏狂图一醉，对酒当歌，强乐还无味。衣带渐宽终不悔，为伊消得人憔悴。

简析

这是一首怀人之作。

柳永（约987—约1053），原名三变，字耆卿。他年少有名，擅长词曲，到汴京应试，流连于歌台酒楼，熟识了许多歌伎，并为她们填词作曲，乐此不疲，声名远播，却为正统社会所不屑，功名难取。他索性以浪子的态度，流浪于汴京、苏州、杭州之间，"倚红偎翠""浅斟低唱"，与歌女伎工相来往，专事填词写作，成为北宋第一个专力写词的作家，他的《乐章集》传词近200首。仕途的失意坎坷却成就了他在文学艺术上精研创造，他的词流传很广，所谓"凡有井水饮处，即能歌柳词"。柳永的创作，提高了词的艺术表现力，扩大了词的影响。柳永善于用口语化的表现方式，抒写人物内心情绪的起伏变化，通俗易懂而感情深挚，曲折尽情，不仅促进了词的发展，对后来说唱文学和戏曲唱词的创作，也多有影响。

此词直接以男子口吻言情，上片写景，登高望远，伫倚高楼，眼前尽是凄凉黯淡的景物，暗示内心的凄苦，"无言谁会凭阑意？"反问中强化了难言的忧愁；下片直接抒情，愁恨难消，本准备痛饮狂歌，以此消释离愁，岂知借酒浇愁反倒无趣，强颜为欢，终觉无味，最后收束在思念固然折磨人，但真情值得珍重，甘愿为思念伊人而日渐消瘦憔悴，无怨无悔。"衣带渐宽终不悔，为伊消得人憔悴。"遂因其形象生动地表现了追求渴慕的执着精神而为人所称道。王国维在《人间词话》中谈到，古今之成大事业、大学问者，必经过三种之境界："昨夜西风凋碧树。独上高楼，望尽天涯路。"此第一境也。"衣带渐宽终不悔，为伊消得人憔悴。"此第二境也。"众里寻他千百度，蓦然回首，那人却在灯火阑珊处。"此第三境也。借用词人的名句来表达成就事业的三种境界，正因为这些词句所具有的丰富形象和象征意义。

八声甘州

柳　永

　　对潇潇暮雨洒江天，一番洗清秋。渐霜风凄紧，关河冷落，残照当楼。是处红衰翠减，苒苒物华休。唯有长江水，无语东流。

　　不忍登高临远，望故乡渺邈，归思难收。叹年来踪迹，何事苦淹留？想佳人，妆楼颙望，误几回、天际识归舟。争知我，倚栏杆处，正恁凝愁！

简析

　　这首词是柳永写羁旅行役之苦的名作之一。全词以"登高临远"为线索，上阕写望中所见，融情入景；下阕写望中所感，即景抒情。作者把秋天的人生感喟就目中所见的景象自然地组织起来，一层深入一层地抒写羁旅之愁和怀人之情，层层递进，转折渲染，抒情的曲折细腻深婉是这首词的显著特色。

临江仙

晏几道

梦后楼台高锁，酒醒帘幕低垂。去年春恨却来时，落花人独立，微雨燕双飞。

记得小苹初见，两重心字罗衣。琵琶弦上说相思。当时明月在，曾照彩云归。

简析

晏几道（1038—1110），字叔原，号小山，词风曲折深婉，与其父晏殊被称为"二晏"。

此词写与心上人分别后的思念。上阕写暮春时节的思念。"梦后""酒醒"之后，唯见楼台高锁，帘幕低垂，一片空寂冷清，而梦中所见所感，想必是相见时的欢愉热烈，与眼下的情境对照，更觉内心的孤寂。分别时的情景又一次勾起了作者的离恨，暮春落花纷纷中，自己形单影只，双飞燕子在雨中，更反衬作者的落寞。对照映衬，即景言情。下阕追忆初见歌女小苹时的情景，心心相印的轻柔罗衣，无限深情的琵琶弹奏，诉说着内心的缠绵与忧伤，扣动了作者的心弦。当时高楼明月曾照映两人相会的美好情景，而现在明月仍旧，可惜如彩云一样的丽人却已不在身边。词人把怀念心上人的深情，寄寓于暮春的景物描绘之中，真情自然流露，曲折感人。

鹊桥仙

秦观

纤云弄巧，飞星传恨，银汉迢迢暗度。金风玉露一相逢，便胜却人间无数。

　　柔情似水，佳期如梦，忍顾鹊桥归路。两情若是久长时，又岂在朝朝暮暮！

简析

　　这首词写尽爱情的意专情深，又充满高尚乐观的情调，体现了人类对理想爱情的永恒追求，成为人类爱情格言中最具情感深度和哲理意味的作品之一。这首词歌咏牛郎织女鹊桥相会的故事。古代的七夕诗词很多，大都叹其别多会少。如《古诗十九首》之十："迢迢牵牛星，皎皎河汉女。纤纤擢素手，札札弄机杼。终日不成章，泣涕零如雨。河汉清且浅，相去复几许？盈盈一水间，脉脉不得语。"这首词则把重点放到了情感的深挚，能够超越时间和空间的距离。只要真心相爱，即使不能够成天厮守，也能够获得幸福和慰藉，永恒的真情才是最可贵的。李商隐《马嵬》："此日六军同驻马，当时七夕笑牵牛。"而这首词一反相思离别的缠绵感伤，表达"两情若是久长时，又岂在朝朝暮暮"的新鲜见解。上片写相会，先写景，缕缕白云舒卷，暗示织女手艺精巧，带给人无穷的遐想，而流星传递情愫。在这样一个美好的时光相会，一年的思念都浓缩到了这一天，这里的情感含量特别高，极力表现了相会的难得和珍贵。下片写离别，简直是"魂断蓝桥"，会面太难得了，也太珍贵了，不仅柔情如水，难以割舍，而且如梦幻一样让人觉得不真实。"夜阑更秉烛，相对如梦寐"（杜甫《羌村三首》），"今宵剩把银釭照，犹恐相逢是梦中"（晏几道《鹧鸪天》）。这里所说的"忍顾"，就是"怎么忍心回头看"的意思。作者凭空转折，以劝慰之语揭示了人间爱情的真谛。

一剪梅

李清照

红藕香残玉簟秋，轻解罗裳，独上兰舟。云中谁寄锦书来？雁字回时，月满西楼。

花自飘零水自流，一种相思，两处闲愁。此情无计可消除，才下眉头，却上心头。

简析

这首词是李清照前期词的代表作。

李清照（1084—约1155）是宋词的代表作家之一，也是中国文学史上最著名的女词人。中国古代女子一般地位低，受教育程度低，能够成为作家的可以说凤毛麟角。李清照在词的创作方面的成就，与她的身世背景和命运遭际有着密切的关系。

李清照出身于一个爱好文学艺术的士大夫的家庭。父亲李格非是济南历下人，进士出身，苏轼的学生，官至提点刑狱、礼部员外郎。藏书甚富，善属文，工于词章。母亲是状元王拱宸的孙女，很有文学修养。

李清照自幼生活在文学氛围十分浓厚的家庭里，耳濡目染，家学熏陶，加之聪慧颖悟，才华过人，所以"自少年便有诗名，才力华赡，逼近前辈"（王灼《碧鸡漫志》）。李清照18岁时，与时年21岁的太学生赵明诚在汴京成婚。当时李清照之父任礼部员外郎，赵明诚之父任吏部侍郎，均为朝廷高级官吏。李清照与赵明诚志趣相投，都有着深厚的学养，鉴赏金石文物，诗词唱和，相亲相爱，新婚后的生活，有浓厚的艺术趣味，充满着幸福与欢乐。李清照早期的词作对这种恩爱生活和幸福情感有生动的表现。

这首词写李清照思念丈夫的一腔深情。赵明诚辗转仕途，免不了要出外做官办差，年轻夫妇的别离就是常常发生的事。离别后的思念就是词人经常抒写的内容。

词的上阕起句"红藕香残玉簟秋",以清丽之笔刻画四周景色,户外荷枯香残,秋气入户,室内枕席也是一片凉意。这是总写,领起全篇。前两句"轻解罗裳,独上兰舟",本来泛舟游玩是悠闲消遣的轻快乐事,可是一个"独"字,暗示分离的处境,为下面"云中谁寄锦书来"张目,盼望中收到了丈夫的书信,可是"雁字回时,月满西楼",景色的美好却烘托了孤独的况味。

下阕"花自飘零水自流"一句,承上启下,它上承"红藕香残"而来,又以比兴手法写出花落水流之景,两个"自"字,寄托了作者对青春流逝、生命消磨的无奈与珍惜。然后用直接抒情的方式,点出相思之情。"一种相思,两处闲愁"二句,在写相思之苦、闲愁之深的同时,由己身推想对方,深知这种相思与闲愁不仅是自己的,也是对方的,在"一"与"两"的对照中,凸显两心之相印。这种思念,这种离愁,是如此的强烈、缠绵和持久,表面的"紧蹙蛾眉"或许可以通过消遣疏解,实际上相思由外在转入了内心深处,由一个"才"字到一个"却"字,在先后承续的变化中,"此情无计可消除"的愁绪得到了进一步的强化。

李清照早期的爱情婚姻生活的幸福美满都可以从这种甜蜜的相思中体现出来。可惜好景不长,朝廷内部激烈的新旧党争把李家、赵家都卷了进去。李格非、赵挺之都先后被罢官,家属亲戚遭难。李清照只好随赵氏一家回到在青州的私第,屏居乡里十余年。这种平静简朴的生活,给他们的文学创作和文物收集鉴赏提供了很好的条件。

"靖康之变"打破了这种平静的生活,国破家亡的巨变把李清照投入悲苦的深渊。金人大举南侵,俘获宋徽宗、钦宗父子北去,史称"靖康之变",北宋朝廷崩溃。五月,康王赵构即位于南京应天府(今河南商丘),改元建炎,是为高宗,南宋开始。在这一巨大的动荡中,赵明诚赴南下任职,辗转奔波,不幸病逝。李清照流落江南,晚年居于浙江绍兴,1134年又避乱到了金华。在金华期间,李清照还曾作《武陵春》词,感叹辗转漂泊、无家可归的悲惨身世,表达对国破家亡和嫠妇生活的愁苦。

武陵春

李清照

风住尘香花已尽,日晚倦梳头。物是人非事事休,欲语泪先流。
闻说双溪春尚好,也拟泛轻舟。只恐双溪舴艋舟,载不动许多愁。

简析

　　这首词是李清照后期的作品。词人借暮春之景,写出了内心深处的苦闷和绝望的忧愁。

　　这首词由表及里,从外到内,步步深入,层层开掘,上阕侧重于外形,下阕多偏重于内心。"日晚倦梳头""欲语泪先流"是描摹人物的外部动作和神态。这里所写的"日晚倦梳头"是另外一种心境。这时她因金人南下,几经丧乱,志同道合的丈夫赵明诚早已逝世,自己只身流落金华,眼前所见的是一年一度的春景,睹物思人,物是人非,不禁悲从中来,感到万事皆休,无穷寂寞。因此她日高方起,懒于梳理。"欲语泪先流",写得鲜明而又深刻。这里李清照写泪,先以"欲语"作为铺垫,然后让泪夺眶而出,简单五个字,下语看似平易,用意却无比精深,把那种难以控制的满腹忧愁一下子倾泻出来,感人肺腑,动人心弦。

　　词的下阕着重挖掘内心感情。她首先连用了"闻说""也拟""只恐"三组虚字,作为起伏转折的契机,一波三折,感人至深。第一句"闻说双溪春尚好"陡然一扬,词人刚刚还在流泪,可是一听说金华郊外的双溪春光明媚,游人如织,她这个平日喜爱游览的人遂起出游之兴,"也拟泛轻舟"了。"春尚好""泛轻舟"措辞轻松,节奏明快,恰好表现了词人一刹那间的喜悦心情。而"泛轻舟"之前着"也拟"二字,更显得婉曲低回,说明词人出游之兴是一时所起,并不十分强烈。"轻舟"一词为下文的愁重进行了很好的铺垫和烘托,至"只恐"以下两句,则是铺足之后来一个猛烈的跌宕,使感情显得无比深沉。这是上阕所说的"日晚倦梳头""欲语泪先流"的原因,也使之得到了深刻的揭示。

声声慢

李清照

寻寻觅觅,冷冷清清,凄凄惨惨戚戚。乍暖还寒时候,最难将息。三杯两盏淡酒,怎敌他、晚来风急?雁过也,正伤心,却是旧时相识。

满地黄花堆积。憔悴损,如今有谁堪摘?守着窗儿,独自怎生得黑?梧桐更兼细雨,到黄昏、点点滴滴。这次第,怎一个愁字了得!

简析

这首词是宋高宗绍兴五年(1135)李清照避难浙江金华时所作。其时金兵进犯,丈夫既已病故,家藏的金石文物也散失殆尽,作者孑然一身,在连天烽火中漂泊流寓,历尽世路崎岖和人生坎坷,处境凄惨,内心极其悲痛。

这首词大气包举,别无枝蔓,相关情事逐一说来,却始终紧扣悲秋之意,深得六朝抒情小赋之神髓,而以接近口语的朴素清新的语言谱入新声,运用凄清的音乐性语言进行抒情,却又体现了倚声家的不假雕饰的本色,诚属个性独具的抒情名作。宋罗大经《鹤林玉露》卷十二:近时李易安词云:"寻寻觅觅,冷冷清清,凄凄惨惨戚戚。"起头连叠七字。以一妇人,乃能创意出奇如此。

第十二讲

豪放词

一、导读

经过晚唐五代到北宋，词作为一种新兴的诗歌体裁，逐渐受到文人学士的普遍喜爱，成为抒发情感的重要方式之一，许多诗人的诗集中都有词作。但作为新兴的诗体，它在文学上的地位仍不及有着悠久传统的诗赋那么重要，这从词被称为"诗余"也可略见一斑。同时，从晚唐到北宋中期，词的形式和内容，以及从意象到艺术语言，虽然偶有突破，但多数作品仍流于绮丽轻倩，近于诗中的香奁体。直到苏轼词的出现，才有力地扭转了百余年来的词坛颓风，大为开拓了词的意境和表现方法，为宋词的发展打开了新的局面。

一般认为豪放派的开创者是苏轼，但沉雄豪放的词风并非始于苏轼，宋初范仲淹的名篇《渔家傲》，就不是传统的婉约词风所能牢笼的："塞下秋来风景异，衡阳雁去无留意。四面边声连角起。千嶂里，长烟落日孤城闭。浊酒一杯家万里，燕然未勒归无计。羌管悠悠霜满地。人不寐，将军白发征夫泪。"抒写戍边将士的壮怀和悲慨，意境苍凉，气象阔大，可以归为豪放一路。

苏轼才情奔放，奇思横溢。"苏子瞻胸有洪炉，金银铅锡，皆归熔铸；其笔之超旷，等于天马脱羁，飞仙游戏，穷极变幻，而适如意中所欲出"，他的诗歌散文创作是这样，词的创作也是这样，"有必达之隐，无难显之情"，具有高度的艺术表现力。

苏轼作为北宋诗文革新运动中的代表作家，具有高度的艺术天分和多方面的艺术表现能力，无论在诗歌中，还是在散文创作上，都有一种不依傍他人门户的独特艺术风格。他用多方面的艺术手段来抒发博大深沉的思想情感，长短句的词也是他抒写情感的表现方式之一，前人说苏轼"以诗入词"，并不是说苏轼用写诗的方法来写词，而是将自己作诗的独特艺术风格融入词中，具有与众不同的独有风格。

辛弃疾是南宋时期著名词人，一生创作了六百多首词，数量多且质量高，艺术风格多样。其词风以雄豪雅健为主，影响很大，后人把他和苏轼并称，谓之"苏辛"。

二、名作赏析

江城子·密州出猎

苏　轼

老夫聊发少年狂，左牵黄，右擎苍。锦帽貂裘，千骑卷平冈。为报倾城随太守，亲射虎，看孙郎。

酒酣胸胆尚开张，鬓微霜，又何妨？持节云中，何日遣冯唐？会挽雕弓如满月，西北望，射天狼。

简析

这首词是苏轼豪放词的代表作之一。

苏轼（1037—1101），字子瞻，号东坡居士，眉州眉山（今属四川）人。父亲苏洵是宋代古文六大家之一。母亲程氏有知识而且深明大义。在父母的悉心教育下，少年时的苏轼便能以古代的仁人志士为榜样，而且学问日进。苏轼21岁时和弟弟苏辙同科考中进士，25岁时参加直言极谏科考试，因"文义灿然，时以为佳"而以高等得中，从此开始了他的仕途生涯。他为人正直坦率，风节凛然，又有用世之志，热心于改革朝政，往往和执政者意见不合，而备受贬谪迁徙之苦。当王安石厉行变法之时，他因持不同意见而受到排斥、打击。神宗元丰二年（1079）的"乌台诗案"，苏轼被逮入狱，几乎遭遇不测，后经多方营救方获赦免，被贬为黄州（今湖北黄冈）团练副使。后来当司马光要尽废新法时，他又表示了不同意见，于是又为司马光一派所不容。但苏轼始终不改其初衷。苏轼眼界高远而胸襟旷达，出入儒、释、道三家，圆通应物，把儒家的积极入世精神、道家的超越生死贵贱的态度、释家的以平常心对待一切变故的观念融合起来，形成他自己的人生态度和生活方式，虽然一生历经磨难，却能坦然应对，从不气馁。

这首词可以说是苏轼开创豪放词风的一篇代表作品。苏轼因此词有别于"柳七郎（柳永）风味"而颇为得意。他曾致书鲜于子骏表达这种自喜："近却颇作小词，虽无柳七郎风味，亦自是一家，数日前猎于郊外，所获颇多。作得一阕，令东州壮士抵掌顿足而歌之，吹笛击鼓以为节，颇壮观也。"

为什么豪放？题材不一样。打猎与打仗一样，本身就是一种军事操练。打猎的场面绝不同于"执手相看泪眼，竟无语凝噎"的送别情景。西汉云中太守魏尚守边有方，因细故被罚；削职后，汉文帝遣冯唐持节赦魏尚，复为云中太守。

词中写出猎之行，抒兴国安邦之志，拓展了词境，提高了词品，扩大了词的题材范围，把过去只有在诗中才表现的内容用词的形式来表现，是一种创新，为词的创作开创了崭新的道路。

定风波

苏 轼

莫听穿林打叶声，何妨吟啸且徐行。竹杖芒鞋轻胜马，谁怕？一蓑烟雨任平生。

料峭春风吹酒醒，微冷，山头斜照却相迎。回首向来萧瑟处，归去，也无风雨也无晴。

简析

这首记事抒怀之词作于宋神宗元丰五年（1082）春，当时是苏轼因"乌台诗案"被贬为黄州团练副使的第三个春天。词人与朋友春日出游，风雨忽至，朋友深感狼狈，词人却毫不在乎，泰然处之，吟咏自若，缓步而行。

此词为醉归遇雨抒怀之作。词人借雨中潇洒徐行之举动，表现了虽处逆境屡遭挫折而不畏惧不颓丧的倔强性格和旷达胸怀。全词即景生情，语言诙谐。

"莫听穿林打叶声"，一方面渲染了雨骤风狂；另一方面以"莫听"二字点明外物不足萦怀之意。"何妨吟啸且徐行"是前一句的延伸。在雨中照常舒徐行步，呼应小序"同行皆狼狈，余独不觉"，又引出下文"谁怕"即不怕来。"莫听穿林打叶声，何妨吟啸且徐行"是全篇枢纽，以下词情都是由此生发。

"竹杖芒鞋轻胜马"，写词人拄竹杖穿芒鞋，顶风冲雨，从容前行，以"轻胜马"的自我感受，传达一种搏击风雨、笑傲人生的轻松、喜悦和豪迈之情。"一蓑烟雨任平生"，此句更进一步，由眼前风雨推及整个人生，有力地强化了作者面对人生的风风雨雨而我行我素、不畏坎坷的超然情怀。

"料峭春风吹酒醒，微冷，山头斜照却相迎"是写雨过天晴的景象。这几句既与上文所写风雨对应，又为下文所发人生感慨进行铺垫。

"回首向来萧瑟处，归去，也无风雨也无晴"，这饱含人生哲理意味的点睛之笔，道出了词人在大自然微妙的一瞬所获得的顿悟和启示：自然界的雨晴既属寻常，毫无差别，社会人生中的政治风云、荣辱得失又何足挂齿？句中"萧瑟"二字，意谓风雨之声，与"穿林打叶声"相应和。"风雨"二字，一语双关，既指野外途中所遇风雨，又暗指几乎置他于死地的政治"风雨"和人生险途。

念奴娇·赤壁怀古

苏 轼

　　大江东去,浪淘尽,千古风流人物。故垒西边,人道是,三国周郎赤壁。乱石穿空,惊涛拍岸,卷起千堆雪。江山如画,一时多少豪杰!

　　遥想公瑾当年,小乔初嫁了,雄姿英发。羽扇纶巾,谈笑间,樯橹灰飞烟灭。故国神游,多情应笑我,早生华发。人生如梦,一尊还酹江月。

简析

　　词人的思绪在历史与现实交错的广阔时空中展开,表现了一种大手笔、大气象。作者由眼前的江水落笔,展开了广阔的联想,江水滔滔不息,而曾在这里叱咤风云的英雄豪杰、风流人物早已消逝在历史的波浪中。一句"浪淘尽,千古风流人物",显示了作者开阔高远的胸襟和豪迈旷达的气势。作者始终紧扣作为永恒象征的江水与短暂人生的对比来展开联想,三国时期赤壁之战中的各方豪杰,群雄逐鹿,不同凡响,但都已随着滔滔不息的江水成为过去。如今作者故国神游,联想自己身处贬谪的境地,发思古之幽情,一种历史的苍茫感和空幻感自然而然地就产生了。

　　这与他同时期所作的《前赤壁赋》中抒发的情感是一致的:

　　客曰:"月明星稀,乌鹊南飞。此非曹孟德之诗乎?西望夏口,东望武昌,山川相缪,郁乎苍苍,此非孟德之困于周郎者乎?方其破荆州,下江陵,顺流而东也,舳舻千里,旌旗蔽空,酾酒临江,横槊赋诗,固一世之雄也,而今安在哉?况吾与子渔樵于江渚之上,侣鱼虾而友麋鹿,驾一叶之扁舟,举匏樽以相属。寄蜉蝣于天地,渺沧海之一粟。哀吾生之须臾,羡长江之无穷。挟飞仙以遨游,抱明月而长终。知不可乎骤得,托遗响于悲风。"苏子曰:"客亦知夫水与月乎?逝者如斯,而未尝往也;盈虚者如彼,而卒莫消长也。盖将自其变者而观之,则天地曾不能以一瞬;自其不变者而观之,则物与我皆无尽也,而又何羡乎!且夫天地之间,物各有主,苟非吾之所有,虽一毫而莫取。惟江上之清风，与山间之明月，耳得之而为声，目遇之而成色，取之无禁，用之不竭。是造物者之无尽藏也，而吾与子之所共适。"

作者在"变"与"不变"的哲理沉思中表现了深沉的感喟和旷达的胸襟。

苏轼在词坛上开创新风，冲破传统所谓的"诗庄词媚"的界限，主要是针对婉约词风最为著名的代表人柳永而进行的。他不认为词只有一种功能和风格，积极尝试用词来表现新的内容和题材，故而能够别开生面，树立新风，具有创造性。清人刘熙载在《艺概·词曲概》中说："东坡词颇似老杜诗，以其无意不可入，无事不可言也。"苏轼词摆脱了词"浅斟低唱"的传统藩篱，使词从乐曲的附庸中独立出来，成为一种广阔的抒情手段，"无意不可入，无事不可言"，成为一种表现力更为丰富的韵文体裁。这是苏轼对词的发展所做的重要贡献。

词本来以清丽婉约为特点，自从北宋苏轼以写诗之法来作词，开豪放词风，受其影响而风格相近的一派词人，势力渐大，风气渐成，形成了与婉约传统不同的豪放派，词中遂有婉约、豪放之分。南宋时期，婉约词人的代表有李清照，豪放词人的代表有辛弃疾。经过众多作者的创造和开拓，词的功能和境界都得到极大的拓展，词人众多，风格多样，词最终获得了与诗一样的地位，其影响甚至超过了诗。宋词成为与唐诗并称的诗体样式。

水龙吟·登建康赏心亭

辛弃疾

楚天千里清秋，水随天去秋无际。遥岑远目，献愁供恨，玉簪螺髻。落日楼头，断鸿声里，江南游子。把吴钩看了，栏杆拍遍，无人会，登临意。

休说鲈鱼堪脍，尽西风，季鹰归未？求田问舍，怕应羞见，刘郎才气。可惜流年，忧愁风雨，树犹如此！倩何人唤取，红巾翠袖，揾英雄泪！

简析

该词作于乾道四至六年（1168—1170），其时辛弃疾在建康通判任上。

辛弃疾（1140—1207），字幼安，号稼轩，历城（今山东济南）人。他出生时，山东已为金兵所占领。21岁时参加了抗金义军，不久归南宋，历任江西签判，建康通判，江西提点刑狱，湖南、湖北转运使，湖南、江西安抚使等职。他本是一名志高坚毅的壮士，有杀敌报国的雄心，也有抗金复地的谋略，但朝廷主和，他一直受到排挤和打击，郁郁不得志，遂将一腔怨愤寄托于词作之中。

此时辛弃疾南归已八九年了，却投闲置散，任一个建康通判，不得一遂报国之愿。偶有登临周览之际，一抒郁结心头的悲愤之情。建康（今江苏南京）是东吴、东晋、宋、齐、梁、陈六个朝代的都城。赏心亭是南宋建康城上的一座亭子。据《景定建康志》记载："赏心亭在（城西）下水门城上，下临秦淮，尽观赏之胜。"

上阕大段写景：由水写到山，由无情之景写到有情之景，很有层次。

下阕则直接言志，分四层意思。"休说鲈鱼堪脍，尽西风，季鹰归未"是第一层意思。这里引用了一个典故：晋朝人张翰（字季鹰），在洛阳当官，见秋风起，想到家乡苏州味美的鲈鱼，便弃官回乡（见《晋书·张翰传》）。现在深秋时令又到了，连大雁都知道寻踪飞回旧地，何况我这个漂泊江南的游子呢？然而自己的家乡如今还在金人统治之下，南宋朝廷却偏一隅，想回到故乡，又谈何容易！"尽西风，季鹰归未"既写了有家难归的乡思，又抒发了对金人、南宋朝廷的激愤，确实收到了一石三鸟的效果。"求田问舍，怕应羞见，刘郎才气"是第二层意思。求田问舍就是买地置屋。刘郎，指三国时的刘备，这里泛指有大志之人。此处用了一个典故。三国时许汜去看望陈登，陈登对他很冷淡，独自睡在大床上，叫他睡下床。许汜询问刘备，刘备说：天下大乱，你忘怀国事，求田问舍，陈登当然瞧不起你。如果是我，我将睡在百尺高楼，叫你睡在地下，岂止相差上下床呢？（见《三国志·陈登传》）这第二层的大意是说，既不学为吃鲈鱼脍而还乡的张季鹰，也不学求田问舍的许汜。作者登临远望故土而生情，谁无思乡之情，作者自知身为游子，但国势如此，如自己一般的又何止一人呢？作者由此说，我很怀念家乡却绝不像张翰、许汜一样，我回故乡当是收复河山之时。作者有此志向，但语中含蓄。

"可惜流年，忧愁风雨，树犹如此"是第三层意思。流年，即时光流逝；风雨指国家在风雨飘摇之中。"树犹如此"也有一个典故，据《世说新语·言语》，桓温北征，经过金城，见自己过去种的柳树已长到几围粗，便感叹地说："木犹如此，人何以堪？"树已长得这么高大了，人怎么能不老大呢！这三句词包含的意思是：于此时，我心中确实想念故乡，但我不会像张翰、许汜一样贪图安逸，我所忧惧的，只是国事飘摇，时光流逝，北伐无期，恢复中原的夙愿不能实现。年岁渐增，恐无力为国效命疆场了。这三句是全首词的核心。到这里，作者的感情经过层层推进已经发展到高潮。

下面就自然地收束，也就是第四层意思："倩何人唤取，红巾翠袖，揾英雄泪。"倩，是请求，"红巾翠袖"，是少女的装束，这里就是少女的代名词。在宋代，一般游宴娱乐的场合，都有歌伎在旁唱歌侑酒。这三句写辛弃疾的抱负不能实现，世无知己，得不到同情与慰藉。这与上阕"无人会，登临意"义近而相呼应。

南乡子·登京口北固亭有怀

辛弃疾

何处望神州？满眼风光北固楼。千古兴亡多少事？悠悠。不尽长江滚滚流。

年少万兜鍪，坐断东南战未休。天下英雄谁敌手？曹刘。生子当如孙仲谋。

简析

此词通过对古代英雄人物的歌颂，表达了作者渴望像古代英雄人物那样金戈铁马，收拾旧山河，为国效力的壮烈情怀，饱含浓浓的爱国思想，但也流露作者报国无门的无限感慨，蕴含对苟且偷安、毫无振作的南宋朝廷的愤懑之情。全词三问三答，情感跌宕起伏，极有感染力。

摸鱼儿

辛弃疾

更能消、几番风雨，匆匆春又归去。惜春长怕花开早，何况落红无数。春且住！见说道、天涯芳草无归路。怨春不语。算只有殷勤，画檐蛛网，尽日惹飞絮。

长门事，准拟佳期又误。蛾眉曾有人妒。千金纵买相如赋，脉脉此情谁诉？君莫舞，君不见、玉环飞燕皆尘土！闲愁最苦。休去倚危栏，斜阳正在，烟柳断肠处。

简析

长门：汉代宫殿名，汉武帝皇后失宠后被幽闭于此，司马相如《长门赋序》："孝武皇帝陈皇后，时得幸，颇妒。别在长门宫，愁闷悲思。闻蜀郡成都司马相如天下工为文，奉黄金百斤，为相如、文君取酒，因于解悲、愁之辞。而相如为文以悟主上，陈皇后复得亲幸。"飞燕，汉成帝宠后赵飞燕，后废为庶人，自杀。

这首词作于1179年。外柔婉而内激越，兼备婉约豪放之长，读其词，想见其人。这首词的结构特点是层层转折而有开有合。作者抒发的是时光流逝而壮志难酬的忧伤和愁苦，开篇一个"更"字，便写出伤春的情怀已经不是一年两年了。"惜春"句用"长怕""何况",情感深度转折递进。禁不住发出"春且住"的留春呼喊。可是春没有应答,"怨春"也就是必然的了。既然春留不住,"算只有"画檐蛛网上挂住的飞絮,能够留下一点春的迹象。通篇运用比兴手法,是这首词的另一特色。上阕用"伤春""惜春""留春""怨春"来表示对岁月流逝壮志难酬而无人理会的痛惜,下阕借陈皇后被废"千金买赋"的典故,写自己不被朝廷重用的愤懑,含蓄又激愤,所以说是"外柔婉而内激越",体现了词人高度的表现能力。

诉衷情

陆 游

当年万里觅封侯,匹马戍梁州。关河梦断何处?尘暗旧貂裘。
胡未灭,鬓先秋,泪空流。此生谁料,心在天山,身老沧洲。

简析

　　陆游在这首词中抒写了自己满怀一腔报国热情却壮志难酬的激愤和悲凉。当年壮志满怀,渴望杀敌报国,是何等意气风发。现实的处境却是关河梦断,闲居无事。"尘暗旧貂裘",是说貂皮裘上落满灰尘,颜色暗淡。这里借用苏秦典故,说自己不受重用,未能施展抱负。据《战国策·秦策》载,苏秦游说秦王"书十上而说不行,黑貂之裘敝,黄金百斤尽,资用乏绝,去秦而归"。作者的悲凉在于"胡未灭,鬓先秋",有一种英雄迟暮、心有不甘却无可奈何的恨憾,读来令人感慨不已。

　　豪放派的特点,大体是创作视野较为广阔,气象恢宏雄放,喜用诗文的手法、句法写词，语词宏博，用事较多，不拘守音律，然而有时失之平直。南渡之后，由于时代巨变，悲壮慷慨的高亢之调应运发展，表达爱国主义精神，影响深远。

第十三讲 词的格律

词是一种抒情诗体,是配合音乐可以歌唱的乐府诗。它的严格的格律和在形式上的种种特点,都是由音乐的要求而规定的。

词和诗在形式上的不同,主要有以下几点。

一、词调

每首词都有一个调名。如《菩萨蛮》《水调歌头》《沁园春》等,称为"词调"。词调表明这首词写作时所依据的曲调乐谱,并不就是题目。各个词调都是"调有定句,句有定字,字有定声",并且各不相同。

一首词大都分为数阕,以分两阕的为最多。一阕即音乐唱完了一遍。每首词分成数阕,就是由几段音乐合成完整的一曲。

二、词的押韵

押韵方面,词也比诗的韵法复杂,如一首五言绝句诗,二十个字只用一个韵。但一首小令词,有的二十多个字却有三个韵,而韵法的变化,各个词调都不同。

关于押韵的位置，各个词调都有一定的格式。诗基本上是偶句押韵，词的韵位则依据曲度，即音乐的停顿决定。每个词调的音乐节奏不同，韵位也就不同。

三、句式和平仄

词的每一个曲调都有它自己的句式，从唐五代到北宋初期，词都是篇幅较短的小令，每首不过几十个字，从北宋中期以后，发展成为慢词，每篇有长到一百多字的。句式长短不一。诗也有长短句，但以五言、七言为基本句式，近体诗还不允许有长短句。词则大量地使用长短句，这是为了更能切合乐调的曲度。

在用字的声调上，诗的调和声音要求分清平仄，凡是该用仄声的地方，可以用去声、上声或入声。词则不但要求分清平仄，还要分清四声；有些词调该用仄声的字还要区别去声和上声。

四、对仗

词的对仗，相对律诗而言，比较宽松。词的对仗，不一定遵守平仄相对的规则，填词时按词谱规定即可。领字句对仗，第一字不算在对仗内。

五、词谱举例

作词称"填词"，原意是根据乐谱的音律节拍写词，所以又称"倚声"。当词脱离音乐独立成体后，实际就是根据词谱的固定格式和韵律填词。下面举几首常见的词谱加以说明。"平"表示平声,"仄"表示仄声,"×"表示可平可仄。

《忆江南》,又名《江南好》《望江南》《梦江南》。单调二十七字,三平韵。句式为:三五七七五。中间七言两句,以对偶为宜。

平 × 仄	江南好,
× 仄仄平平(韵)	风景旧曾谙。
× 仄 × 平平仄仄	日出江花红胜火,
× 平 × 仄仄平平(韵)	春来江水绿如蓝。
× 仄仄平平(韵)	能不忆江南?

——白居易《忆江南》

《江城子》,又称《江神子》。单调三十五字,共八句五平韵。句式为:七三三四五七三三。宋人多依原曲重增一阕为双调。

× 平 × 仄仄平平(韵)	鹧鸪飞起郡城东。
仄平平(韵)	碧江空,
仄平平(韵)	半滩风。
× 平 × 仄	越王宫殿,
× 仄仄平平(韵)	蘋叶藕花中。
× 仄 × 平平仄仄	帘卷水楼鱼浪起,
平仄仄	千片雪,
仄平平(韵)	雨蒙蒙。

——牛峤《江城子》

《长相思》,又名《相思令》。双调三十六字,前后阕格式相同,各三平韵,一叠韵,一韵到底。句式为:三三七五 三三七五。

××平（韵）　　　　　　汴水流，

××平（叠）　　　　　　泗水流。

×仄平平×仄平（韵）　　流到瓜州古渡头，

×平×仄平（韵）　　　　吴山点点愁。

××平（韵）　　　　　　思悠悠，

××平（叠）　　　　　　恨悠悠。

×仄平平×仄平（韵）　　恨到归时方始休，

×平×仄平（韵）　　　　月明人倚楼。

——白居易《长相思》

《浣溪沙》，唐教坊曲。共四十二字，上阕三平韵，下阕两平韵，过片二句多用对偶。句式为：七七七 七七七。

×仄×平×仄平（韵）　　一曲新词酒一杯，

×平×仄仄平平（韵）　　去年天气旧亭台。

×平×仄仄平平（韵）　　夕阳西下几时回？

×仄×平平仄仄　　　　　无可奈何花落去，

×平×仄仄平平（韵）　　似曾相识燕归来。

×平×仄仄平平（韵）　　小园香径独徘徊。

——晏殊《浣溪沙》

《鹧鸪天》，又名《思佳客》。双调五十五字，前后阕各三平韵，一韵到底。句式为：七七七七 三三七七七。

×仄平平×仄平（韵）　　彩袖殷勤捧玉钟，

×平×仄仄平平（韵）	当年拚却醉颜红。
×平×仄平平仄	舞低杨柳楼心月，
×仄平平×仄平（韵）	歌尽桃花扇底风。
平仄仄	从别后，
仄平平（韵）	忆相逢，
×平×仄仄平平（韵）	几回魂梦与君同。
×平×仄平平仄	今宵剩把银釭照，
×仄平平×仄平（韵）	犹恐相逢是梦中！

——晏几道《鹧鸪天》

《鹊桥仙》，双调五十六字，前后阕各两仄韵，一韵到底。句式为：四四六七七 四四六七七。前后阕首两句要求对仗。

×平×仄	纤云弄巧，
×平×仄	飞星传恨，
×仄×平×仄（韵）	银汉迢迢暗度。
×平×仄仄平平	金风玉露一相逢，
仄×仄平平×仄（韵）	便胜却人间无数。
×平×仄	柔情似水，
×平×仄	佳期如梦，
×仄×平×仄（韵）	忍顾鹊桥归路。
×平×仄仄平平	两情若是久长时，
仄×仄平平×仄（韵）	又岂在朝朝暮暮！

——秦观《鹊桥仙》

《蝶恋花》，又称《鹊踏枝》《凤栖梧》。双调六十字，前后阕各四仄韵，一韵到底。句式为：七四五七七 七四五七七。

×仄×平平仄仄（韵）　　谁道闲情抛掷久？
×仄平平　　　　　　　每到春来，
×仄平平仄（韵）　　　惆怅还依旧。
×仄×平平仄仄（韵）　　日日花前常病酒，
×平×仄平平仄（韵）　　不辞镜里朱颜瘦。
×仄×平平仄仄（韵）　　河畔青芜堤上柳。
×仄平平　　　　　　　为问新愁，
×仄平平仄（韵）　　　何事年年有？
×仄×平平仄仄（韵）　　独立小桥风满袖，
×平×仄平平仄（韵）　　平林新月人归后。

——冯延巳《鹊踏枝》

《渔家傲》，双调六十二字，上下阕各五仄韵，句句用韵，一韵到底。句式为：七七七三七 七七七三七。

×仄×平平仄仄（韵）　　塞下秋来风景异，
×平×仄平平仄（韵）　　衡阳雁去无留意。
×仄×平平仄仄（韵）　　四面边声连角起。
平×仄（韵）　　　　　千嶂里，
×平×仄平平仄（韵）　　长烟落日孤城闭。
×仄×平平仄仄（韵）　　浊酒一杯家万里，
×平×仄平平仄（韵）　　燕然未勒归无计。
×仄×平平仄仄（韵）　　羌管悠悠霜满地。
平×仄（韵）　　　　　人不寐，
×平×仄平平仄（韵）　　将军白发征夫泪。

——范仲淹《渔家傲》

《菩萨蛮》，又名《子夜歌》。共四十四字，用韵两句一换，凡四易韵，平仄递转。句式为：七七五五 五五五五。

×平×仄平平仄（韵）	平林漠漠烟如织，
×平×仄平平仄（韵）	寒山一带伤心碧。
×仄仄平平（韵）	暝色入高楼，
×平平仄平（韵）	有人楼上愁。
×平平仄仄（韵）	玉梯空伫立，
×仄平平仄（韵）	宿鸟归飞急。
×仄仄平平（韵）	何处是归程，
×平平仄平（韵）	长亭连短亭。

——李白《菩萨蛮》

《更漏子》，双调四十六字，前阕六句两仄韵，两平韵；后阕六句三仄韵，两平韵。仄韵、平韵依次递转，不同部错韵。句式为：三三六三三五 三三六三三五。

仄平平	玉炉香，
平仄仄（韵）	红蜡泪，
×仄×平×仄（韵）	偏照画堂秋思。
×仄仄	眉翠薄，
仄平平（韵）	鬓云残，
×平×仄平（韵）	夜长衾枕寒。
平×仄（韵）	梧桐树，
×平仄（韵）	三更雨，
×仄×平×仄（韵）	不道离情正苦。

××仄 　　　　　　　　一叶叶，

仄平平（韵）　　　　　一声声，

×平×仄平（韵）　　　空阶滴到明。

　　　　　　　　　　　——温庭筠《更漏子》

这里仅举了几首常见的词谱来说明，以为学习词律的初阶。若想深入了解词的格律，可参阅专门书籍。

第十四讲 散曲概述

元曲是对元代兴盛的新文学样式的统称，包括散曲和杂剧。散曲是继唐诗、宋词之后，在金元时期的北方民间"俗谣俚曲"的基础上兴起的一种新诗体。而杂剧则属于戏剧文学的范畴，明代臧懋循编辑了《元曲选》，收集了元代的杂剧100种。今人隋树森编《全元散曲》，共辑录小令3853首，套数457套。

一、曲的形成

自中唐以后，长短句歌词在文人手里得到高度的发展，但南宋后期由于文人远离现实社会，片面追求形式美而日趋衰落。相反，同样起源于敦煌曲子词的民间长短歌词，从中晚唐以来，经过数百年的发展，到了金灭北宋以后，吸收了不少著名的南北民歌和多种曲艺演唱形式，又借鉴了金、蒙古的北方少数民族乐曲，逐渐形成了一种有明显南北之分的新的诗歌形式——散曲。

王国维说过："凡一代有一代之文学：楚之骚、汉之赋、六代之骈语、唐之诗、宋之词、元之曲，皆所谓一代之文学，而后世莫能继焉者也。独元人之曲，为时既近，托体稍卑，故两朝史志与《四库》集部，均不著于录；后世儒硕，皆鄙弃不复道。"（《宋元戏曲考》）王国维把元曲与唐诗、宋词并列，意在推崇元曲，提高元曲的地位。

散曲从体式分两类："小令"和"套数"。小令又叫"叶儿"，体制短小，通常只是一支独立的曲子。套数是由两首以上同一宫调的曲子相联而成的组曲，一般都有尾声，而且要求始终用一个韵。套数中间的曲调可以根据内容的要求在同一宫调内选用，调数也可多可少。散曲的曲牌也有各式各样的名称，如《叨叨令》《刮地风》《喜春来》《山坡羊》《红绣鞋》之类。这些名称多很俚俗，也说明散曲比词更接近民歌。元曲以作品揭露现实的深刻，以及题材的广泛、语言的通俗、形式的活泼、风格的清新、描绘的生动、手法的多变，在中国古代文学艺苑中放射着璀璨夺目的异彩。

二、名作赏析

越调·天净沙·秋思

马致远

枯藤老树昏鸦，小桥流水人家，古道西风瘦马。夕阳西下，断肠人在天涯。

简析

这支小令抒发了一个飘零天涯的游子秋日思乡之情。言简而意丰。意蕴深远，顿挫有致，被后人誉为"秋思之祖"。

双调·水仙子·重观瀑布

乔 吉

天机织罢月梭闲，石壁高垂雪练寒。冰丝带雨悬霄汉，几千年晒未干。

露华凉人怯衣单。似白虹饮涧,玉龙下山,晴雪飞滩。

简析

这是一首写景的小令。作者运用了一系列的比喻,用"练""丝""虹""龙""高垂""悬霄汉"等词语写出瀑布修长高挂的形状;说它像"雪练""冰丝""白虹""玉龙""晴雪",写出瀑布洁净素白的颜色。以"饮涧""下山""飞滩"等词语,排比句和铺陈的手法,淋漓尽致地写出瀑布飞泻的姿态、力度和撼人心魄的气势。

"冰丝"用比喻修辞手法,作者以大胆的想象,把瀑布比作一幅白练,从陡峭的石壁垂下,跨越千年。那白练的缕缕经纬线,湿漉漉的,带着水汽,丝丝细雨直从空中飘下,十分形象地描绘了远眺瀑布垂挂悬崖的姿态。

而"几千年晒未干"一句,就是口语化的,幽默的语调一下子就显示了曲的通俗透辟的特色。

正宫·醉太平·无题

无名氏

堂堂大元,奸佞专权。开河变钞祸根源,惹红巾万千。官法滥,刑法重,黎民怨。人吃人,钞买钞,何曾见?贼做官,官做贼,混愚贤,哀哉可怜。

简析

这是一首讽世之作。作者以尖锐犀利、痛快淋漓的语言列举了元末统治集团的种种罪恶,对统治者昏庸无能、贪赃枉法、残暴奸邪、滥施刑法、欺压劳工、讹诈百姓的嘴脸进行了深刻的揭露、无情的讽刺和有力的鞭挞。像这样直接大胆锋芒毕露地痛斥当朝统治者的散曲作品实属少见。

"开河""变钞"指元朝末年政府下令开黄河新河道和大量发行纸钞。开河劳民，不堪重负；滥发纸币，造成物价飞腾。"开河"和"变钞"促使元末社会矛盾进一步激化。

这首小令在艺术上也独具特色。遣词用字，具显匠心。"堂堂"冠在"大元"之上，不但很好地揭露了元末王朝"外强中干"的本质，而且极富讽刺意味。"惹"字，说明"红巾起义"完全是由腐败的罪恶统治所致，从而展示了"官逼民反"的社会现实。"滥""重""怨"三字，极言法令如洪水泛滥，人民受害惨重，怨愤难除。"贼做官，官做贼"，"贼""官"本质一样，都在残害百姓，一个"混"字，有力地揭示了鱼龙混杂，贤愚难辨的用人弊端和黑暗现实。陶宗仪在《辍耕录》中说："《醉太平》小令一阕，不知谁所造。自京师以至江南，人人能道之。古人多取里巷之歌谣者，以其有关于世教也。"可知这首曲子流传之广。

南吕·四块玉·风情

兰楚芳

我事事村，他般般丑，丑则丑村则村意相投，则为他丑心儿真，博得我村情儿厚。似这般丑眷属，村配偶，只除天上有。

简析

村，俗笨、粗鄙。眷属，配偶。本曲用质朴自嘲的语言写普通夫妻的恩爱和情感。世上岂能都是俊男靓女，恩爱和幸福也并非都是美貌之人的专利，世上大多数人是相貌普通的，"村""丑"只是外在，"心儿真""情儿厚"才是根本。"村""丑"之人只要情投意合，夫妻恩爱，生活定是美满的。这才是世俗社会普通人生活的常态。恩爱一生，才是真正的神仙眷侣。相貌不由人选择，爱情对所有的人都是平等的。这首曲子感情真挚，语言质朴透辟，正是散曲的本色。

中吕·山坡羊·潼关怀古

张养浩

峰峦如聚，波涛如怒，山河表里潼关路。望西都，意踟蹰。

伤心秦汉经行处，宫阙万间都做了土。兴，百姓苦；亡，百姓苦。

简析

在写法上，作者采用的是层层深入的方式，由写景而怀古，再引发议论，将苍茫的景色、深沉的情感和精辟的议论三者完美结合，让这首小令有了强烈的感染力。字里行间充满历史的沧桑感和时代感，既有怀古诗的特色，又有与众不同的沉郁风格。

第十五讲

剧曲举隅

中国的戏剧出现较晚，宋元时期才出现了成熟的戏曲——南戏和杂剧。

元杂剧是在前代说唱艺术、宋官本杂剧和金院本的基础上发展起来的，包含"唱""念""做"三部分，通过宾白、唱词、科介三者配合来推动剧情发展，刻画人物性格，是成熟的戏剧形式。元杂剧一般是一本四折，再加一个"楔子"，体制短小。

杂剧属于戏剧文学的范畴，是在金院本和诸宫调的基础上，广泛吸收了多种词曲和技艺发展而成的。杂剧包括唱曲、宾白、科介三部分。虽然它的唱曲和散曲一样，都是配有音乐的歌唱，都必须按照一定的宫调和曲牌来写，但绝不能离开科白。科白是杂剧的主要组成部分，其内容主要表达剧中角色的思想感情，是一种代言体。元杂剧是带有浓厚地域性特点的戏曲艺术形式，属"北曲"声腔系统。杂剧的结构基本上有统一的规范，多为四折一本，有时应复杂剧情需要，也不限于四折。杂剧作为元代最突出的音乐成就，处在我国戏曲发展史上的第一个黄金时期。元杂剧创作中，可考的剧作家有80多人，产生了关汉卿、王实甫、马致远、白朴、郑廷玉等一大批著名剧作家，产生了前所未有的数量众多又具相当艺术水准的剧本。今见于书面记载的作品有500余种，而现存发现的剧本有170多种。

一、杂剧选析

汉宫秋（第三折选段）

马致远

《汉宫秋》演绎汉元帝与王昭君的悲情故事。王昭君本是普通的农家女儿，被选入宫中。因不肯向画师毛延寿行贿，被故意丑化而不能得到皇帝的宠幸。但因善弹琵琶被汉元帝发现而得到宠爱。毛延寿手脚败露逃往番邦，挑唆番王呼韩邪单于索要王昭君做夫人。元帝无奈，只好忍痛割爱。昭君离去后，汉元帝越想越觉得堵心愁烦，唱道：

【双调·梅花酒】呀！俺向着这迥野悲凉，草已添黄，兔早迎霜。犬褪得毛苍，人搠起缨枪，马负着行装，车运着糇粮，打猎起围场。他、他、他，伤心辞汉主；我、我、我，携手上河梁。他部从入穷荒，我銮舆返咸阳。返咸阳，过宫墙；过宫墙，绕回廊；绕回廊，近椒房；近椒房，月昏黄；月昏黄，夜生凉；夜生凉，泣寒螿；泣寒螿，绿纱窗；绿纱窗，不思量！

【收江南】呀！不思量除是铁心肠！铁心肠也愁泪滴千行。美人图今夜挂昭阳，我那里供养，便是我高烧银烛照红妆。

简析

这里的曲词既典雅又通俗。句式以三、五字的短句为主，又用了顶真续麻格的修辞手法，重复，递进，情绪激动急切，即景抒情，情景交融，深刻形象地刻画了人物的内心世界。

单刀会（第四折选段）

关汉卿

【双调】【新水令】大江东去浪千叠，引着这数十人驾着这小舟一叶。又不比九重龙凤阙，可正是千丈虎狼穴。大丈夫心烈，我觑这单刀会似赛村社。（云）好一派江景也呵！（唱）

【驻马听】水涌山叠，年少周郎何处也？不觉的灰飞烟灭，可怜黄盖转伤嗟。破曹的樯橹一时绝，鏖兵的江水犹然热，好教我情惨切！（云）这也不是江水，（唱）二十年流不尽的英雄血！

简析

这两首曲子是关羽第四折上场时所唱，写出了关羽的英雄气概。对剧中关键性的事件、人物和戏剧的高潮，剧作家总会从不同的侧面对环境气氛、人物行为、其他人的反应等进行充分的表现，以泼墨如云的气势，以求达到最好的艺术效果。关汉卿的《单刀会》在塑造关羽形象方面，便成功地运用了渲染的手法。这出戏情节并不复杂，剧情梗概是三国时东吴鲁肃设计请关羽赴宴，准备在宴会上要挟他归还荆州，但由于关羽的机智和勇敢，鲁肃的阴谋没有得逞。这个剧本在情节结构安排上的一大特色就是主角关羽直到第三折才出场，而直接的人物交锋——单刀会则在最后的第四折。头两折写鲁肃和乔国老商议、请司马徽作为陪客图谋收取荆州，而他们全都认为取荆州不可行，举出大量的事例说明关羽的神勇，难以战胜。作者通过东吴朝野不同阶层人物的反应来介绍关羽，这对烘托关羽的英雄形象起了重要的作用。第三折关羽出场自唱，历数自己的英雄业绩，从楚汉之争说到桃园结义，从三国鼎立说到过五关斩六将，几乎把自己的英雄历史又向部下、儿子说了一遍。按一般情理来说，这也许并不见得发生，但从戏剧效果来说，这种用自夸的手法介绍自己是为了加深观众对关羽神勇的印象，仍然起一种渲染烘托的作用。经过如此充分的造势渲染，关羽神话般的威猛形象已经牢牢地树立在观众心中，结局中关羽单刀赴会，以神勇的气势压倒鲁肃而最终脱险，就成了水到渠成而无可怀疑的结果。

西厢记·长亭送别

王实甫

中国戏曲是剧诗，是戏剧化的诗意表达，古典诗歌为戏曲提供了取之不尽用之不竭的营养，包括古典诗歌在内的优秀传统文化，是戏曲艺术得以继续传承的文化土壤。《西厢记·长亭送别》一连用了19支曲子表现离别之情，融汇古典诗词的意境，刻画人物心理，极具感染力。

（夫人、长老上云）今日送张生赴京，十里长亭，安排下筵席。我和长老先行，不见张生小姐来到。（旦、末、红同上）（旦云）今日送张生上朝取应，早是离人伤感，况值那暮秋天气，好烦恼人也呵！悲欢聚散一杯酒，南北东西万里程。

【正宫·端正好】碧云天，黄花地，西风紧。北雁南飞。晓来谁染霜林醉？总是离人泪。

【滚绣球】恨相见得迟，怨归去得疾。柳丝长玉骢难系，恨不倩疏林挂住斜晖。马儿迍迍的行，车儿快快的随，却告了相思回避，破题儿又早别离。听得道一声"去也"，松了金钏；遥望见十里长亭，减了玉肌：此恨谁知？

（红云）姐姐今日怎么不打扮？（旦云）你哪知我的心里呵？

【叨叨令】见安排着车儿、马儿，不由人熬熬煎煎的气；有甚么心情花儿、靥儿，打扮得娇娇滴滴的媚；准备着被儿、枕儿，只索昏昏沉沉的睡；从今后衫儿、袖儿，都揾做重重叠叠的泪。兀的不闷煞人也么哥！兀的不闷煞人也么哥！久已后书儿、信儿，索与我凄凄惶惶的寄。

以上三支曲子是写前往长亭途中的情景。

（做到了科）（见夫人科）（夫人云）张生和长老坐，小姐这壁坐，红娘将酒来。张生，你向前来，是自家亲眷，不要回避。俺今日将莺莺与你，到京师休辱没了俺孩儿，挣揣一个状元回来者。（末云）小生托夫人余荫，凭着胸中之才，视官如拾芥耳。（洁云）夫人主见不差，张生不是落后的人。（把酒了，坐）（旦长吁科）

【脱布衫】下西风黄叶纷飞，染寒烟衰草萋迷。酒席上斜签着坐的，蹙愁眉死临侵地。

【小梁州】我见他阁泪汪汪不敢垂，恐怕人知；猛然见了把头低，长吁气，推整素罗衣。

【幺篇】虽然久后成佳配，奈时间怎不悲啼。意似痴，心如醉，昨宵今日，清减了小腰围。

（夫人云）小姐把盏者！（红递酒，旦把盏长吁科云）请吃酒！

【上小楼】合欢未已，离愁相继。想着俺前暮私情，昨夜成亲，今日别离。我谂知这几日相思滋味，却原来比别离情更增十倍。

【幺篇】年少呵轻远别，情薄呵易弃掷。全不想腿儿相挨，脸儿相偎，手儿相携。你与俺崔相国做女婿，妻荣夫贵，但得一个并头莲，煞强如状元及第。

（夫人云）红娘把盏者！（红把酒科）（旦唱）

【满庭芳】供食太急，须臾对面，顷刻别离。若不是酒席间子母每当回避，有心待与他举案齐眉。虽然是厮守得一时半刻，也合着俺夫妻每共桌而食。眼底空留意,寻思起就里,险化做望夫石。

(红云)姐姐不曾吃早饭,饮一口儿汤水。(旦云)红娘,甚么汤水咽得下!

【快活三】 将来的酒共食,尝着似土和泥。假若便是土和泥,也有些土气息,泥滋味。

【朝天子】 暖溶溶玉醅,白泠泠似水,多半是相思泪。眼面前茶饭怕不待要吃,恨塞满愁肠胃。蜗角虚名,蝇头微利,拆鸳鸯在两下里。一个这壁,一个那壁,一递一声长吁气。

这八支曲子表达了崔莺莺在长亭送别酒席上的心情。

(夫人云)辆起车儿,俺先回去,小姐随后和红娘来。(下)(末辞洁科)(洁云)此一行别无话儿,贫僧准备买登科录看,做亲的茶饭少不得贫僧的。先生在意,鞍马上保重者!从今经忏无心礼,专听春雷第一声。(下)(旦唱)

【四边静】 霎时间杯盘狼籍,车儿投东,马儿向西,两意徘徊,落日山横翠。知他今宵宿在哪里?有梦也难寻觅。

张生,此一行得官不得官,疾便回来。(末云)小生这一去白夺一个状元,正是"青霄有路终须到,金榜无名誓不归"。(旦云)君行别无所赠,口占一绝,为君送行:"弃掷今何在,当时且自亲。还将旧来意,怜取眼前人。"

(末云)小姐之意差矣,张珙更敢怜谁?谨赓一绝,以剖寸心:"人生长远别,孰与最关亲?不遇知音者,谁怜长叹人?"(旦唱)

【耍孩儿】 淋漓襟袖啼红泪,比司马青衫更湿。伯劳东去燕西飞,未登程先问归期。虽然眼底人千里,且尽生前酒一杯。未饮心先醉,眼中流血,心里成灰。

【五煞】 到京师服水土,趁程途节饮食,顺时自保揣身体。荒村雨露宜眠早，野店风霜要起迟！鞍马秋风里，最难调护，最要扶持。

【四煞】这忧愁诉与谁？相思只自知，老天不管人憔悴。泪添九曲黄河溢，恨压三峰华岳低。到晚来闷把西楼倚，见了些夕阳古道，衰柳长堤。

【三煞】笑吟吟一处来，哭啼啼独自归。归家若到罗帏里，昨宵个绣衾香暖留春住，今夜个翠被生寒有梦知。留恋你别无意，见据鞍上马，阁不住泪眼愁眉。

（末云）有甚言语嘱咐小生咱？（旦唱）

【二煞】你休忧"文齐福不齐"，我则怕你"停妻再娶妻"。休要"一春鱼雁无消息"！我这里青鸾有信频须寄，你却休"金榜无名誓不归"。此一节君须记，若见了那异乡花草，再休似此处栖迟。

（末云）再谁似小姐？小生又生此念？（旦唱）

【一煞】青山隔送行，疏林不做美，淡烟暮霭相遮蔽。夕阳古道无人语，禾黍秋风听马嘶。我为甚么懒上车儿内，来时甚急，去后何迟？

（红云）夫人去好一会，姐姐，咱家去！（旦唱）

【煞尾】四围山色中，一鞭残照里。遍人间烦恼填胸臆，量这些大小车儿如何载得起？

（旦、红下）（末云）仆童赶早行一程儿，早寻个宿处。泪随流水急，愁逐野云飞。（下）

最后这八支曲子表达了老夫人离开后崔莺莺与张生送别的情景。

这些曲词对处于长亭送别这一特定时空交叉点的莺莺的心灵进行了细腻的刻画，多层次地展示了莺莺"此恨谁知"的复杂心理——既有对"前暮私情，昨夜成亲，今日别离"的张生的百般依恋，又有对即将来临的"南北东西万里程"的别离的万般痛苦；既有对"拆鸳鸯在两下里"的科举功名的深深怨恨，也有对当时司空见惯的身荣之后"停妻再娶妻"行为的不尽忧虑。这一复杂的心理活动体现了莺莺纯净的灵魂美，也突出了她叛逆的性格。

王实甫既吸收了古典诗词语言的精华，又吸收了当时民间鲜活的口语，创造了色彩斑斓的元曲词汇。其中许多曲词既有唐诗宋词的意境，又有元人小令的风格，诗情画意跃然纸上。如："碧云天"句、"下西风黄叶纷飞，染寒烟衰草萋迷""两意徘徊，落日山横翠""泪添九曲黄河溢，恨压三峰华岳低""四围山色中，一鞭残照里"等，像这样华丽秀美的语句，人们耳熟能详。

　　王实甫尤其善于运用修辞来形象地表现人物心理。如"昨宵今日，清减了小腰围"，夸张地表现了离情折磨下的身心交瘁。再如"未饮心先醉，眼中流血，心里成灰"，化用了柳永《诉衷情近》中的"未饮心如醉"，一字之差，更加夸张，语意更加沉重，表现了莺莺饯别时的极端愁苦。王实甫注重文采，也擅长本色，如"马儿迍迍的行，车儿快快的随""准备着被儿、枕儿，只索昏昏沉沉的睡"等都具有民间口语的风格，朴素自然，雅俗共赏。本色同文采奇妙的结合，便形成了既典雅又质朴、既清丽华美又生动活泼的语言特色。

二、传奇选析

　　抒情性较浓的剧作，戏剧冲突的紧张性往往隐藏在人物的内心活动之中，更多地表现的是人物的内心冲突，以感情的力量打动读者。汤显祖的《牡丹亭》表现太守之女杜丽娘与书生柳梦梅生死离合的爱情故事，热情歌颂了反对封建礼教、追求自由幸福的爱情和强烈要求个性解放的精神，是一部具有浓郁抒情性的剧作。杜丽娘生活在一个令人窒息的封建家庭中，完全与外界隔绝。当她第一次偷偷来到后花园，姹紫嫣红的大好春光唤醒了她对自由和爱情的渴望，她的青春觉醒了。但在现实中她的理想和愿望根本不可能实现，所以她只好把自己的理想寄托于偶然在梦中出现的书生，甚至思念成疾，命归黄泉。在摆脱了现实世界的种种束缚之后，她果然找到了梦中的书生，主动地向他表示爱情，还魂结为夫妇。杜丽娘在《惊梦》《寻梦》《写真》等出戏里倾诉自己的美貌被埋没和对美的追求不能实现，十分强烈地表达了内心的矛盾冲突。透过主人公那些直抒胸臆的大段唱词，观众读者可以真切地体会到封建势力的强大和主人公斗争的艰苦。《牡丹亭》所揭露的封建礼教对青年一代的扼杀比以前的任何爱情剧都深刻。

长生殿·传概

洪　昇

中国的戏剧本身就是诗剧，一些曲词的曲牌和一般的词牌完全相同。洪昇的传奇《长生殿》第一出《传概》即用一首《满江红》、一首《沁园春》对剧本的内容进行了概括，两首词前面都规定了调。词——这种一般划入诗范围的文体，与戏剧的曲水乳交融，不可分割。

【南吕引子·满江红】今古情场，问谁个真心到底？但果有精诚不散，终成连理。万里何愁南共北，两心哪论生和死。笑人间儿女怅缘悭，无情耳。

感金石，回天地。昭白日，垂青史。看臣忠子孝，总由情至。先圣不曾删郑、卫，吾侪取义翻宫、徵。借太真外传谱新词，情而已。

【中吕慢词·沁园春】天宝明皇，玉环妃子，宿缘正当。自华清赐浴，初承恩泽。长生乞巧，永订盟香。妙舞新成，清歌未了，鼙鼓喧阗起范阳。马嵬驿、六军不发，断送红妆。

西川巡幸堪伤，奈地下人间两渺茫。幸游魂悔罪，已登仙籍。回銮改葬，只剩香囊。证合天孙，情传羽客，钿盒、金钗重寄将。月宫会、霓裳遗事，流播词场。

简析

　　这表明了洪昇为什么要创作《长生殿》。一开始就说道，从古到今，凡是说到感情的地方，问到底有几个是真心到底的。说感情的很多，但是真正有真情的很少，或者不能把真情贯彻到底。如果真有精诚不散，把它凝聚起来而贯彻到底的话，终成连理，最终会在一起。这是很多古代爱情故事的结局，生离死别，最后大团圆。只要你有对这份真情的追求，"万里何愁南共北"，空间不成问题，人的真情可以超越空间的距离。"两心哪论生和死"，只要两个人真心所在，生死都阻隔不了。即使他们不能够结合在一起，真情还是能结合到一起的，变成连理枝，变成蝴蝶双飞。这都体现了伟大真情的力量。"笑人间儿女怅缘悭，无情耳"，笑人间的儿女不能结成夫妻，认为上天对缘分很吝啬。其实不是，是情没有到至情的地步，是情没有达到。

　　下阕说，如果真有真情，它能够感天动地，感金石，回天地，昭白日、垂青史，能够打动人心，可以超越空间、时间。这就是超越生死的爱情故事能够流传下来而被津津乐道的原因。不但爱情是这样，看臣忠子孝，总由情至。爱国的情怀、忠君的思想、儿女的孝心，能够达到感动人的程度，都是由于情到了至情的地步。这里强调的是真情的价值。当时推崇的是宋明的理学，明代叫"心学"。以前经常说"存天理，灭人欲"。也就是说从理学家来讲，从当时社会的主流观念来说，认为人欲是可怕的，所以要用天理来压抑情感。但是洪昇说，虽然理学家对自由的爱情那么不肯定，但孔子并不否定男女的爱情。"先圣不曾删郑、卫"，孔子教儒家弟子的著作是五经，其中《诗经》305篇里面，十五国风有160篇，十五个地方的民歌，主要都是写爱情的。孔子删定《诗经》时也没有把这些删掉，"关关雎鸠，在河之洲，窈窕淑女，君子好逑"。"吾侪取义翻宫、徵"，所以洪昇说自己写爱情故事符合孔孟之道，符合儒家的正统思想。洪昇借太真外传谱新词，写情而已。借太真外传写了《长生殿》，是肯定了情的至高无上，它的感动人心，它的"感金石，回天地。昭白日，垂青史"。

　　明代王骥德《曲律》云："词曲虽小道哉，然非多读书，以博其见闻，发其旨趣，终非大雅。须自《国风》、《离骚》、古乐府及汉、魏、六朝三唐诸诗，下迨《花间》《草堂》诸词，金、元杂剧诸曲，又至古今诸部类书，俱博搜精采，蓄之胸中，于抽毫时，掇取其神情标韵，写之律吕，令声乐自肥肠满脑中流出，自然纵横该洽。"

中国戏曲是剧诗，是戏剧化的诗意表达，经过演变和锤炼，戏曲逐步成为雅俗共赏的艺术，古典诗歌为戏曲提供了取之不尽用之不竭的营养，包括古典诗歌在内的优秀传统文化，是戏曲艺术得以继续传承的文化土壤。

古典诗歌与戏曲艺术的关系是双向的，古典诗歌影响戏曲艺术，戏曲艺术也影响古典诗歌意境和审美趣味的传播。优秀的戏曲唱词本身就是情景交融的诗歌，借助戏曲艺术表现手段而传唱不衰，直接影响现代人的精神文化生活。戏曲艺术虚拟性、表意性的特征，最形象地传达了古典诗歌追求的审美意境，神韵，传神，情景交融，能够极大地启迪人们的想象空间，这是其他艺术所不可替代的审美功能。包括戏曲念白对声音本身的音乐性、抒情性的极富感染力的表现，都体现了戏曲艺术在传达高雅情趣和审美意境方面有着独特的作用。戏曲是现代社会中传承中华传统文化最重要的艺术形式之一。

第十六讲 曲的格律

曲的体制具体表现为以下六个方面：

一、宫调

宫调是指中国古代音乐的调式，曲与宫调出于隋唐燕乐，南北曲常用的有"五宫四调"，通称"九宫"或"南北九宫"，包括正宫、中吕宫、南吕宫、仙吕宫、黄钟宫，或伤悲或雄壮，或缠绵或沉重。元曲的戏曲套数和散曲套数，是由两支以同一宫调的不同曲牌相连而成。

二、曲牌

俗称"曲子"，是对各种曲调的泛称，各有专名，如《点绛唇》《山坡羊》等。元代北曲共三百多个，每一个曲牌都有一定的曲调、唱法，同时规定了该曲的字数、句法、平仄等。据此可以填写新曲词，曲牌大都来自民间，一部分由词发展而来，故曲牌名也有和词牌名相同的，但是内容并不完全一致。此外，还有专供演奏的曲牌，但大多只有曲调而无曲词。

三、曲韵

元曲在押韵方面严守《中原音韵》十九部的要求，用韵平仄通押，不避重韵，一韵到底。

《中原音韵》十九部：

（一）东钟；

（二）江阳；

（三）支思；

（四）齐微；

（五）鱼模；

（六）皆来；

（七）真文；

（八）寒山；

（九）桓欢；

（十）先天；

（十一）萧豪；

（十二）歌戈；

（十三）家麻；

（十四）车遮；

（十五）庚青；

（十六）尤侯；

（十七）侵寻；

（十八）监咸；

（十九）廉纤。

四、平仄

散曲在四声平仄上的突出特点是"平分阴阳""入派三声"。诗、词平仄的四声都是"平、上、去、入",周德清《中原音韵》根据当时的实际语音,把入声字分派到"平、上、去"三声中,平声又分为阴平和阳平,这样,元曲的四声就成了"阴、阳、上、去"。曲在用字的平仄上比诗词更严,特别注重每首末句的平仄。

五、衬字

曲与词最显著的区别是有无衬字,有衬字的是曲,没有衬字的是词。所谓"衬字"指的是在曲律规定必须的字数之外所增加的字,它不受音韵、平仄、句式等曲律的限制。衬字多用于句首和句子的两个词组之间,用在句子中间的大都是虚字,用在句首的则十分多样。

六、曲谱举例

《正宫·醉太平》句式为:五五七五七七七五。句句押韵。首两句须对,五、六、七三句鼎足对。

平平平仄仄(韵)	人皆嫌命窘,
平×仄××(韵)	谁不见钱亲?
仄平平仄仄平平(韵)	水晶环入面糊盘,
平×平×平(韵)	才沾粘便滚。
平平平×××平(韵)	文章糊了盛钱囤,

平×仄仄平平仄（韵）	门庭改做迷魂阵，
平平仄仄仄平平（韵）	清廉贬入睡馄饨。
平平平仄仄（韵）	葫芦提倒稳。

——张可久

《仙吕·醉中天》共七句，句式为：五五七五六四七。句句押韵。

×仄平平仄（韵）	疑是杨妃在，
×仄仄平平（韵）	怎脱马嵬灾？
×仄平平仄仄平（韵）	曾与明皇捧砚来，
×平平仄（韵）	美脸风流杀。
×仄平平仄平（韵，可上）	叵奈挥毫李白，
×平平仄（韵）	觑着娇态，
×平×仄平平（韵）	洒松烟点破桃腮。

——白朴

《仙吕·一半儿》句式为：七七七三三。最后一句有两个"一半儿"成九字。共五句五韵。

×平×仄仄平平（韵）	自将杨柳品题人，
×仄平平×去平（韵，可仄叶）	笑拈花枝比较春，
×仄×平平去平（韵，可仄叶）	输与海棠三四分。
仄平平（韵）	再偷匀，
平平上（韵，可平叶）	一半儿胭脂一半儿粉。

——查德卿

《中吕·山坡羊》又名《山坡里羊》《苏武持节》。句式为：四四七三三七七一三一三，共十一句九韵。

× 平 × 去（韵）	衣松罗扣，
× 平 × 去（韵）	尘生鸳甃，
× 平 × 仄平平去（韵）	芳容更比年时瘦。
仄平平（韵）	看吴钩，
仄平平（韵）	听秦讴，
× 平 × 仄平平去（韵）	别离滋味今番又，
× 仄 × 平平去上（韵，可平）	湖水藕花堤上柳。
平（可不叶）	飕，
× 去上（韵，可平）	浑是秋；
平（可不叶）	愁，
× 去上（韵，可平）	休上楼。

——张可久

《中吕·朝天子》句式为：二二五七五四四五二二五。共十一句，句句押韵。

仄平（韵，可上）	寺前，
仄平（韵，可上）	洞天，
× 仄平平去（韵）	粉翠围屏面。
× 平 × 仄仄平平（韵）	隔溪疑是武陵源，
× 仄平平去（韵）	树影参差见。
× 仄平平（韵）	石屋金仙，
平平平去（韵）	岩阿碧藓，
× 平 × 仄平（韵，可上）	湿云飞砚边。
仄平（韵，可上）	冷泉，
仄平（韵，可上）	看猿，

×仄平平去（韵）　　　　　　　摇落梅花片。

　　　　　　　　　　　　　　　　　　——张可久

《南吕·四块玉》句式为三三七七三三三。共七句五韵。

仄仄平　　　　　　　　　　　自送别，
平平仄（韵）　　　　　　　　心难舍，
仄仄平平仄平平（韵）　　　　一点儿相思几时绝。
×平×仄平平仄（韵）　　　　凭栏袖拂杨花雪，
×仄平　　　　　　　　　　　溪又斜，
×仄平（韵）　　　　　　　　山又遮，
×去平（韵）　　　　　　　　人去也。

　　　　　　　　　　　　　　　　　　——关汉卿

《双调·水仙子》又名《凌波仙》《凌波曲》《湘妃怨》《冯夷曲》。句式为：七七七六七三三四。共八句八韵。首二句宜对。六、七句宜对。

×平×仄仄平平（韵）　　　　玉纤流恨出冰丝，
×仄平平仄仄平（韵）　　　　瓠齿和春吐怨辞。
×平×仄平平仄（韵）　　　　秋波送巧传心事，
仄平平×仄平（韵，可上）　　似邻船初听时，
仄×平×仄平平（韵）　　　　问江州司马何之？
×平仄　　　　　　　　　　　青衫泪，
×仄平（韵）　　　　　　　　锦字诗，
×仄平平（韵）　　　　　　　总是相思。

　　　　　　　　　　　　　　　　　　——徐再思

《越调·天净沙》一名《塞上秋》。句式为：六六六四六。共五句五韵。

×平×仄平平（韵）　　　　孤村落日残霞，
×平×仄平平（韵）　　　　轻烟老树寒鸦，
×仄平平去上（韵）　　　　一点飞鸿影下。
×平×去（韵）　　　　　　青山绿水，
×平×仄平平（韵）　　　　白草红叶黄花。

　　　　　　　　　　　　　　　　——白朴

第十七讲 诗词曲赏析方法

一、把握诗歌特点

阅读和鉴赏诗歌，了解诗歌的特点是十分必要的。从主要的方面来讲，诗歌有别于其他文学体裁之处有：

诗歌富有抒情性。这是诗歌基本、显著的特征。古人对此有很多的论述，汉代的《诗大序》曰："诗者，志之所之也；在心为志，发言为诗，情动于中而形于言。"晋代陆机《文赋》提出"诗缘情而绮靡"，唐代李善在《文选·文赋》注中说"诗以言志，故曰缘情"，明代汤显祖在《耳伯麻姑游诗序》中则从人性的本原着眼，把情感与诗歌联系起来，"世总为情，情生诗歌"，等等。《诗经·邶风》中的《柏舟》一诗，以泛舟起兴，表现处于悲惨境遇中的痛苦心情。首章即言"耿耿不寐，如有隐忧"，末章又云"心之忧矣，如匪浣衣"。从诗歌表现的内容来看，这种"深忧"可以理解为因政治上失意而产生的忧愤情绪。诗人自言怀有深忧，夜不成眠，无法排遣。继而言，我的心不是镜子，不分美丑全照进来，但"兄弟"不了解我，向他倾诉，反倒惹得他大怒。但我的心决不动摇改变，"我心匪石，不可转也。我心匪席，不可卷也"的呼喊，反映了不甘受侮和对人格尊严的维护。诗人慨叹被一群小人侵侮，孤独无助，捶胸自伤。最后说明难觅知音，无人同情，以致忍辱含垢，欲奋飞而不得。这是一首反映诗人在社会政治生活中的遭遇的抒情诗。身处小人当权，主上昏庸的社会现实，诗人满腔忠贞，反倒受到诬陷谗害，陷入困境，难以施展抱负，因而抱有不可解脱的深忧。另一种观点认为这首诗表达的是爱情婚姻遇到挫折时的痛苦。

叙事诗同样有着鲜明的抒情性。叙事诗中的叙事不是客观的描述，而是浸透诗人主观情感色彩的表达。少数民族诗歌中有许多鸿篇巨制、脍炙人口的长篇叙事诗，如藏族的《格萨尔王传》、蒙古族的《嘎达梅林》、彝族的《阿诗玛》等。诗人用抒情的笔调和语言来叙事，叙事的目的是抒情。白居易的《长恨歌》表现唐玄宗和杨贵妃的悲剧故事，背景是对中国历史产生巨大影响的"安史之乱"。其间发生了许许多多惊心动魄的复杂的历史事件，作者虽也用叙述、描写表现故事情节的发展变化，但作者对事件进行了高度的简化，只用一个中心事件和两三个主要人物来结构全篇，叙述只是抒情的桥梁。如写安史之乱的爆发是"渔阳鼙鼓动地来，惊破霓裳羽衣曲"，写马嵬兵变是"六军不发无奈何，宛转蛾眉马前死"，笔墨极为简练。而在唐玄宗思念杨贵妃这种适于抒情的地方，则泼墨如云，尽情渲染："夕殿萤飞思悄然，孤灯挑尽未成眠。迟迟钟鼓初长夜，耿耿星河欲曙天。"这是诗歌不同于戏剧和小说的地方，抒情在叙事诗中有着主导的作用，是渗透在一切的描写与叙述之中的。

高度凝练是诗歌的显著特点。诗歌的篇幅一般都比较短小。中国的诗歌从产生初期就以短小的抒情诗为主，代表中国古典诗歌定型成熟的律诗绝句，多则五十六字，少则二十字，篇幅短小成为其形式的突出特点之一。要在有限的篇幅内涵盖尽可能丰富的思想和浓烈的感情，就要求作者必须用精练、优美、富于表现力的语言去绘景写物、表情达意。在中国古典诗歌表现中，通过炼字、炼句、炼意而达到高度凝练是其显著的特征。柳宗元的《江雪》："千山鸟飞绝，万径人踪灭。孤舟蓑笠翁，独钓寒江雪。"这是一首言简意深的绝句，高鸟飞尽，人踪寂灭，热闹之极而归于静寂，唯有一位看惯了风险浪急的老渔翁独自垂钓于寒江之上，寥寥几笔，便创造了一个孤寂清冷、廓远深邃的艺术境界。马致远的散曲小令《天净沙·秋思》只有短短二十八个字，却把天涯游子强烈的思乡情怀凝结成一幅永恒的典型画面："枯藤老树昏鸦，小桥流水人家，古道西风瘦马。夕阳西下，断肠人在天涯。"每一个字，每一个词，特别是字、词、句之间的转接联系，都经过了高度的提炼和概括，充分运用了暗示、比喻、对照、渲染、衬托的手法，产生了以少胜多、言有尽而意无穷的艺术效果，千百年来传唱不衰，引起无数具有类似体验的人们的共鸣。

诗歌结构的跳跃性是它不同于散文表达的特点之一。"诗歌由于其语言的高度凝练与大胆丰富的想象、跌宕起伏的情感相结合，使得其内容难以遵循日常经验的逻辑按部就班地展开。在诗歌中，结构所遵循的是情感和想象的逻辑，因而常常省略语言中的过渡、转折和联系交代的词语，甚至打破语法规则，以求满足情感与想象飞跃变化的需要。"因此，鉴赏诗歌时必须注意沿着诗人情感与想象的线索，把省略的过程衔接起来，把隐含的意义体味出来，贯通诗歌间歇的语气，连缀诗人跳跃的思绪，追求诗歌的总体效果，从而准确地领会诗人所要表达的情与志。曹操《短歌行》抒写欲招揽天下贤才建功立业而人生短暂、功业难就的苦闷。诗歌以"对酒当歌，人生几何"的慨叹开头，以"周公吐哺，天下归心"结束，中间的情感变化轨迹呈现了很大的跳跃起伏。面对歌舞酒宴，本来应该欢乐喜悦，而诗人却忧心忡忡；忧愁难消又不能不去消解，可用来解忧的仍然是酒，"何以解忧？惟有杜康"。这显示了诗人忧思的回环往复和难以解脱。诗人用了一系列的比喻和描写抒发思念贤才而不得的苦闷心情。其间既有对旧日朋友来访的热情款待，又有对贤人志士漂泊无依处境的关切和担忧；既有形象生动的比喻，又有质朴坦诚的直抒胸臆，参差动荡，起落沉浮，把诗人深沉的思想感情和统一天下的志向进行了富有艺术魅力的表达。

诗歌是一种富有音乐美的文学样式，节奏和韵律就是诗歌语言音乐美的主要因素。诗的节奏，指诗句中音节有规律地间歇和停顿，相当于音乐中的节拍，它是根据感情表现的强弱高低来安排声音的长短抑扬与之配合的。格律诗的节奏首先是由它的形式严格限制而决定的，在中国古典格律诗中，五言诗一般为二三节拍，七言诗则多为二二三节拍，讲究词句停顿时间长短的对称平衡和协调一致，将内在情感的起伏跌宕纳入整饬严格的音节进行之中。自由诗则不同，它的节奏形式不拘一格，主要传达诗人内在情感的节奏，是诗人心灵节律的外化，随物赋形，与情婉转，表达上更加自由奔放，诗人追求的是使诗歌语言的节奏符合自我情感的流泻奔突。唐代诗坛的李白和杜甫就各有擅长的诗歌形式。李白诗多为五言、七言古体诗和句式参差、形式相对自由的乐府旧题，就是因为李白具有豪放不羁的个性和丰富奇特的想象，形式要求相对宽松的乐府、古诗更便于抒发他的感情。如《蜀道难》中既有"噫吁嚱，危乎高哉"这样节奏鲜明的强烈感叹，也有"嗟尔远道之人胡为乎来哉"这样长达十一字的散文句式。长短句相间，音节停顿错综变化，情感的表达不为形式格律所束缚，形成了热烈奔放、充满张力的节奏。杜甫则擅长格律诗的创作，于整饬中见出情感的起伏跌宕，于严谨中显出节奏的抑扬顿挫，"老来渐于诗律细"，晚年的诗歌尤其如此，《秋兴八首》《咏怀古迹五首》《登岳阳楼》等就是代表之作。

二、知人论世和以意逆志

一部作品，总是作者思想情感、生活阅历、审美理想和艺术水平的综合体现，也总是反映了一定时代的社会生活、民族精神、风俗习惯、地理环境和文化传承。对作家和作品背景的了解越多越深入，对作品内涵的理解也就越全面越深刻。早在战国时代，孟子就提出了"知人论世"的鉴赏原则："颂其诗，读其书，不知其人可乎？是以论其世也，是尚友也。"鲁迅先生更对此有十分精辟的阐发："我总以为倘要论文，最好是顾及全篇，并且顾及作者的全人，以及他所处的社会状态，这才较为确凿。要不然，是很容易近乎说梦的。"[1]所谓"知人"，不仅指要了解作家各个方面的情况，而且要了解作家写作的意图。"论世"，不但要了解作品反映的那个时代背景，同时要了解作者创作该作品时的社会状况。在既"知人"又"论世"的基础上，再运用其他的方法，才

---

[1] 鲁迅：《且介亭杂文二集》，人民文学出版社1973年版，第180页。

能较好地鉴赏作品，对作品做出较为客观的评价。如论及杜甫诗歌的意义，晚唐孟棨在《本事诗》中说："杜（甫）所赠二十韵，备叙其事，读其文，得其故迹。杜逢禄山之难，流离陇蜀，毕陈于诗，推见至隐，殆无遗事，故当时号为'诗史'。"用"诗史"作为对能反映一个时期重大社会事件有历史意义诗歌的评价。"诗史"说从晚唐提出以来，得到宋、元、明许多诗学家的继承和发挥，宋人于此尤为用力。胡宗愈《成都草堂诗碑序》云："先生以诗鸣于唐，凡出处去就，动息劳佚，悲欢忧乐，忠愤感激，好贤恶恶，一见于诗，读之可以知其世，学士大夫谓之诗史。"宋人对杜甫的推崇，很大程度上源于从诗史的角度对杜诗价值的认识。这从宋人注释杜诗的侧重点上可以看得很清楚。宋后期黄希、黄鹤父子的《黄氏补千家注纪年杜工部诗史》，考证史实十分详尽，以史证诗，使杜诗的编年与历史事实联系得更为紧密。一些杜诗注本直接就以"诗史"为题。

　　从价值取向来看，中国古代诗学强调人品决定文品，特别重视诗人的道德修养。诗歌创作要表现人的真情，最重要的是诗人具有超越世俗的襟怀，"诗乃人之行略，人高则诗亦高，人俗则诗亦俗，一字不可掩饰，见其诗如见其人"[1]。叶燮《原诗》说："作诗者，亦必先有诗之基焉。诗之基，其人之胸襟是也。有胸襟，然后能载其性情、智慧、聪明、才辩以出。""胸襟"就是超越世俗的道德修养和人生追求。诗人品格的高低决定作品的价值，高尚的追求产生高尚的人品，而有了高尚的人品，出之为言，发之为诗，方能高于流俗，传之久远。重视人格道德修养是中国传统文化的精华。在文学理论批评史上，人的道德修养与言辞，作家的主观修养与作品之间的关系，很早就为人所注意。孔子说"有德者必有言"（《论语·宪问》），韩愈提出"气盛则言宜"（《答李翊书》）。他们都认为德与言是统一的。施闰章论诗强调"诗如其人""言之有物"。他说："山谷言：'近世少年不肯深治经史，徒取助诗，故致远则泥。'此最为诗人针砭。诗如其人，不可不慎。浮华者浪子，叫嚣者粗人，窘瘠者浅，

---

[1] 徐增：《而庵诗话》，载王夫之等撰《清诗话》，上海古籍出版社1978年版，第430页。

痴肥者俗。风云月露，铺张满眼，识者见之，直是一叶空纸耳。故曰：'君子以言有物。'"[1]诗歌创作上的"浮华""浅俗"是由人品修养决定的。他所强调的"言有物"，就是诗有本，这个"本"就是诗人的人品道德修养。叶燮在《密游集序》中将诗歌分为"才人之诗"与"志士之诗"："事雕绘、工镂刻，以驰骋乎风花月露之场，不必择人择境而能为之，随乎其人与境而无不可以为之，而极乎谐声状物之能事，此才人之诗也。处乎其常而备天地四时之气，历乎其变而深古今身世之怀，必其人而后能为之，必遭其境而后能出之，即其片言只字能令人永怀三叹而不能置者，此志士之诗也。"他倾心推服的便是这种"志士之诗"。"志士之诗，虽代不乏人，然推其至如晋之陶潜，唐之杜甫、韩愈，宋之苏轼，为能造极乎其诗，实其能造极乎其志"。"志士之诗"的境界就是深透自然，意至情至，人与诗完美契合的境界。

"知人论世"的解读方法要求诵诗读书时，必先论作者的处世行事，然后知其为人。既知其为人，也就达到了与古圣贤交友的目的。刘勰在《文心雕龙·知音》中指出："夫缀文者情动而辞发，观文者披文以入情，沿波讨源，虽幽必显。"文学最深厚的根源在于人的情感。文学创作和文学鉴赏，都是一种情感活动。只不过创作者是由于情感受到外物的触发而将它化为文字成为作品，鉴赏者则是由于通过阅读而透过文字感受、体味作品中所蕴含的作者情感的溪流，流程正好相反而已。"披"的本义是用手分开的意思。所谓"披文"就是准确、深刻地理解语言文字的含义，透过外在的形式"入情"，把握作品的情感内涵。

文学作品是以文本的方式存在的，它的载体是文字，但在阅读时，并不是认识了文字就能深刻理解作品。在欣赏文学作品时，可以分层次把握。一是文学作品总是以一定的形式存在的，形式本身就能给人带来美感。如中国的古典诗歌，形式短小，整齐对称，音韵和谐，读起来抑扬顿挫，朗朗上口。二是对内容和作者情感的理解。优秀作品蕴含的人格美、情操美，能给人以强烈的艺

---

[1] 施闰章：《蠖斋诗话》，载王夫之等撰《清诗话》，上海古籍出版社1978年版，第378页。

术感染。三是对表现手法的分析。

中国古典诗歌的魅力来自其中表现得高尚的人格和情操。这种人格和情操是中华民族绵延生息的内在动力，是引导人类走向进步和完善的力量。读古人的诗，就好像与古人交朋友，与古人神游，不知不觉受其熏染，最终可以收到改变气质之功，所谓"腹有诗书气自华"（苏轼）。境界既高，胸襟既广，自然会透露一股清纯爽朗之气，谈吐上也自然会高远不俗。内在的修养会表现在外在的气质上，这就是一般所说的潜移默化，陶冶情操。艺术的道理在深处都是相同的，勤于思考，善于体悟，就能不断向着更高的目标迈进。

对诗歌的解读与鉴赏是作品的价值与功能得以实现的重要环节，也是创作发展的重要条件。刘勰《文心雕龙·知音》："操千曲而后晓声，观千剑而后识器。"清人吴乔说："读诗与作诗，用心各别。读诗心须细密，察作者用意如何，布局如何，措词如何。如织者机梭，一丝不紊，而后有得于古人。只取好句，无益也。作诗须将古今人诗一帚扫却，空旷其心，于茫然中忽得一意而后成篇，定有可观。"这里谈到了创作与阅读之间的区别和它们之间的互动关系。对创作和阅读"用心各别"的辨析，体现了总结诗歌创作经验和构筑诗歌解读批评体系方面的理论自觉。

"以意逆志"是孟子首次提出的解读诗义的方法论之一。从汉代以来，注释家和诗学家对于"意"的理解一般都认为是"解诗者之意"。汉赵岐《孟子注疏》（卷九上）释为"意，学者之心意也"，"以己之意逆诗人之志，是为得其实矣"。后来宋朱熹《孟子集注》采用这一说法，谓："当以己意迎取作者之志乃可得之。"这一看法几乎成了定论，也就是认为在解读诗歌时，要以读者的主观感受把握、迎受诗人之志。清代学者吴淇以大胆的怀疑精神表示反对，指出这里的"意"应该是指"诗人之意"。他说："汉、宋诸儒以一'志'字属古人，而'意'为自己之意。夫我非古人，而以己意说之，其贤于蒙之见也几何矣。不知'志'者古人之心事，以意为舆，载志而游，或有方，或无方，意之所到，即志之所在，故以古人之意求古人之志也，乃就诗论诗，犹之以人治人也。即以此诗论之，不得养父母，其志也；普天云云，文辞也。'莫非王事，我独贤劳',其意也。其辞有害,其意无害,故用此意以逆之,而得其志在养亲而已。"(《六朝选诗定论缘起·以意逆志节》)"以古人之意求古人之志"强调的是解读的客观性,要求在解读原文时应符合作者的本意。这里涉及鉴赏与批评的区别。鉴赏以审美愉悦为目的,不妨"以己意迎取作者之志"。而批评以价值判断为目的,必须力争符合作者原意。这一认识丰富了"以意逆志"说的内涵,也是清代求实学风在诗学研究中的体现。

孔子讲"兴、观、群、怨",指的是读诗之法、用诗之法,是对诗歌的审美、认识、教育作用的全面肯定。后代学者往往孤立地看待"兴、观、群、怨"的作用,将诗歌的具体表述与"兴、观、群、怨"的作用一一对应起来,指出哪些是"兴",哪些是"观",哪些是"群",哪些是"怨",等等。这样就导致了对诗歌审美功能和社会价值的偏狭理解,只重视诗歌的功利价值而忽视诗歌的本质特征和审美价值,汉儒解诗,大都如此。王夫之则认为,一首诗歌是一个艺术整体,"兴观群怨"是不可分割地存在于作品所呈现的整体意象之中的,"可以云者,随所'以'而皆'可'也"。这里涉及阅读的对象与阅读的主体两个方面。从作品文本来看,符合"随所'以'而皆'可'",即从兴、观、群、怨哪方面看皆可的作品,是最好的作品。王夫之认为文人创作中,李白、杜甫的部分作品能达到这一要求。于"感发志意"中能"观风俗之得失",于"观风俗之得失"中"感发志意",才能使二者皆深刻透彻。

杜甫诗歌沉郁顿挫,博大精深。仇兆鳌谈注释杜诗的心得,说:"是故注杜诗者必反复沉潜,求其归宿所在,又从而句栉字比之,庶几得作者苦心于千百年之上,恍然如身历其世,面接其人,而慨乎有余悲,悄乎有余思也。"(《杜诗详注·序》)"注诗"就是读诗,每个读者的阅读都是在"意"中对诗歌进行注解,一般读者与注家的区别,在于注诗需要将自己的体会用文字表达出来,以帮助别的读者理解作品。仇兆鳌认为读诗有三个阶段:首先是总览全篇,反复沉潜,以体会作者创作的宗旨所在;其次是通过对作者遣词造句的研读分析,体察作者创作时的良苦用心;最后是设身处地,以己身置换他身,仿佛自己就是身处其境的作者,从而能够真实地感受作者寄慨抒怀的深衷。文学作品有其创作的具体情境，要到达对作品内涵的真实把握，必须在想象中置身于作者创作的具体情境中去，真切地体察作者为文之用心，才不至于浅尝辄止。

三、领略意境

"意境"指艺术作品所呈现的主体情思和审美对象互相交融，虚实结合，启人想象的艺术世界，也称作"境界"或"境"，是我国抒情文学创作传统中锤炼出来的审美范畴。这一理论虽在我国传统文论中源远流长，有着悠久的历史，但直到晚清国学大师王国维在《人间词话》中予以阐发，才成为被人们广泛接受的审美观念。王国维说："文学之事，其内足以摅己而外足以感人者，意与境二者而已。上焉者意与境浑，其次或以境胜，或以意胜。苟缺其一，不足以言文学。"他运用美学理论，从主体与客体、物与我、情与景之间的关系，对意境的内涵进行了深刻的剖析。

意，包括情与理，即主观感受、感情和对生活的理解认识两个方面。境，可分为形与神，即客观事物的外在形貌特征和内在意蕴。意境超越了诗歌的情、景、意这些个别元素，所展示的是诗人对宇宙、人生某种形而上的生命体验。意境的营造，要求意与境谐，心与物共，情思与景物浑然一体，能够调动欣赏者的情感，使其进入审美状态，引起他们的想象与联想等精神活动，感受生命的情调和意味。

张若虚的《春江花月夜》在意境的创造上有独到的成就。作者紧扣"春江花月夜"的题目挥毫泼墨，以"月"为中心来统摄广阔的自然景物，使得所描绘的景物在时空上无限扩展，"春江潮水连海平，海上明月共潮生。滟滟随波千万里，何处春江无月明""江畔何人初见月？江月何年初照人？人生代代无穷已，江月年年只相似"。春夜的温馨宁静、春江的浩瀚辽远、春花的光鲜亮丽，全都在明月的笼罩下透露缥缈朦胧的韵味，把人们的思绪引向深邃的夜空、引向远古的梦幻，引发哲理的沉思和美丽的遐想。在这样美妙的环境中，诗人感到身心都融入了宇宙自然，体验永恒和无限。"白云一片去悠悠，青枫浦上不胜愁"，诗人的思绪由自然转到了社会，让情感的承载人物——游子与思妇的异地相思在无垠的时空中遥寄传递，极大地扩展了诗情的容量，让虚境幻化于实境当中，诗情、画意、哲理水乳交融，从而产生意味无穷的美感。

"昔我往矣，杨柳依依；今我来思，雨雪霏霏"是《诗经·小雅·采薇》中的诗句，抒情意味浓郁，历来为人所称道。《采薇》表现的是征人由久戍思归到归时痛定思痛的感情历程。"昔我往矣，杨柳依依。今我思来，雨雪霏霏。行道迟迟，载渴载饥。我心伤悲，莫知我哀"，在这里，诗人没有直接倾诉内心的感情，而是以春天随风飘拂的柳丝来渲染昔日上路时的依依惜别之情，用雨雪霏霏来表现今日归家途中的艰难和内心的悲苦，一股缠绵的深邃的飘忽的情思，从风景画面中自然流出，含蓄深永。那种离别家乡的浓浓的情思，借助自然景物，凝聚成表达乡情的典型音调，而回荡在无尽的时间和空间之中。这四句被后人誉为诗经中最好的句子。李白的《黄鹤楼送孟浩然之广陵》是一首送别的名篇："故人西辞黄鹤楼，烟花三月下扬州。孤帆远影碧空尽，唯见长江天际流。"这首诗首句点明送别的地点，次句说明送别的季节和朋友前去的地方。用"烟花三月"来形容长江下游春天的风景，可以说是极为形象。扬州是著名的繁华都会，烟水迷蒙，繁花似锦，暗含诗人羡慕和向往的意味。老朋友就要走了，自己却不能同往，怎能不使人感叹和惋惜呢。前两句叙事，后两句好像全是写景，其实借写景在巧妙抒情。朋友乘船离开后，诗人依旧久久地伫立在江边，凝视着渐渐远逝的帆影。这是一幅特写的画面，十分含蓄，也十分动人。这两句的时空感特别强，随着时间的推移，起先看到的是孤帆，渐渐地，孤帆变成了远影，越来越远，最后帆影也消逝在水天交接之处。这时，只看到长江之水向天边流去，浩浩荡荡，奔流不息。这奔流不息的江水把诗人的目力引向远方，也把对朋友的深情形象化了。我们所感到的，只是诗人深沉而博大的情感似潮水一样涌动。内在的情感结构与外在的客观景象契合无间，分不清到底是江水在流，还是感情在澎湃。这就是抒情诗的理想境界，情景交融，含蓄蕴藉，意味深长。

抒情是诗歌的基本功能和审美特征，但情感本身是与一定的理性认识相联系的。刘勰在《文心雕龙·情采》中说："故情者文之经，辞者理之纬。经正而后纬成，理定而后辞畅。此立文之本源也。"这里所说的"理"是广义的。文学作品总是要表达一定的意旨，表达作者的理想和观念，而与一般社会科学著作不同的是，文学作品中的"理"蕴蓄于具体生动的社会生活画面和形象的描绘之中，并与饱满的情感抒写交融在一起，使其自然地流露出来。在鉴赏活动中，读者要充分地把握作品的意蕴，就必须深刻地体会其情中之理，层层深入地领悟作品多方面的艺术价值。

中国古典诗歌中所说的"理"，往往是与抒情诗能否使用议论说理相关的。人们常常说到唐诗与宋诗的区别，其中一点就是宋人"以议论为诗"，而唐人"以情韵为诗"。纵观古人诗歌创作的大量实践，可以看到，议论也是诗歌表达思想情感的一种手段，不仅宋人诗中有议论，唐人诗中也有议论，连《诗经》中也免不了有议论。诗歌表达的对象可以用"情、事、理"三者来概括，它们都难以用语言直截了当地完全表达，需要用比兴的手法，通过形象的显现和充满情感的反复唱叹，才能"隐跃欲传"，唤起读者的想象和共鸣。而质直敷陈、缺少蕴蓄与情感，就不可能使诗歌的内涵为读者所接受。从诗歌创作的实践来看，虽说诗歌是以抒情为主的，但如果很好地运用议论的手段，同样可以强化抒情的效果。诗歌与说理文章的最大区别，议论始终伴随情感和蕴藉含蓄的韵味。如唐代诗人王之涣脍炙人口的《登鹳雀楼》："白日依山尽，黄河入海流。欲穷千里目，更上一层楼。"其包含了深刻的哲理，给人以强烈的感染和启迪。杜甫《蜀相》高度概括了诸葛亮功盖三国的伟绩，充满崇敬之情，最后以议论结尾，"出师未捷身先死，常使英雄泪满襟"，对一代政治家壮志未酬而身先死的悲剧结局寄予了深刻的理解和同情。由于前面从事实和情感上都进行了充分的铺垫和渲染，所以尾联的议论如蓄势待发后的倾泻而下，水到渠成，产生了撼动人心的巨大力量，引起后人的无限感慨。

四、体察诗人的人格美

诗歌的品格来自诗人的人品。诗人创作价值的高低，从根本而言，取决于诗人的品格。诗人人生境界的高下，对其诗歌创作有重要的影响。境界高者，诗中所抒发情感大多高远，诗格也高，相反则往往趋于卑下。朱光潜先生在《诗论》中论陶渊明时说："大诗人先在生活中把自己的人格涵养成一首完美的诗，充实而有光辉，写下来的诗是人格的焕发。"陶渊明历来被作为隐士的化身，"采菊东篱下，悠然见南山"，远离污浊的黑暗现实，徜徉在田园山水之间，保持高尚的人格与自由的心境。但他也并非完全逃避现实而对混乱苦难的社会不闻不问。在那种力求保持静穆的努力中，人们仍然可以发现诗人心中的不平与激愤。《咏荆轲》中透露出来的就是这样一种不平之气。荆轲刺秦王的故事寄寓的是不屈服于强权和暴政的反抗精神，陶渊明慨叹荆轲奇功难成，突出的是不畏强暴的英雄气概。杜甫则是忧国忧民的仁人志士的化身。他生于大唐帝国由盛转衰的历史转折时期，身历"安史之乱"前后的社会大动荡，满怀"致君尧舜上，再使风俗淳"的理想，却面对"国破山河在，城春草木深"的现实，"穷年忧黎元，叹息肠内热"，颠沛流离于西南的群山峻岭之中。即使是在人生的暮年，老病穷愁交加，诗人爱国热情始终不减。杜甫正是以他崇高的人格力量和辉煌的艺术成就而被称为中国诗歌艺术领域的"诗圣"的。

诗歌是表现人的情感的，诗人的思想观点、爱憎情感、性格气质、审美情趣等都会流露在诗歌之中。诗人在进行诗歌创作的时候也在塑造自己的灵魂和形象。我们从屈原的诗歌中不但感受到辞藻的华美和意象的神奇，而且感受到诗人崇高的爱国主义精神和峻洁高尚的人格。伟大的诗人都有崇高的理想和追求，他们以天下为己任，渴望建功立业，笔下的诗就是胸襟抱负的流露。李白对国事的关切、对自由的渴望，杜甫的同情人民、忧伤时政、推己及人，"安得广厦千万间，大庇天下寒士俱欢颜"的襟怀，陆游和辛弃疾面对中原沦陷、风雨飘摇的国势，渴望收复失地、重振河山的悲壮情怀，龚自珍面对万马齐喑的局势所表现的激愤和对黑暗现实的抨击，等等，都从不同的角度体现了作者的人格。

中国古典文学的爱国主义传统源远流长，涉及的方面很多，但在民族矛盾尖锐、侵略严重威胁国家存亡时，表现得最为强烈。陆游的《关山月》就典型地代表了爱国志士的心声。统治者长期奉行名为和实为降的方针，豪门权贵醉生梦死，将军临边不战，军备废弛，戍边将士则披星戴月，风餐露宿，空有一腔报国的热情。陆游在梦中都想着如何收复失地，"僵卧孤村不自哀，尚思为国戍轮台。夜阑卧听风吹雨，铁马冰河入梦来"（《十一月四日风雨大作》）。他的爱国主义诗篇饱含深情和悲愤，千百年来，激励着无数仁人志士。

表现忧愁是古代诗歌的重要题材之一，而愁的强度有大有小，愁的内涵有深有浅。具有爱国主义情怀和远大理想的诗人抒写的忧愁，总是与时代、国家、人民密切相关的，因而他们抒写的忧愁往往具有一种历史的凝重感和现实的使命感，以愁明心，以愁见志，于深哀剧痛中寄寓爱国主义的博大胸怀。屈原的诗歌就充分地表现了身处困境而"虽九死其犹未悔"的为理想而献身的斗争精神。曹操《短歌行》的基调也是忧愁，诗中出现"忧思难忘""何以解忧""忧从中来"的句子，强化了压在诗人心头的巨大的忧愁。但读曹操的诗并不让人感到悲观颓废，从中却能够体会到积极有为、奋发昂扬的精神，关键就在于诗人以人格的光辉照亮了全诗。他不是为一己的得失而痛苦，而是为不能招纳贤才、统一天下而忧伤。余光中的《乡愁》是台湾归思诗作中颇具特色的一首。诗人用乡愁作为全诗的情感脉络，贯穿全篇，用不同的意象反复强化乡愁，以小见大，以少胜多，寄托时空相隔的人生悲苦，产生了强烈的艺术效果。游子思归是中国诗歌的传统主题，而诗人从海峡两岸的阻隔来抒写乡愁，代表了台湾人民渴望统一的心声，使得游子的个人感情升华为具有时代意义的家国之思。有时诗人抒写的是对自然景物的观察和热爱，同样能够体现诗人的人格。如张若虚的《春江花月夜》所展现的自然景色的美好、和谐的意境、优美的语言、缥缈的情思，饱含诗人的仁爱之心和审美情趣，能够激发读者对自然、对生活的热爱。

诗歌是人类追求真善美的艺术结晶，世世代代的优秀诗人以他们高尚的人格照耀着诗歌的园地,给我们留下了无数充满艺术魅力的名篇佳作。欣赏诗歌不仅能够使人得到高雅的艺术享受,而且能够从中体察诗人的人格境界,使鉴赏者的思想境界得到升华。

文学是人类满足精神需要的一种方式。人之所以不同于其他动物,就在于人类把物质需要和精神需要最大限度地统一起来,并使之成为人类内在的需要。在现实生活中,并不需要人人都作诗,但每个人的生存状态都离不开诗。诗歌是发自内心的真情的流露,诗歌是存在于每一个人的心中的。所以欣赏诗歌,可以使我们从瞬间的超越中体会到永恒,在有限中体会到无限,胸境高远,超脱尘俗,使生活始终充满新鲜的活力,得到精神的愉悦和审美的享受。

五、避免误读

对诗歌的误读有种种表现。如用比拟方式解读评价作家作品,是文学批评史上常见的现象,也是中国诗歌批评的特点之一。其长处是能够使读者对作品的风格得到生动形象的印象,不足也是显而易见的。叶燮指出:"夫自汤惠休以'初日芙蓉'拟谢诗,后世评诗者,祖其语意,动以某人之诗如某某,或人、或神仙、或事、或动植物,造为工丽之辞,而以某某人之诗一一如之。泛而不附,缛而不切,未尝会于心,格于物,徒取以为谈资,与某某之诗何与?明人递习成风,其流愈盛,自以为兼总诸家,而以要言评次之,不亦可哂乎?"这里实际是对中国传统的一种文学批评方式的批评,其缺点在于"泛而不附,缛而不切"。文学批评是一种理性的剖析,要求概念准确,表述清楚。如果读者本身没有"会于心,格于物",缺乏对作家的用心与作品的特征深刻体验和研究,就很难准确地理解作家和作品独有的个性风貌。

陈仅在《竹林答问》中对解读诗歌常见的问题进行了归纳。他说:"说诗当去三弊,曰泥,曰凿,曰碎。执典实训诂而失意象,拘格式比兴而遗性情,谓之泥;厌旧说而求新,强古人以就我,谓之凿;释乎所不足释,疑乎所不必疑，谓之碎。"[1]这三个方面大致可以概括古代作品阅读中的误读现象。

一是"泥"，即拘泥片面，以偏概全。诗歌是以意象的方式呈现作者性情的，如果置作者性情与诗歌的整体意象于不顾，而拘泥于诗歌的字句训诂，自然不能得作者之用心。明代杨慎批评杜牧的《江南春》诗中"千里莺啼绿映红"一句，认为"千里"应该作"十里"："千里莺啼，谁人听得？千里绿映红，谁人见得？若作十里，则莺啼绿红之景，村郭、楼台、僧寺、酒旗皆在其中矣。"[2]何文焕《历代诗话考索》认为这是犯了拘泥偏执的毛病。诗歌题目叫《江南春》，说明不是指诗人站在某个地方看到的景色，而是展开了广阔的想象，是指整个江南景色而言的，"江南方广千里，千里之中莺啼而绿映焉，水村山郭无处无酒旗，四百八十寺楼台多在烟雨中也"，"千里"才与诗的整体意境相吻合。赵翼《瓯北诗话》卷五："不知诗叙事，原只举大数，岂可泥于一字一句，即以为据。"谢灵运的"池塘生春草"是历来为人所激赏的名句，但由于太过于直白，有人觉得不会就这么浅易，总想找出其中的微意。《吟窗杂录》引权德舆言，以为作者由此诗得罪，是因为"池塘者，泉水潴盖之池。今日生春草，是王泽竭也"云云。《养一斋诗话》卷二引冷斋言指出："古人意有所至，则见于情，诗句盖寓也。谢公平生喜见惠连，而梦中得之，此当论意，不当泥句。"要求在阅读时应着眼于诗歌的"意"，而不当拘泥于字句孤立地理解。

二是"凿"，即穿凿附会，刻意求深、新而曲解作品。中国古典诗歌有风雅兴寄的传统，但如果不顾作品实际一味追求寄托，刻意求深，就不免发生种种穿凿附会的说法。唐代诗人韦应物《滁州西涧》："独怜幽草涧边生，上有黄鹂深树鸣。春潮带雨晚来急，野渡无人舟自横。"这首诗写了诗人对西涧景色的热爱，那里有涧边幽草、深树黄鹂、春潮带雨、野渡舟横，实在是一幅清静优美的山水图画。元人赵蕃却认为这里大有深意，是"君子在下、小人在上之象"。王士禛在《唐人万首绝句选·凡例》中批评说："以此论诗，岂复有风

---

[1] 郭绍虞选编，富寿荪校点：《清诗话续编》，上海古籍出版社1983年版，第2253页。
[2] 杨慎撰：《升庵诗话》卷八。

雅耶？"他所说的"风雅"，是指要有"诗意"，要按照诗歌的审美特征读诗。纪昀说："咏月而以为比肃宗，咏萤而以为比李辅国，则诗家无景物矣；谓纨绔下服比小人，谓儒冠上服比君子，则诗家无字句矣。"纪昀还曾对历来诗家苦于索解的李商隐的《无题》诗进行了认真的解读，并将其归纳为五类："《无题》诸诗，有确有寄托者，'来是空言去绝踪'之类是也；有戏为艳体者，'近知名阿侯'之类是也；有实有本事者，如'昨夜星辰昨夜风'之类是也；有失去本题而后人题曰《无题》者，如'万里风波一叶舟'之类是也；有与《无题》诗相连、失去本题、偶合为一者，如此'幽人不倦赏'是也。宜分别观之，不必概为穿凿。"由于李商隐诗歌那种既具有古典诗的精纯又颇具现代色彩的象征诗风，以及朦胧迷离、如梦如幻的诗境，明显逸出中国古典诗发展的常规，所以这种超常的特质，导致了长期以来人们对他的诗的感受、理解、把握、评价的不一致、不确定，乃至相矛盾，相对立，当代学者将其称为"李商隐现象"[1]。只有着眼于诗歌本身的艺术特点、遵循艺术表达和欣赏的规律来看待诗歌，才能够避免穿凿附会的毛病。

《唐诗纪事》卷十六云："或说维咏《终南山》诗，讥时也。诗曰：'太一近天都，连山接海隅'，言势焰盘据朝野也。'白云回望合，青霭入看无'，言徒有其表也。'分野中峰变，阴晴众壑殊'，言恩泽偏也。'欲投人处宿，隔水问樵夫'，畏祸深也。"清代雍正时学者赵殿成对此提出尖锐的批评，认为"其说甚凿"。他引友人王琦的话说："诗有二义，或寄怀于景物，或寓情于讽喻，各有指归。乃好事之徒，每以附会为能。无论其诗之为兴为赋为比，而必曲为之说，此有为而言也，无乃矫诬实甚欤？试思此诗，右丞自咏终南，于人何预，而或者云云若是。彼飞燕兴讥于太白，蛰龙腾谤于眉山，又何怪焉？黄山谷谓杜子美诗妙处，乃在无意于文。彼喜穿凿者，弃其大旨，取其发兴，于所遇林泉人物，草木虫鱼，以为物物皆有所托，如世间商度隐语者，则子美之诗委地矣。"这里提出诗人描写自然景物时的两种表达方式，一种是"寄怀于景

---

[1] 参阅徐公持等《百年学科沉思录——二十世纪中国古代文学研究回顾与前瞻》。

物"，一种是"寓情于讽喻"。有的作品是写实的，有的作品是有寓意的。读者在阅读时，必须把握作者的思维脉络，准确理解作者的意旨。如果不顾作品本身的意义，只是以自己的意思去曲解作品，必然造成误读。这种思维方式如果与政治斗争联系起来，便会带来灾难性的后果。王琦举李白和苏轼的例子来说明。李白《清平调》曰："借问汉宫谁得似？可怜飞燕倚新妆。"用汉朝赵飞燕来赞美杨贵妃的绝世美丽。据乐史《杨太真外传》说，高力士向杨贵妃进谗言，说李白用赵飞燕来比她，是"贱之甚矣"，李白因此受到打击，最终被放还。苏轼咏桧："根到九泉无曲处，世间唯有蛰龙知。"御史李定、王珪等深文罗织，向神宗说苏轼有"不臣意"，以为"陛下龙飞在天，轼以为不知己，而求知地下之蛰龙，非不臣而何？"虽然神宗不以为然，说"诗人之词，安可如此论，彼自咏桧，何预朕事"。但苏轼还是以诗文诽谤新政的罪名被贬为黄州团练副使。这些都是历史上因诗文而得罪人的故事。

三是"碎"，即烦琐考据。汉代儒生解读《诗经》，往往是用烦琐考据的方法，有时对诗歌中一个词语的解释动辄达到上万字。在文本研究中用这种方式并无不当，但如果用来阅读诗歌，恐怕是要让人扫兴的。那就好像本来看到一朵鲜花使人赏心悦目，可偏不去欣赏，非要拿高倍显微镜盯住一粒花粉放大，清楚倒是清楚了，欣赏鲜花的情致也就丧失殆尽了。叶燮在《己畦集》批评读书论文中烦琐考证的风气时说："且其比类援引，一端才竟，又引一端，重叠层累，彼以为异乎六朝四六之骈塞，而实则散体大家之骈塞也。卒之以事掩言，以言掩意，而面目全藉乎客矣。"叶燮致力于诗歌理论体系的建设，认为"凡文章之道，当内求之察识之心而专征之自然之理"，应着眼于对诗歌本质特征和规律的研究，而烦琐考据的方法，实质是"集坚深之辞，以浅易之说"，对于真正的著述而言，是没有价值的。同理，诗歌的解读和欣赏需注重诗歌整体风貌的把握和意境形象的领会。如果不能感受整体的美，只是对字词进行琐碎片断的注释引证，就成了"七宝楼台，拆碎不成片段"。

诗歌的创作与鉴赏是作品功能实现的不可分割的两个环节。作品意义的最后完成要靠读者的参与，读者能够体会作者的用心，作者的表达能引起读者的共鸣,诗歌的功能方可得到最终的实现。好的诗歌表达情感,不仅要表现"诚然",也要表现"同然"。金圣叹曰:"作诗须说其心中之所诚然者,须说其心中之所同然者。说心中之所诚然,故能应笔滴泪;说心中之所同然,故能使读我诗者应声滴泪也。""诚然"是个人真实的情感,"同然"则不仅是个人真实的情感,还必须是人所共有的普遍的情感。诗歌并不只是为自己创作的。只有那些既表现了个人的真实情感,又表现了人类普遍的思想情感的作品,才能真正地引起读者的共鸣,真正地感动读者,才有永久的价值。

"诗无达诂",是人们在谈到对诗歌理解的差异性时经常引用的成语。此语出自董仲舒《春秋繁露》卷三《精华》。"达诂"的意思是确切的训诂或解释。在艺术鉴赏中,由于诗歌具有含蓄蕴藉、意在言外的特点,其含意常常并不显露,甚至于"兴发于此,而义归于彼"(白居易《与元九书》),加上鉴赏者的心理、情感状态的不同,对同一首诗,常常因鉴赏者的不同而会有不同的解释。所以"诗无达诂"在后世常常被引申为审美鉴赏中的差异性。但在正视差异性的同时,也要尽量避免对诗歌的误读。

第十八讲 诗词曲写作简说

诗歌是表情达意的工具，阅读欣赏古典诗词曲，可以提高我们的审美感受和艺术表现能力。培养对古典诗词曲的兴趣，在阅读吟诵经典作品的同时，学习用诗词曲的形式来表达自己的思想感情，可以进一步加深对优秀作品的感受和理解，也在创作的过程中体会其中的甘苦，得到审美的享受和愉悦。

一、抒情言志

诗歌的本质是抒情，是用凝练的形式来表达思想感情。《尚书·尧典》："诗言志。"《诗大序》曰："诗者，志之所之也；在心为志，发言为诗，情动于中而形于言。"《文赋》："诗缘情而绮靡。"《文选·文赋》注："诗以言志，故曰缘情。"人具有丰富的思想感情，而思想感情需要抒发、交流。可以说，诗歌正是适应人们表达情感的需要而产生的一种文学样式。情感是诗歌的生命，没有情感的泉水灌溉，就没有诗歌的鲜花盛开。所有的文学作品都离不开情感，而对于专司抒情之职的诗歌来说，情感具有本源的意义。

二、捕捉形象

　　文学作品以感性的形式反映外在世界和人的内心生活，呈现在读者面前的是一幅幅具体可感的生活画面，这与科学著作很不同。在小说戏剧等叙事性文学作品中，形象主要是指人物形象，在以抒情为主的诗歌中，作者通过艺术形象直接诉诸欣赏者的感情，而呈现在作品中的形象不是如小说戏剧中的人物形象，而是融汇了诗人主观情思的"意象"，它可以是自然景物，也可以是社会事物，也可以是人物形象，即它指称的是一个包括了物象、事象、景象等的多层次的概念。

　　抒情诗虽然不把刻画人物作为中心，但在许多诗篇中抒情主体常常出现，这些作品往往通过人物有意味的情态、动作、语言来表情达意。如《水龙吟·登建康赏心亭》"落日楼头，断鸿声里，江南游子。把吴钩看了，栏杆拍遍，无人会、登临意"中的"江南游子"，就是辛弃疾本人的自画像；从《秋兴》八首之一中，可以看到面对秋高霜重、波浪兼天的环境而慨叹"丛菊两开他日泪，孤舟一系故园心"的杜甫的身影。从许多直抒胸臆的作品中，我们都可以看到作者的形象，如企盼"何当共剪西窗烛，却话巴山夜雨时"的李商隐，渴望"会挽雕弓如满月，西北望，射天狼"的苏轼，"寻寻觅觅，冷冷清清，凄凄惨惨戚戚"的李清照，等等。他们的动作、情态、语言都传神地表达内心深处的真情和个性，这些意象和诗人的形象作为思想情感的载体，使诗歌获得了永久的生命力，影响着一代又一代的读者。

　　诗歌写作需要作者展开丰富的想象。想象是在头脑中改造记忆表象而创造新形象的过程，它是为了达到一定的目的而有意进行的创造性思维活动。没有想象就谈不上文学作品的创作，诗歌尤其是这样。人的思想感情是丰富复杂的，仅靠概念和逻辑不可能充分表达出来，即使是准确的表达也只是以"理"服人而不是以"情"动人。要使情感成为能够感染读者的力量，必须借助艺术形象，而艺术形象的创造离不开作者丰富的想象和联想。诗人要在诗歌形式的规范下最大限度地将人的心灵感受和丰富情感表达出来，就需要丰富的想象、联想和大胆的幻想，突破物我、时空、理想与现实之间的界限，"精骛八极，心游万仞""观古今于须臾，抚四海于一瞬"，从而达到自由地宣泄情感、表达思想、拓展境界的目的。

三、提炼语言

　　语言是作者思想感情的载体，是文学构成艺术形象的媒质。中国古代文论中关于诗歌语言有许多精彩的论述，如"言不尽意""言简意赅""得意忘言""言有尽而意无穷"。语言的锤炼对诗歌来说尤其重要，从语言入手是诗词创作的基本途径。

　　诗歌要抒写真性情，而每个人性情不同，处于不同时空中的具体审美感受是千差万别的，要准确地传达个体独特的审美感受，就必须突破固定的思维模式和惯常的表达方法，对诗歌语言进行合目的性的改造和变形，以表现个性。这就是诗人要对诗歌语言反复推敲和锤炼的原因。古今中外的诗人都非常重视语言的锤炼，力求以最恰当的字句来表达情感与思想。杜甫追求"语不惊人死不休"，贾岛"两句三年得，一吟双泪流"，而其"推敲"的故事一直传为炼字的佳话。所有这些都说明诗人作诗非常讲究"诗眼"，即句中的关键性字眼和关键性的诗句。《红楼梦》四十八回中，曹雪芹借香菱之口发表了对王维诗的看法："我看他《塞上》一首，内一联云：'大漠孤烟直，长河落日圆。'想来烟如何直？日自然是圆的。这'直'字似无理，'圆'字似太俗。合上书一想，倒像是见了这景的。要说再找两个字换这两个，竟再找不出两个字来。再还有：'日落江湖白，潮来天地青。'这'白''青'两个字，也似无理。想来，必得这两个字才形容得尽；念在嘴里，倒像有几千斤重的一个橄榄似的。还有：'渡头余落日，墟里上孤烟。'这'余'字和'上'字，难为他怎么想来！我们那年上京来，那日下晚便挽住船，岸上又没有人，只有几棵树，远远的几家人做晚饭，那个烟竟是青碧连云。谁知我昨儿晚上看了这两句，倒像我又到了那个地方去了。"诗歌创作中词句的锤炼本身并不是目的,诗人对"诗眼"的寻找和把握,体现的是作者高度的审美能力和通过反复推敲与选择准确地表达新鲜的审美感受的努力。王维在诗歌语言的锤炼方面可以说达到了炉火纯青的地步。

诗人在创作时需要提炼准确而富有表现力的语言来表达情感。诗歌是作者感情的外在表现形式,其语言就是情感的符号。作者情感的激昂慷慨或缠绵悱恻,总是通过语言的节奏和音调的高低来体现的。读者借助吟咏,从语气、语调中可以体会作品中不同的情感,以语言文字为阶梯,又超越语言文字以达到对作者为文用心的把握。清代沈德潜提倡"格调"说,对通过吟诵经由诗歌的声调进而达到对作品微妙之处的体会别有会心,他在《说诗晬语》中说:"诗以声为用者也,其微妙在抑扬抗坠之间。读者静气按节,密咏恬吟,觉前人声中难写、响外别传之妙,一齐俱出。朱子云:'讽咏以昌之,涵濡以体之。'真得读诗趣味。"这里的"读",就是指感性的吟咏体会。《秋兴》八首是杜甫晚年七律的代表作,第一首中"江间波浪兼天涌,塞上风云接地阴"两句,写长江三峡波浪汹涌,天地萧森,意境开阔,内容丰富。前一句由下向上,一个"兼"字,将汹涌的波浪与天空连接起来,显出水天相接的空旷感;后一句由上接下,风云匝地,一个"阴"字,似乎天上的阴云与地下的阴气充塞了整个空间。诗人在环境气氛的描写与渲染中,不仅展示了巫峡秋江的外貌特征,而且暗示了景物的内在精神。天上地下,江间关塞,到处是惊涛骇浪,动荡不安;萧条阴晦,难见天日。诗人心中的忧虑和郁勃不平,国家局势的动荡和变化难测,都在这种描写中得到了展现和象征。通过吟诵体味,我们不仅能够感受杜甫诗歌音节韵律的和谐严整,而且可以加深对杜甫诗歌沉郁顿挫风格的理解。

艺术手法就是艺术创作中塑造形象、表达情感、反映生活所运用的各种具体的表现方法,具体到诗歌而言,艺术手法就是形象化的艺术描写方法。诗人的喜、怒、哀、乐等思想感情是抽象的,要使这些抽象的思想感情充分地表达,并感染和打动读者,就不能枯燥平淡地直来直去,一泻无余,而必须通过语言表达的技巧将抽象的思想感情化为具体可感的艺术形象。深入地理解艺术手法在具体的诗歌创作中的运用，可以帮助我们更深入地感受诗歌的艺术性和正确理解诗句的内涵。艺术方法是多种多样的，下面举最常见的一些艺术手法加以说明：

赋、比、兴是中国诗学对诗歌艺术表现手法的概括。早在汉代的《诗大序》中就已经提出，后人对此的研究和解释很多，唐代孔颖达认为赋、比、兴是"诗之所用"，即诗歌的表现方法。南宋朱熹在《诗集传》中对赋比兴的解释比较流行。

"赋"是直接叙述，所谓"敷陈其事而直言之者也"。"赋"作为一种诗歌表现的艺术手法，主要是叙述或描写。屈原《国殇》是一首追悼为国捐躯将士的挽歌，也是一首英雄主义和爱国主义的颂歌。这首诗在表现手法上与《九歌》中其他诗篇的重要不同之处，就是主要用赋的手法来表现。诗中概括而生动地表现了将士们的英勇拼杀、义无反顾，"操吴戈兮被犀甲，车错毂兮短兵接。旌蔽日兮敌若云，矢交坠兮士争先"。有宏大的战争场面，有交战的具体细节，有环境气氛的渲染，基本上都是写实。在叙事诗中，直接叙述事件的内容自然离不开赋的手法。《古诗为焦仲卿妻作》《木兰辞》，杜甫的"三吏""三别"《北征》《自京赴奉先县咏怀五百字》等都是成功运用赋的手法叙述描写的例子。《诗经·卫风·氓》就主要使用了赋的手法，诗中以女主人公的口吻叙述了与氓由相识到订婚、结婚、婚后的生活直到被抛弃的全过程，结构完整，头绪清楚。值得指出的是，诗歌中赋的手法总是与其他手法综合使用的，如比喻、夸张、渲染等。

"比"是比喻，所谓"以彼物比此物也"。比喻（明喻、暗喻、借喻等）在诗歌中有着重要的作用，它使得抽象的思想感情变为具体生动的艺术形象，往往成为诗歌生命的有机组成部分。王逸论述屈原《离骚》时认为："《离骚》之文，依诗取兴，引类譬喻。故善鸟香草，以配忠贞；恶禽臭物，以比谗佞；灵修美人，以媲于君；宓妃佚女，以譬贤臣；虬龙鸾凤，以托君子；飘风云霓，以为小人。"《离骚》中的比喻，并不只是单纯的譬喻，它们都浸透了屈原忧国忧民的强烈情感，都有深刻的含意，形成了一系列的审美意象。这些审美意象本身就极具观赏性，把读者带入一个奇幻美丽的想象世界，而深含于其中的浓烈情感和人格魅力更使读者受到灵魂的震撼和人生的启迪。秦观《浣溪沙》词中的"自在飞花轻似梦，无边丝雨细如愁"，用缥缈的梦境比喻轻盈的飞花，把纷纷袅袅的雨丝比作细密的愁绪，则渲染了一种若有所失而难以排遣的淡淡哀愁，同样成为抒情的名句。

"兴"是起兴，所谓"先言他物以引起所咏之词也"。起兴实际上就是触景生情、寄情于物的联想。如《诗经·卫风·氓》中第三、四章用"桑之未落，其叶沃若""桑之落矣，其黄而陨"开头，既以眼前所见景物发端，又暗喻女主人公结婚前后命运的变化，形象鲜明而含意深刻。比和兴往往连用，都是用形象的方式表现感情，如果细分起来，一般认为"比显而兴隐"，"比"中喻体和被喻体的意义关系比较明显，而"兴"中喻体和被喻体的意义关系则比较隐蔽。兴一般用在一首诗或一节诗的开头，比的运用则不受限制。

拟人是把物当作人来描写，使物"人性化"。辛弃疾《水龙吟·登建康赏心亭》"遥岑远目，献愁供恨，玉簪螺髻"，曹操《短歌行》"山不厌高，水不厌深"，张若虚《春江花月夜》"不知江月待何人，但见长江送流水""可怜楼上月徘徊，应照离人妆镜台"，闻一多《太阳吟》"这里鸟儿唱的调子格外凄凉"，都使用了拟人手法。从审美体验的角度来看，拟人手法的本质是人在进行审美观照时产生的移情作用。所谓移情，就是人在观察外界事物时，设身处在事物的境地，把原来没有生命的东西看成有生命的东西，仿佛它也有感觉、思想、感情、意志和活动，同时，人自己也受到对事物的这种错觉的影响，多少和事物发生同情和共鸣。如明代于谦的《石灰吟》："千锤万击出深山，烈火焚烧若等闲。粉身碎骨浑不怕，要留清白在人间。"石灰石作为客观对象本无所谓生命，无所谓情感，"粉身碎骨"也只是一种物质形态的转换，并非生命遭到摧残，自然也不会有"要留清白在人间"的意志和人格。经历"千锤万击"，不怕"烈火焚烧""粉身碎骨"，坚持"要留清白"，这种种动作、态度、情感、意志不过是于谦的人生追求，是作者赋予了石灰石以人的情感和思想，表达了绝不向恶势力低头，誓死保持清白高洁品格的浩然正气。

夸张是诗歌常用的艺术手法。为了加强艺术效果，作者往往借助想象，以现实生活为基础，抓住对象的某些特点进行夸大或缩小的描写，以突出和强调事物的本质特征。如陶渊明《咏荆轲》中"雄发指危冠，猛气冲长缨"，李白《蜀道难》中"蜀道难，难于上青天""上有六龙回日之高标，下有冲波逆折之回川""黄鹤之飞尚不得过，猿猱欲度愁攀援"，都用了大胆的夸张。夸张的事物并不一定是生活的真实，但由于表达了作者强烈的感情，却更符合艺术的真实，能给读者留下鲜明的印象。

用典又叫"用事"，是借用典故来表情达意。由于诗歌形式短小，语言简练，要在有限的篇幅里表达复杂深微的思想感情，用典就成为诗人常用的艺术手法。有的用典比较明显，如曹操《短歌行》"周公吐哺，天下归心"，用周公"一沐三握发，一饭三吐哺"，唯恐失天下贤士的典故来表达自己渴望招揽贤才、统一天下的理想。龚自珍《咏史》："田横五百人安在？难道归来尽列侯？"用田横抗汉而不肯投降称臣的典故，表达了作者对坚持气节者的赞赏和对趋炎附势、醉心于功名利禄者的讽劝。有的比较隐蔽，如辛弃疾《水龙吟·登建康赏心亭》"可惜流年，忧愁风雨，树犹如此"，从字面上看也可以理解为写景，树木遭到狂风暴雨的袭击也许叶落枝残，实际上词人使用了东晋大将桓温北征时感叹"木犹如此，人何以堪"的典故，从而深刻地表达了词人忧国忧民、报国无门的复杂心绪。

诗歌的艺术手法有一个逐渐丰富的历史过程，其具体表现形式和变化非常多，不限于上面说到的这几种，如对偶、双关、排比、顶真、衬托、反复、借代等，都是常用的艺术手法。它们的最终目的都是服务于特定情景下诗人表达思想感情的需要，艺术手法并不是刻意追求的目标。但了解各种艺术手法的运用和意义，可以使我们更好地欣赏艺术作品，提高审美鉴赏能力。

诗歌语言和散文语言明显的不同还表现在语法结构上。散文的语序要遵从一般的语法规则，而诗歌语言往往要打破惯常的语法规则，对语言进行奇异的组合，从而深刻地表达诗人对客观事物的新鲜感觉和审美体验，同时要符合诗歌的格律要求。

由于句式的限制和韵律的要求，诗歌中的语序不会等同于散文或日常语言的语序。陶渊明《咏荆轲》"君子死知己"按照正常的语序，应该是"君子为知己而死"，这里既有语序的颠倒，也有成分的省略。张若虚《春江花月夜》"昨夜闲潭梦落花"，改为叙述句应该是"昨夜梦花落闲潭"。白居易《长恨歌》"行宫见月伤心色，夜雨闻铃肠断声"应是"行宫见月色而伤心，夜雨闻铃声而肠断"的倒装。杜甫诗中这类例子尤其多，如"香稻啄余鹦鹉粒，碧梧栖老凤凰枝""红入桃花嫩，青归柳叶新""绿垂风折笋，红绽雨肥梅""碧知湖外草，红见海东云"，诗人借助语序的倒装对所描写的对象加以侧重的表现，突出审美的感受，造成一种新鲜而奇异的效果。

所谓成分的省略指的是相对于散文式的成分完整的句子而言的。没有成分的省略就很难构成诗词的句子。若想了解诗词是如何省略句子成分的，最好的办法就是将诗词的句子翻译成散文，然后与原句对照，这样就很明显地看出了。如王勃《送杜少府之任蜀川》："海内存知己，天涯若比邻。无为在歧路，儿女共沾巾。"译成语体文就是："如果四海之内有知心的朋友，哪怕天涯海角也似隔墙的邻居。莫要在分手的岔路口徘徊缠绵，像小儿女一样泪水洒满衣襟。"很显然，诗人省略了句中的关联词、助词、连词及语气词，使得句式整饬，诗意警醒。最为经典的例子，如马致远《天净沙·秋思》中"枯藤老树昏鸦，小桥流水人家，古道西风瘦马"，一连九个名词性的偏正词组并列，没有动词，也没有连词，九种事物，三组画面，如同电影中的蒙太奇一样，在读者头脑中交叠出多层次的感受和印象，深刻的情味就存在于画面连接的空白之中，留给读者回味思考的余地，从而大大拓展了诗歌表现的空间。

根据表达感情的需要来活用词性，可以使平常的语言获得奇绝的效果，带给读者新活鲜丽的美感。如唐代诗人李嘉祐"孤云独鸟川光暮，万井千山海色秋"，名词作形容词用；王安石的"春风又绿江南岸"，形容词用为动词；李清照的"知否？知否？应是绿肥红瘦"中"绿"和"红"是将形容词用为名词，而"肥"和"瘦"则是用描写人的形容词来表现"雨疏风骤"后海棠绿叶红花的"多"与"少",突出了诗人在具体情景下的审美感受,色彩更加鲜明,画意诗情更加浓郁。

四、把握情景关系

"情"与"景"是诗歌中常用的概念。关于诗的产生和"情景"的关系,早在魏晋南北朝已引起了文学理论家的注意。陆机《文赋》:"遵四时以叹逝,瞻万物而思纷;悲落叶于劲秋,喜柔条于芳春……慨投篇而援笔,聊宣之乎斯文。"刘勰《文心雕龙·明诗》:"人禀七情,应物斯感。感物吟志,莫非自然。"钟嵘《诗品》:"气之动物,物之感人,故摇荡性情,形诸舞咏……若乃春风春鸟,秋月秋蝉,夏云暑雨,冬月祁寒,斯四时之感诸诗者也……凡斯种种,感荡心灵,非陈诗何以展其义?非长歌何以骋其情?"这些论述揭示了诗歌是由诗人的主观感情受到客观事物触发而产生的,而对于"情"与"景"的内涵及相互之间的关系的探讨尚有待深入。唐宋时期,中国古典诗歌创作高度繁荣,尤其是近体诗创作达到高度成熟的阶段,积累了丰富的艺术经验,出现了许多探讨诗歌创作技巧的著作,情景关系受到人们普遍的重视,王昌龄《诗格》、皎然《诗式》、欧阳修《六一诗话》、周弼《三体诗法》、范晞文《对床夜语》等,对此都有较具体的论述。他们从诗歌创作的具体方法和技巧方面来理解情景关系,对情与景的接触方式进行了归纳和概括,如范晞文《对床夜语》卷二:老杜诗"天高云去尽,江迥月来迟。衰谢多扶病,招邀屡有期",上联景,下联情。"身无却少壮,迹有但羁栖。江水流城郭,春风入鼓鼙",上联情,下联景……"白首多年疾,秋天昨夜凉""高风下木叶,永夜揽貂裘"一句情一句景也。从中可以看出,他主要是从诗歌的形式结构方面来理解情景关系的。明人胡应麟进一步概括说:"作诗不过情景二端。如五言律体,前起后结,中四句,二言景,二言情,此通例也。"他认为律诗创作的这一法则,是"初学入门第一义,不可不知"。这种概括比较简明,开启了学诗的方便法门,由此也产生了明显的弊端，那就是往往将情与景割裂开来，导致了对诗歌创作中具有根本意义的情景问题的简单化的理解。比较系统地对情景关系加以研究的是明代的谢榛。他认为"情景相触而成诗"（《四溟诗话》卷四），并指出有两种情况：一曰"触景生情"，一曰"借景生情"。前者指主体受自然景象触发而产生诗情，后者指主体对自然景象加以选择来抒情。这两者都是从诗人内在情感与外在客观景物相互感发而产生诗的层次上来理解情景关系的。谢榛又说："情景适会，与造物同其妙。"（《四溟诗话》卷二）这是从诗歌艺术表现的层次上对情景关系的理解，要求感情与自然景象融为一体，应恰到好处，"与造物同其妙"。但就总体而言，王夫之之前，人们对情景关系的探讨主要集中在诗歌创作的形式结构法则方面，注重"情景虚实"之法，关注的是诗歌的外部关系和句法结构。王夫之对情景问题的探讨是从三个层面进行的。

诗歌创作中的情景问题从哲学的角度来看就是心物关系的问题。王夫之说："关情者景，自与情相为珀芥也。情景虽有在心在物之分，而景生情、情生景，哀乐之触、荣悴之迎，互藏其宅。天情物理，可哀而可乐，用之无穷，流而不滞，穷且滞者不知尔。"所谓"珀芥"即琥珀拾芥，指异类事物之间的相感关系。一般认为，"情"属于"心"的范畴，"景"属于"物"的范畴，两者有主观和客观之分。王夫之则从心物关系的角度说明在创作中情与景是相互发生的，两者是不可分的。王夫之认为情与景在诗歌中相互包涵，不可分离。他说："情与景名为二，而实不可离。神于诗者，妙合无垠。巧者则有情中景，景中情。景中情者，如'长安一片月'，自然是孤栖忆远之情。'影静千官里'，自然是喜达行在之情。情中景尤难曲写，如'诗成珠玉在挥毫'，写出才人翰墨淋漓，自心欣赏之景。凡此类，知者遇之；非然，亦鹘突看过，作等闲语耳。"景物一旦进入诗歌，就已不是外在于人的孤立存在，而变成了浸透诗人情感的诗歌意象。能够体会诗歌中情景的"妙合无垠""情中景""景中情"，对情景的关系才会有深刻的理解。

"景"在诗歌的表现有两种含义：一是指外界客观存在的自然景物，二是指进入诗歌作品的"景"或"景语"。王夫之在评曹植《当来日大难》时将取景的方式归纳为三种："于景得景易，于事得景难，于情得景尤难。'游马后来，辕车解轮'，事之景也。'今日同堂，出门异乡'，情之景也。"(《古诗评选》卷一)"于景得景"中的前一个"景"显然指外在的客观景物，后一个"景"则指诗中的"景语"。王夫之认为，将外在的景物变成诗中的形象图景比较容易，将具有历时过程的"事"形象地写入诗中比较难，而将抽象的情感变成诗中的形象图景就更难了。王夫之曾说："状景状事易，自状其情难。知状情者，乃可许之绍古。"能够"于情得景"，也就是达到了情景交融的境界。

《夕堂永日绪论内编·一七》：近体中二联，一情一景，一法也。"云霞出海曙，梅柳渡江春。淑气催黄鸟，晴光转绿蘋。""云飞北阙轻阴散，雨歇南山积翠来。御柳遥随天仗发，林花不待晓风开。"皆景也，何者为情？若四句俱情而无景语者，尤不可胜数。其得谓之非法乎？夫景以情合，情以景生，初不相离，惟意所适。截分两橛，则情不足兴，而景非其景。且如"九月寒砧催木叶"两句之中，情景作对；"片石孤云窥色相"四句，情景双收；更从何处分析？陋人标陋格，乃谓"吴楚东南坼"四句，上情下景，为律诗宪典，不顾杜陵九原大笑。愚不可瘳，亦孰与疗之？

"景以情合，情以景生"是情景结合的内在规律之一。情与景在诗人心中相生相融而成为诗，本没有孤立的"情"与"景"的存在。同样的道理，心中的"诗"外化为由语言文字组织结构而成的诗篇，情与景也是相融相伴地表现的。如果用"一情一景""先景后情""先情后景"等"死法"来限定情与景的结构方式，规定某一句必须写景，某一句必须写情，情景的内在联系就被破坏了，写出来的"诗"就不是诗人心中的"诗"。

客观的自然景物本来是外在于人的情感世界的，它自有本身的形态、性质及存在的价值和意义，与人的情感并不发生必然的关系。但客观景物之所以能贴切地表达诗人复杂深幽的主观情感，就在于客观的自然景物与人的主观情感之间存在一种对应的关系。诗人发现这种关系并用艺术的手段表现出来，就构成"诗中"的景物，成为感人至深的意象。例如杨柳依依的线条可以表现依依惜别的那种缠绵情思；雨雪霏霏则可以反映低沉苦闷的压抑情绪。刘禹锡的《秋词》:"自古逢秋悲寂寥,我言秋日胜春朝。晴空一鹤排云上,便引诗情到碧霄。"一个向上的线条将人们的视线引向九霄,本来悲伤的情绪也变得昂扬向上。又如秦观《浣溪沙》中的"自在飞花轻似梦,无边丝雨细如愁,宝帘闲挂小银钩",飘飘的飞花,轻盈的梦境,渲染一种若有所失、百无聊赖的闲愁。内在的情感也有一定的结构,因此可以让外在的物质世界中的近似结构反映出来。杜甫的"无边落木萧萧下,不尽长江滚滚来"是千古名句,秋风中纷纷飘坠的落叶,其枯黄的颜色,悠悠下坠的曲线,飘散盘旋的状态……与生命的衰微、低沉的心境、为世所弃的失落感有某种内在感觉上的类似;滔滔向东的江水,永不停息的涌动,一去不复返的流向,汪洋阔大的视觉形象,与诗人内在情感博大、愁绪的深长亦有某种程度的暗合。这一切都给人以强烈的视觉冲击力和情绪感染力。吴乔在《围炉诗话》中说:"夫诗以情为主,景为宾。景物无自生,惟情所化。情哀则景哀,情乐则景乐。唐诗能融情入景,寄情于景。如子美之'近泪无干土,低空有断云',沈下贤之'梨花寒食夜,深闭翠微宫',严维之'柳塘春水漫,花坞夕阳迟',祖咏之'迟日园林好,清明烟火新',景中哀乐之情宛然,唐人胜场也。"这里所举的诗句,或抒写凄清幽怨的哀情,或表达欣喜愉悦的快感,都能够恰如其分地找到景与情的内在联系,达到情景交融的境界。就一般情况而言,以"乐景"写乐,以"哀景"写哀,"情哀则景哀,情乐则景乐",是诗人处理情景关系的常见方式。

情与景的关系是辩证的。生机勃勃的景物固然可以用来渲染积极向上的情感,衰飒零落的景物可以用来表现悲凄否定的意绪,但有时候反过来使用可以收到正面表现难以达到的效果。王夫之深刻地揭示了这一规律。他在《诗绎》中写道:"'昔我往矣,杨柳依依。今我来思,雨雪霏霏',以乐景写哀,以哀景写乐,一倍增其哀乐。知此,则'影静千官里,心苏七校前'与'唯有终南山色在,晴明依旧满长安',情之深浅宏隘见矣。况孟郊之乍笑而心迷,乍啼而魂丧乎?"在一个雨雪纷飞的日子里,戍卒终于踏上了归途。这本是一件令人兴奋的事,然而我们在这里看不到一丝欢愉,只感到一片悲凉。当年离开家乡时,正是春天,柳丝低拂;而今天呢,重返故乡,却是雨雪迷蒙的冬天了。

离别时悲凄痛楚，而映入眼帘的是春意盎然的景象，柳丝飘拂；历尽艰难回到家乡了，心情应该是兴奋欢愉的，却用表达凄风苦雨的"雨雪霏霏"来反衬。那种缠绵的深邃的飘忽的情思，从画面与情绪的反差与深层交融中自然流出，凝聚成表达乡情的典型音调，而回荡在无尽的时间和空间之中。王夫之评柳宗元《杨白花》曰："顾华玉称此诗更不浅露，反极悲哀。其能尔者，当由即景含情。"王氏进一步阐释"情"与"景"的辩证关系说："善用其情者，不敛天物之荣凋以益己之悲愉而已矣。夫物何其定哉？当吾之悲，有迎吾以悲者焉；当吾之愉，有迎吾以愉者矣。浅人以其褊衷而捷于相取也。当吾之悲，有未尝不可愉者焉；当吾之愉，有未尝不可悲者焉，目营之一方者之所不见也。故吾以知不穷于情者其言矣：其悲也，不失物之可愉者焉。虽然，不失其悲也；其愉也，不失物之可悲者焉。虽然，不失其愉也。导天下以广心，而不奔注于一情之发。是以其思不困，其言不穷，而天下之人心和平矣。"现代审美移情理论认为，人们对周围世界的审美观照，是情感的自发的外射作用。审美观照不是主体面对客体的感受活动，而是外射活动，即把内心的感情投射到我们的眼睛所感知的事物中去。这样，当心情愉悦时，一切景物似乎都与自己一同高兴，小鸟婉转欢唱，垂柳迎风起舞；当心情沮丧时，则似乎满目萧然，听鸟声而如闻悲鸣，观垂柳而若感无力。王夫之认为，"敛天物之荣凋以益己之悲愉"还不是抒情的高境界，还只是对情景关系浅层次的理解。对于"不穷于情者"来说，他能够体察万物本身的悲愉，而不会一味寻找与自己悲愉相合的景物或给景物涂抹上自己的悲愉色彩。这样，当自己悲伤时，摄入诗中的景物仍有其本身的悲愉；欢乐时也是同样的情形。如此则可以"其思不困，其言不穷"，抒情获得更大的自由度，自我可以与天地万物相往来，达到主客消融，物我两忘，物我互赠的境界。王夫之的情景理论对中国古典诗学中关于情景关系的认识进行了总结性的论述，对写作诗歌有很好的启发作用。

五、激发创造能力

诗歌是主体的心灵对客观世界和社会生活的审美感受和艺术表现，主体心灵的能量在创作中居于主导的地位。诗歌创作是一种创造性的劳动，要写好诗歌，必须充分调动主观能动性，积极激发创造能力。

清代诗人屈大均借《易》来表达他对诗歌理论的看法。他在《六莹堂诗集序》中说："吾尝欲以《易》为诗……使天下万物皆听命于吾笔端，神化其情，鬼变其状。神出乎无声，鬼出乎无臭，以与造物者同游于不测，其才化而学亦与之俱化。"易道广大，无所不备，其中最主要的便是蕴含了对宇宙万物发生发展运动变化规律的认识。屈大均所谓"以《易》为诗"，反映了他不满足于对诗歌具体写作方法要求的掌握，而着眼于从更深层次探寻诗歌创作规律的努力。他认为，只有深刻认识宇宙万物发生发展运动变化规律，才能"使天地万物皆听命于吾笔端"，自由无碍地驱遣意象来抒写性情。这正是对诗人主观能动作用的强调。

叶燮提出"以心衡物"，要用主体的心灵拥抱和统摄上下古今和宇宙万物。天地万物是客观存在的，但对一般人来说，它是外在于人的存在，没有变成自己心灵的对象，所以也就等于并未成为自己"所有"。能够"占有"上下古今、天地万物的，唯有具有独立精神和创造能力的诗人。他们将天地万物和上下古今统摄到自己的心中，从而内化为创造的能力。"发我性情，资我咏歌"，天地万物都成为诗人驱遣的对象，"我"在创作中的作用是重要的。叶燮曾借用佛教的概念来说明："心生则种种法生是也。无我则无物，无真则无幻……"对于创作来说，客观对象只有对于创作主体而言才是有意义的，诗歌要表现的客观事物之美，有待于诗人去发现："凡物之美者盈天地间皆是也。然必待人之神明才慧而见。"能发现美，才能去表现美，而表现美则必须靠诗人的神明智慧，"诗而曰'作'，须有我之神明在内"，必须"以我之神明役字句，以我所役之字句使事"，诗人始终处于主导的地位。

徐增对"才"对于诗人的重要性进行了进一步的论述。他将"才"置于主导的地位，主张"以才运法"，《而庵诗话》四："诗本乎才，而尤贵乎全才。才全者，能总一切法，能运千钧笔故也。夫才有情，有气，有思，有调，有力，有略，有量，有律，有致，有格。情者，才之酝酿，中有所属；气者，才之发越，外不能遏；思者，才之径路，入于缥缈；调者，才之鼓吹，出以悠扬；力者，才之充拓，莫能摇撼；略者，才之机权，运用由己；量者，才之容蓄，泄而不穷；律者，才之约束，守而不肆；致者，才之韵度，久而愈新；格者，才之老成，骤而难至。"他把诗歌创作中主体的因素分为十个方面，而这十个方面都是统摄在"才"之下的。"才"不仅统摄具体的"格""律""致""量"等，而且统摄"情""气""思""调""力""略"等。作品中的情感由"才"酝酿而成，构成诗歌创作的根本；作品的气势是"才"的发扬外露，非外力所能遏制；作品的构思乃"才"驰骋的路径，以"入于缥缈"为佳；作品的声调为"才"的音乐化体现，有悠扬摇曳之妙；作品的力量是"才"的充实拓展，可以驱遣万物为我所用；作品的方略是"才"的灵活运用，变化莫测；作品的涵量源于"才"的蓄积，厚积而薄发；作品的律度是对"才"的约束，需要遵循而不放肆；作品的幽致是"才"的韵度，越久而越能出新；作品的风格是"才"达到老成的产物，其形成需要长期的磨炼。统而言之，主体的创造能力可以总称为"才"，分而言之，则有"才情""才气""才思""才调""才力""才略"之别。徐增与金圣叹为好友，都致力于诗歌作品的解读和诗歌理论的建设。他对"才"的分析，相对于笼统地讲"才、学、识"，具有理论上的层次感和概念上的逻辑性，是清代诗学进入综合和总结期的理论体现。

　　诗人之"思"在创作中具有重要的作用。梁佩兰在《大樗堂初集·序》中说："诗者，思也。人情有感于中而不能散，则结而为思，而诗名焉。仲尼删诗，列之于经，而以一言蔽之曰：思无邪。以此故思之之力可以无所不至。灏博之而天地，杳渺之而鬼神，窈窕之而山川，亏蔽之而草木……悲而赍咨涕洟、乐而饮食歌舞。呜呼，神已而未已也。以水照水，犹以为拟淡也。以月配月，犹以为喻明也。以雪覆雪，犹以为比洁也。以窍接窍，犹以为存听也。无色之色，无味之味，无声之声，此之为化。"梁佩兰以"思"来训"诗"，强调的是想象力在创作中的重要作用，也就是"思之之力可以无所不至"，可以自由地驱遣天地万物来表达自己的情感。梁佩兰在《与王蒲衣书》中说："（余）于古人神化处，微有理会。飞卫之为射也，燕角之弧射贯虱心；庖丁之解牛也，奏刀至于口不能言，此神化之说也。"梁佩兰所说的"神化"，是强调在创作中诗人的想象力和创造力能尽其极致，表现技艺高度纯熟，能毫无碍滞地传达内心的感受和体验。他称赞王隼的诗"能极其思，左右变化以出之"，表达的是同样的意思。

诗人之才有天生的成分，但更多的来自后天的学习和磨炼。清人猛烈抨击明代学人中的空疏不学之习，学风文风转向求实博学一途，诗人大都有坚实的学问根底。黄宗羲倡言："计一代之制作，有所至不至，要以学力为深浅。"认为作家的学问决定作品的成就。学问可以开掘作家的才能，铸成表情达意的能力。

诗歌创作必须以深厚的学问功夫为基础，一是要学习古代诗歌大家的作品，二是要学习经史典籍。在取法古人诗歌创作经验和传统方面，要广采博收，不局限于一家。要掌握诗歌创作的艺术规律，必须经过长期的刻苦学习和磨炼，绝不可能一蹴而就。顾炎武非常重视学问在创作中的作用和意义。早在年轻时代，他给好友归庄的手札中就说："吾辈不能多读书，未宜轻作诗文。如盆盎中水，何裨于沧海之大，只供人覆瓿而已。"顾炎武强调多读书，不仅仅是要求以广博的学问来丰富诗材，同时要求深研经史以求经世致用。他说："君子之为学，以明道也，以救世也。徒以诗文而已，所谓'雕虫篆刻'，亦何益哉！"他是把诗歌创作与"明道""救世"紧密联系在一起的。

参考文献

［1］王力：《汉语诗律学》，上海教育出版社1979年版。

［2］龙榆生：《唐宋词格律》，上海古籍出版社1978年版。

［3］唐圭璋：《元人小令格律》，上海古籍出版社1981年版。

［4］朱光潜：《诗论》，生活·读书·新知三联书店1998年版。

［5］游国恩等主编：《中国文学史》(修订本)，人民文学出版社2002年版。

［6］罗宗强、陈洪主编：《中国古代文学作品选》，高等教育出版社2004年版。